いつか、虹の向こうへ

伊岡 瞬

角川文庫
15137

1

いつもと同じうす汚れた道を、いつもと変わりなく、よれよれになって歩いていた。

駅前まで続く繁華街の裏通り。

ひとつおいた中央街からは、雑多な喧噪《けんそう》が流れ聞こえてくる。スピーカーがまき散らす景気のいい音楽。ヤケクソのように最後の踏ん張りを見せる呼び込み。酔客たちの怒鳴り声。笑い声。

それに引き替え、今私がふらついているこの道は、もはや寝支度がはじまっているかのような静けさに包まれている。あたりに漂っているのは、汚物の臭いと自分のため息くらいのものだ。

「ばか野郎」

などとつぶやいてみたが、誰かに向かって言ったわけではない。目の前には、ばかもりこうも動くものは猫さえも見あたらない。要するに、よくある酔っぱらいの決まり文句だ。

情けない、とは思う。昔は思ったそのあとで落ち込んだものだったが、近ごろはただ思うだけになった。長いつきあいの、ただ一軒行きつけと呼べる飲み屋「志むら」でできあがっての帰り道だった。

すきっ腹に流し込んだビールと、普段より一杯多かった焼酎《しょうちゅう》のおかげで、雲の上を歩いている。

そろそろ、終電が近い。私もなんとかしてそいつに乗り、我が家にたどりつかなければならない。かなり効率の悪い歩みだが、頭の隅ではどうにかまにあいそうだと踏んでいた。

少し広い通りに出て、ふと目をやった先に大きな青いポリバケツがあった。

生ゴミ入れだろうか、それとも空きビン専用か。いや、目が留まったのはポリバケツにではない。そのすぐ脇でガードレールに腰掛け、街路樹に背中をもたせかけている若い女だった。少女と呼ぶほうが当たっているかもしれない年ごろだ。

酔いどれの無礼さで、少しばかり観察した。化粧はきっちりしているようだ。下はジーンズ、上は白い丸首のニットシャツに濃い茶色のジャケットを羽織っている。手には何も持っていない。

足先は、なんと呼ぶのだろうか、突っかけのようなものを履いている。

どこか不自然な印象を受けて、気にかかった。放心したような表情で、アスファルトの染みのあたりをじっと見つめている。ちっとも動かないので、これほど近づくまで気づかなかった。

立ち止まった私に向こうでも気がついて、チラリと視線をよこした。が、すぐに関心がなさそうに道路へ戻ってしまった。私の存在感は染み以下かもしれない。

客を引いているようには見えなかった。私は、そのままやりすごすことにした。

ホームセンターで買った腕時計をのぞく。午前零時までに数分あった。相変わらずとなりの通りから、どこか遠い世界のことのように現実感のない喧噪が漂ってくる。しかし、私の立つ空間だけ不思議な静寂が支配していた。今にして思えば、運命の女神などという洒落《しゃれ》たものがいるなら、そのときその薄汚い路地に、性悪な女神がひっそり佇《たたず》んでいたのかもしれない。

私は、彼女とポリバケツの前を通り抜けた。

五、六歩行き過ぎたあたりで、うしろから走り寄る気配がした。どんなに酔っていても、これには身体が反応する。すばやく振り返ると、彼女が追いついてくるところだった。

「ねえ、おじさん」

わずかに息を切らせている。

初めて会う人とはなるべく口をきかないようにしている。過去の貴重な経験からだ。

黙っていると、彼女が続けた。

「ホテル、泊まらない？」

むせかえりそうになるのを、どうにかこらえた。

普段なら無視して立ち去るところなのだが、私は酔うと人当たりがよくなるたちだ。丁寧に答えてしまった。

「せっかくだけど、君が期待してるほど金は持ってない」

彼女は首を振った。

「お金はいらない。泊めてくれるだけでいいよ。その代わり、あんまりサービスできないけど……」

思ったよりアルコールの量がいったようで、足元がふらふらと揺れた。どうにか倒れないように踏ん張った。

「金はいらない……」

言葉に出して意味を考えた。

「家出でもしたのか。財布落としたか？」

「まあ、そんなとこ」

女は視線をちらりと夜空に向けて、舌先を出した。そのとき、ようやく彼女の左の頬骨のあたりが赤く腫《は》れていることに気づいた。

「おれが断ったら別なオジサンに声をかけるのか？」

「うん」

かかわりあうのはやめておけ——。

賢いほうの自分がささやくが、本体が酔っていてはどうしようもない。もう一度だけ聞いてみた。

「金が欲しいのか？　泊まるところが欲しいのか？」

「泊まるところ。でも……」

首をかしげて、少し考えた。

「くれるならもらうかもしれないけど」
二、三度咳込《せきこ》んだ。
「手持ちの金は？」

「ゼンゼン」

「いつも、こんなことしてるのかい」

そこで、女はぷいと横を向いた。

「あーあ。なーんだ、説教か」

「電車賃くらいなら貸してもいいが」

今夜の私は、筋金入りのお人好《ひとよ》しだ。

「アリガト。でも、泊まるところを探してるから」

「そうか……、ご期待に添えなくてすまない」

とりあえずは元気そうなので、これ以上かかわりを持つのはやめることにした。

説教はされるのも嫌だが、するのも嫌いだ。どこかのおやじの抱き枕代わりになろうと、ゴミバケツのとなりで一夜を明かそうと、本人の好きでやればいいことだ。

颯爽《さっそう》と立ち去るつもりが、思うようにいかなかった。たかがアルコールで、どうしてまっすぐに歩けないのか。毎晩家までジグザグに歩くと、一生ではどの程度体力と時間を無駄にすることになるのか。そして、そんなことが考えられるのに、なぜ相変わらずまっすぐに歩けないのか。堂々巡りをしながら十メートルほど進んだころ、三つの人影がこちらへ歩いてくるのに気づいた。

やり過ごしたと思ったが、うちひとりと肩がぶつかった。

「んだよ、ジジイ」

ぶつかった男が振り向きざまに荒い声を出した。

たしかに私は人間失格かもしれないが、じじいではないので、知らんぷりして行くことにした。それに相手をしていては終電にまにあわない。

「待てよ、コラ！」

私の肩を摑《つか》んで引き戻そうとする腕を振りほどいた。望まずして向き合うことになった。

二十歳そこそこに見える若い男三人組だ。そろってぐしゃぐしゃの金色に染めた髪と、耳だの鼻だのにピアスをしている。どれも似たような間抜け面をしている。

「なんだ？」

「なんだ、じゃねえだろうがよ。人にぶつかっておいてよ。痛えじゃねえかよ」

不健康に痩《や》せた赤いシャツを着た男が、唾《つば》を飛ばしながら妙に「よ」を強調して食ってかかってきた。

　こういう連中は新しい手を考える脳味噌《のうみそ》もないのだろうか。もっと楽して稼げる新種の詐欺でも考えたらどうなんだ。

「ぶつかってきたのはそっちだろう。俺はただまっすぐ歩いてただけだ。悪いが急ぐんでな」

　手を振って去ろうとする前に、三人が回り込んできた。

「何がまっすぐだ。酔っぱらいジジイ」

「なんだよ。謝りもしねえで逃げんのかコラ！」

　一番太めの黒っぽいシャツを着た男が脇から口を出した。もう、うんざりだった。なんだか胸もむかむかする。早いとこ帰りたかった。

「謝りゃいいのか。そうか、悪かったな」

　それでも三人は道をあけようとしない。

「おっさんさ。ちょっとタクシー代貸してくんない？　おれら電車なくなっちまってさ」

　一番瘦せた、緑と黒の縞《しま》のシャツの裾《すそ》をだらしなく垂らした男が、急に猫撫《な》で声を出した。

　今夜はいったいどうしたというのだろう。世界中のゆすりたかりが私を目指してやってくる。頭のてっぺんに千生り瓢簞《せんなりびょうたん》でもおっ立てたような気分だ。

　さっき支払いを済ませたとき、財布の中には一万円札が一枚と、数枚の千円札が残っているだけだった。これが私の向こう一週間の生活費だ。

「金なら、ない」

「ウソつくなよ。さっき女買おうとして断られてたじゃんかよ。その金でいいからさ。どうせ使い道なくなったんだろ。自分でやれよ」

太めの黒シャツが言った。残りの二人がゲラゲラ笑った。

私は笑うどころではなかった。まずい事態になった。

さっきから、あまりに程度の低い言葉を聞かされた上に、顔の前で唾を飛ばされたので、本当に吐き気がしてきた。最近は飲んで醜態をさらしたことなどなかったのに、だ。

口を開くと危ないので、押しのけて進もうとしたとき、痩せの赤シャツがいきなり殴りかかってきた。鼻に突き通したピアスが異様に大きく見えた。

突き出された右手をかわすと、男がバランスを崩したので、そのまま送り出して尻《しり》を蹴《け》飛《と》ばした。蹴飛ばした反動で、胃がはねあがった。縞のシャツが私の腰のあたりをめがけて蹴りを出してきた。面倒くさいのでそのまま男にもたれかかった。これがまたやわな男だったため、私を受け止められず、二人で転がるはめになった。

私は倒れ込んだ男の上に馬乗りになった。男の髪を摑んで、どうにかしようとしたところで、堪《こら》えていたものが限界を超えた。

そこで記憶が途切れた。

2

長い夢のあと、不安な感覚で目覚めた。

飲みすぎた翌日は、必ず同じ戸惑いを覚える。

「ここは何処か。今日は何日か。自分は何処かへ行く途中なのか？」

やがて、頭の靄《もや》が多少晴れてくると、周りに人がいるのがわかった。

なぜこんなに大勢の人間に看取《みと》られているのだ。私はもうすぐ死ぬのだろうか。それでめまいがするのか。いったい何の病気だったのだろう。そんなことを、瞬《まばた》きする程度のごく短い時間に考える。考えてから我に返った。

いやいやそんな恰好《かっこう》のいいものじゃなかった。自分は単に今日も二日酔いの頭を抱えて、仕事に行かねばならない身分であることを思い出した。

しかも、私をのぞき込んでいる大勢に見えた顔ぶれは、よく見るとたった三人で、単なるこの家の居候たちだ。私は、リビングの床に薄いマットレスを敷いた上に横になり、夏物の上掛けをかぶって寝ていたのだった。

「また、ひとり増えたんですか？」

一番若い柳原《やなぎはら》ジュンペイが興味を抑えられないといった口調で聞く。

「深夜の二時ごろまで風呂《ふろ》につかってましたね」

めずらしく、リビングで朝刊を読みながらコーヒーを飲んでいる石渡久典《いしわたりひさのり》が、うんざりした表情で言った。

彼らはいったい何を言っているのだろうか、と思いながら身を起こした。はらりと落ちた上掛けの下は、下着を身につけているだけだった。

私が口を半開きにして呆然《ぼうぜん》としていると、残るひとりの住人、村下恭子《きょうこ》が口を挟んだ。

「あんな娘さんつれて来て、家のかたは心配してないんですか？」

「娘……」

つぶやいてみた。

なんとなく引っかかるものがあるが、思い出せない。

頭痛に耐えて集中した。昨夜帰りがけにちんぴらに絡まれたことがようやく蘇《よみがえ》ってきた。立ち回りをやらかした覚えもある。勝ったのか、負けたのか。

首をぐるりとまわしてから、手足も動かしてみた。マットレス一枚で床に寝たので筋肉痛がするが、特に異常はない。たいした喧嘩《けんか》ではなかったようだ。

五月半ばとはいえ、さすがに下着だけでは寒くなってきた。

「服は、服はどうした？」

「汚れていたので、洗濯しておきました」

淡々と恭子が答える。

「あんたが脱がしてくれたのか」

少し顔が赤らんだ。

「石渡さんと柳原さんに手伝ってもらいました」

まあ、どうにでもしてくれ。

「それで、『娘』とは？」

昨日最後に見かけた女だろうか。そういえば夢の中で化粧品の匂いを嗅《か》いだような気もする。（まさか）あわてて下半身を見る。昨日のパンツをはいたままだ。脱いで使った記憶はないが、断言する自信もない。

血の気がひいて多少冷静になった私の頭に、ようやく昨日のことが浮かんできた。

「そうだ。あの娘はどうした？」

石渡氏があきれたように首を振って、顔を新聞に戻した。

村下恭子が視線で洗面所を示す。なるほど、ドライヤーの音が聞こえてくる。

「俺のドライヤーなのにさ、取られちゃって使えないんだよね」

柳原ジュンペイが口をとがらせた。

「まあ、みんな。そう責めないでくれ。なんとなく成り行きだったんだ」

それ以上しゃべると、からっぽの胃そのものが飛び出してきそうだった。

「なんだかよくわからないけど、しかたないんじゃないですか。主《あるじ》は尾木さんなんだし」

石渡氏が新聞から顔をあげずに助け船を出した。

そうだ、主だぞ。もう少し立ててくれてもいいだろう、と思ったが口には出さなかった。

あまり威張れた家主ではない。

村下恭子はテーブルについて、つんとすまして味噌汁をすすっている。柳原青年もぶつぶつ言いながら、食卓に戻った。

私はふらつきながら洗面所に向かった。

昨夜のことをたしかめておかなければならない。それに、出勤の時刻も迫っている。二、三日風呂に入らなくとも、いまさら嫌われる女もいないが、勤め人として無精髭《ぶしょうひげ》くらいはあたっておかなければならない。

中からドライヤーの音が聞こえてくるドアを、軽くノックして返事を待たずに開けた。

一度に吹き飛んだ。

ぐらぐらも、むかむかも、鬱々《うつうつ》も。世界中のばか野郎のことも。

見たことのない若い女がバスタオルを一枚巻いただけでドライヤーをかけている。いや、実際には昨夜見たはずなのだが、顔かたちなどほとんど記憶にない。その記憶にない女が、胸元から上を露出して、アメリカ映画の女優みたいに両手を高く掲げて髪の毛をセットしている。落ち着いて考えてみれば、夏場のタンクトップとかいう服と露出度は変わらないのだが、突然のことにうろたえた。

随分凄惨《せいさん》な現場は見てきたが、こんなにどぎまぎしたのは久しぶりのことだった。

「い、いや、申し訳ない」

ドアを閉めようとした。

「あ、ちょっと待って」

　女が、閉めかけたドアを摑んだ。

「おヒゲ剃《そ》るんでしょ？　どうぞ」

　半身に構えて道をあけてくれた。

「尾木さんは、毎朝カミソリでヒゲを剃るから、起きたらゆずってやれって」

「誰が？」

「ぼうや」

　ジュンペイ青年か。まあ、そうだろうな。気のやさしい青年だ。

「ちょっと風呂場に通してくれればいいんだ」

　そう言って、余計なところを見てしまわないようにさっさと風呂場に入った。

　中から声を掛ける。

「あのう、ひとつたしかめておきたいんだが、昨夜、変なことはしてないよな」

　けらけら笑う声が返ってきて、すぐにドライヤーが再稼働をはじめた。

　頭痛がぶり返した。幸い、シャワーだけでどうにか我慢のできる季節だ。私は下着を脱ぎ捨て、頭から熱めのシャワーを浴び、剃刀《かみそり》で髭をあたった。いつのまにか、ドライヤーの音がしなくなっていた。

　やはり首だの腰だのが強張《こわば》っている。身体を濡《ぬ》らしたついでに頭も洗い、風呂場から出た。丸めた汚れものを投げ入れようと洗濯機の蓋《ふた》を開けた。

ぎょっとなった。女ものの下着が入っている。あわてて閉めた。あの女だ。村下恭子はこんなことは絶対しない。洗濯が終わったあと下着を入れたままにできる性格ではない。とんだやっかいものをひっぱりこんだらしい。しかし誰にも文句は言えない。

リビングに戻ると、彼女も一緒に朝飯を食っていた。いつのまにかジャージのズボンとTシャツを着込んでいる。ジャージは知らないがTシャツは私のものだった。昔、忘年会の景品でもらったのだ。胸のところにただ英単語がプリントしてあるだけだが、『ブランド品』だと若いやつが言っていた。そして、そんなことを言われたせいで急に着る気がなくなったしろものだ。

「あ、シャツ借りちゃった」

私がじっと見ていることに女が気づいて、笑顔を向けた。おそらく、礼を言ったつもりなのだろう。その脇で村下恭子がつんとすましている。彼女が着せたのか。ついでに下着の替えはどうしたんだ。まあ、そんなことはどうでもいいことだ。万が一、失態を演じている可能性がゼロではないので、私もあまり強気には出られない。

何より腹が立つのは、新参者の件でさっきはそろって私に冷たい視線を向けた連中が、その本人とは中学校の同窓生みたいに打ち解けていることだ。ジュンペイなどは笑い声までたてている。

私の不機嫌を察して、村下恭子がすっと緑茶を出した。こうなった今でも、気配りは忘れない、やさしい女性だ。私は半分ほど機嫌を直した。恭子が私の目をじっと見つめている。

（ご飯は？）と聞いているのだ。

「頼みます」

熱すぎないお茶をすすっていると、彼女がやや深めの器に粥《かゆ》をよそって持ってきてくれた。まんなかにひとつ大きな梅干が載っている。見ただけで口の中がすっぱくなる。二日酔いでこみ上げるのとはまったく別の緊張感が広がる。梅干をちびりちびりかじりながら、軟らかめの粥を流し込んだ。ようやく朝がはじまった。

私の分以外にも、いつもどおり空いた席にご飯茶碗《ぢゃわん》が大小二膳《ぜん》よそってある。誰も手をつけていない。

「あら、また残して」

恭子が誰にともなく言って、茶碗を下げた。

腹ごしらえを終えたところで、みなの紹介をしようかと身構えたが、石渡が察したらしく、

「一応、挨拶《あいさつ》は済ませました。私はこれで失礼します」

と言い残し、自分の部屋へ戻っていった。ジュンペイに視線を向けると、こくりとうなずいている。村下恭子は私の目をじっと見ている。やはり紹介は済んだようだ。どうやら彼女の名前すら知らないのは私だけらしい。

時計を見た。家を出るべき時刻まで三十分ほどある。私はようやく決心した。

「ところで、昨夜何があったか教えてくれないか」

彼女の名前は高瀬早希《さき》といった。自称二十一歳。

昨夜彼女が目撃したことを話してくれた。

私が彼女の誘いを冷たく断ってから、まもなく言い争うような声が聞こえた。つまり、三人組と私だ。関わりたくもないので、そのまま見ていた。やがて殴り合いの喧嘩《けんか》がはじまった。

「でもね、ちょっとびっくり」

「なぜ？」

「ただの酔っぱらいのおっさんだと思ったのに、三人相手にして、負けてなかったから。尾木さんて、何か格闘技みたいなことやってたの？」

私は照れ隠しに先を促した。

「まあ、そんなことより、その先どうなった？」

「ひとり目をかるくすっころばして、二人目に馬乗りになったの。……覚えてないの？」

首を二度縦に振った。

「そこまではカッコ良かったんだけどね」

「そこまでは？」

「そう、二人目の髪の毛摑んだから『殴るのかな、映画みたい』とか思ってたら、いきなり吐くんだもん」

「吐いた？」

「そう、相手の上に」

なんてことだ。

「それで」

「あいつ、悲鳴あげてたよ。最悪ね。自業自得だけどさ、ちょっと可哀そうだった。私ならトラウマになっちゃうね。そのあと三人目が殴りかかってきたんだけど、なんだか酔っぱらいのくせに、相手を投げ飛ばしてた。そこらじゅう吐きながら」

この傷は当分消えないと思った。こっちこそトラウマだ。

「それで？」

「さいしょに転ばしたやつがうしろから殴ろうとしたから、私が叫んだの『ドロボー、人殺しー、警察ー』って。そしたら、あいつら急にあわてて『やべーぞ』とか言いながら逃げてった」

しばらく誰も口を開かなかった。

「それは、世話になった」

しかたなく、頭を下げた。

「大変だったのはそのあとなんだから」

「まだ何か？」

「何かって、どうやって帰れたと思うの」

たしかに、終電にはまにあわなかっただろう。

「コンビニでウェットティッシュ買って、洋服拭《ふ》いてあげたんだよ、だってあれじゃタクシー乗せてくれないからね。そのあと私がタクシーつかまえて、連れてきてあげたんじゃない」

「よくここがわかったな」

「『どこに住んでるの？』って聞いたら、運転手にはっきり住所言ってたわよ。旭町《あさひ》なんとかかんとかって。変な酔っぱらいよね」

なんと言われようと返す言葉もない。

「でもねタクシー乗せるのも大変だったんだから。ぐにゃぐにゃしてるし、重いしさ。運転手は手伝ってくんないし」

「申し訳ない」

タクシーの代金をどうしたか、を聞くのはあさましいような気がしてやめた。財布をたしかめれば済むことだ。しばらくのり弁当かコロッケパンの日が続くだけだ。そんなケチくさいことを考えていたら、彼女がとんでもないことを言いはじめた。

「そのあと、胸は触るし、手は握るし、キスしようとするし、イヤらしくて最低だった」

私は耳の先まで火照ってくるのを感じた。

「いや、そんな覚えはないんだが、ほかのことも覚えがないし、でも、誓って……」

しどろもどろの私を見て、女がけらけら笑った。

「ウソ、ウソ。ぐーすかイビキかいてた」

頭に上った血がすっと引いていく感じがした。

「耳元で『しなくていいの？』って聞いたら、『明日にしてくれ』とかなんとか言ってた。ホント変な酔っぱらい」

女は自分だけ笑い転げた。


時計を見るとそろそろ出勤の時刻だ。

「ところで、これからどうするつもりだ？」

早希と名乗る女に聞いた。

どうする、とはもちろん「何時にここを出て行くのか」という意味だ。

「うーん、お金と携帯とってこようかな。不便だし」

立ちあがりかけた腰が止まった。

「なんだ。今夜も泊まるつもりか？」

多少、非難の調子を込めたつもりだった。

「いいじゃないですか。もうひと晩くらい」

やはり出勤するため身支度を整えてきたジュンペイが、助け船を出した。

洗い物を済ませた村下女史はつんとすまして、そ知らぬ顔をしている。つまり反対ではなさそうだ。ここにはいない石渡氏もきっと「私には関係ありませんから」と言うに違いない。

元はそうやってできあがったファミリーだ。もうひと晩くらい客人を泊めても、不都合はないだろう。

「わかった。もうひと晩泊まっていいよ」

但し、聞いておきたいことがある、と言う前に早希が喜びの声をあげていた。

「やった。うれしい」

早希はジュンペイに抱きついて喜んでいる。抱きつく相手が違うだろう、とは言う気も起きない。

「あ、いけね。そろそろ出かける時間だ」

顔を赤くしたジュンペイが立った。自分の茶碗を洗っている。

借りは借りとして、聞くべきことは聞いておかなければならない。

「恩人に失礼なんだが、そもそも君の家はどこなんだ？　なぜ家出した？　未成年じゃなさそうだから自己責任だとは思うが、心配する人はいないのか？」

前の仕事で、詮索《せんさく》することに飽き飽きしたはずだったが、つい癖が出た。

「うーん」

考え込んでいる。考え込まれて、昔の虫が穴からもう少し顔を出した。

「家主として最低限のことは聞いておく権利と義務があるような気がするんだがな。たとえば、君が何か犯罪でもしでかして逃げてる、なんてこともありうるし」

「そんなんじゃない、かな……」

最後に一口含んだお茶を吹き出しそうになった。『かな』とはなんだ。

「おいおい、冗談じゃなさそうだな。本当に大丈夫なのか？」

「でも、警察から逃げてるわけじゃないの」

さらに突っ込んで聞こうとしたとき、ジュンペイがあわただしく駆け抜けていった。今日は彼の現場のほうが遠いらしい。名残惜しそうにちらちら早希に視線を走らせていったのを見て、なんだか頬がゆるんだ。彼も健全な若者だ。

「なんだかカワイイわね」

早希も同じことを感じたらしく、くすっと笑った。

「可愛いかい？　顔で道路の掃き掃除したみたいな感じだけどな」

へんなの、と笑った。

「なんていうか、弟みたいな感じ。私、弟欲しかったから」

まあ、二十一歳という本人の弁を信用すれば、ジュンペイよりたしかに年上ではある。

「弟がいたら、思いっきり可愛い恰好《かっこう》させるんだ。スカートもはかせてね、リボンもつけてあげるんだ」

スカートをはいてリボンをつけ、むすっとしているジュンペイを想像したら、なんだか細かいことはどうでもよくなった。

そうだ。もう、そんなことはどうでもいいはずの人生じゃないか。他人の身の上話など聞かないほうがいいだろう。

ジュンペイも石渡も身の上話を聞いたばかりに住まわせることになった。村下恭子については昔の仕事の関係で、身の上を初めから知っていたのだが。

「ま、言いたくなけりゃそれ以上は聞かないが、他の住人を巻き込むのはやめてくれ。俺で力になれることがあれば、協力する。ただし金はない」

部屋を片づけていた恭子が、ちらりと視線を私にむけた。私は気づかないふりをした。

「うん。ダイジョブ」

早希は二、三度力強くうなずいていたが、若い女の子の安請け合いほどあてにならないものは世の中にない。

一度しくじったくらいでは懲りない人間もいるのだ。

最後にもう一度念を押した。

「昨日、ほんとに手出ししてないよな」

「もしかして、後悔してるんじゃない?」

「ばかな」

「今夜してもいいけど、お風呂《ふろ》は入ってね」

あはは、という笑い声が返ってきた。

失神する前に、私も出勤することにした。制服一式が、現地のコインロッカーで私を待っている。

3

今から五年前のことだ。

その年、警察官の不祥事が相次いだ。協力費横領、後輩リンチ、窃盗、傷害、そして殺人。マスコミは、競って警察官の犯罪を連日のように報じていた。首都圏から離れたこの土地も例外ではなかった。警察庁から県警本部へ、そして各所轄署へ、綱紀粛正を求める異例の通達があってまだ間もない夏の夜、あの事件が起きた。

当時私には、二軒だけ行きつけの飲み屋があった。一軒は安いだけが取り柄の小汚い店「志むら」。そしてもう一軒の「弥五郎《やごろう》」という店は、小料理屋と呼ぶほど気のきいたものではなかったが、うまい焼酎《しょうちゅう》を安く飲ませ、九州の郷土料理を肴《さかな》に出した。「弥五郎」を取り仕切るのは十年来の顔《かお》馴《な》染《じ》みであるごつい女将《おかみ》だった。まあ、この女将のあだ名が弥五郎と言われれば納得したかもしれない。だが、それは鹿児島地方にある祭りに由来した名前らしく、「よく聞かれんだけどさ、私のあだ名じゃないよ」と豪快に笑っていた。

店が空《す》いていたので、月曜か火曜日だったはずだ。とにかく蒸し暑い夜だった。いつもより早めに飲みはじめた記憶がある。

事件が起きれば、終電や泊まりが当たり前の生活で、妙に早く帰宅すると生活のリズムが狂うような気がしていた。しかしそれは自分のために用意した言いわけだったのかもしれない。家では妻の久美子が待っている。どんなに遅い日が続こうと愚痴もこぼさない女だ。もう一年以上、妻の肌に触れていなかった。籍が入っているだけでは夫婦とはいえない。喧嘩《けんか》をするわけではないが、長く一緒にいると息苦しい。そんな夫婦になっていた。私は、たまに早くあがれる日も、どちらかの飲み屋に寄ってから帰ることにしていた。私たちには、子供がいなかった。もしいたら、別な人生があったかもしれない。今さら考えてみてもしかたのないことだが。

その晩も、粗塩を振った茹《ゆ》でたてのそら豆と、豚骨という名の箸《はし》で挟むと千切れるようなやわらかい骨付き角煮をツマミに、好きな焼酎をロックで飲《や》っていた。ちょうど客足が途絶えて、店に私ひとりきりになったとき、おそらくタイミングを狙っていたに違いない女店員が話しかけてきた。

「ねえ、尾木さん。今夜時間ある?」

店を切り盛りするのは弥五郎女将と、この多田美智恵《みちえ》という名の三十をひとつ二つ超えた店員の二人きりだった。

「うん、なんだい? 誘ってくれるのかい。まさかな」

そう言って、私はあははと笑った。時計を見ると九時半を少し回ったところだった。週に少なくとも一度は顔を出していたので、美智恵とはすでに砕けた会話をかわす仲にはなっていた。だがこの日まで、尻《しり》ひとつ撫《な》でたことがあるわけでもなかった。

「今日、早めにあがれるから、コーヒーでもどう？　ちょっと相談したいことがあって」

美智恵がこんなことを言い出すのは初めてのことだ。

「まあ、いいよ」

私は気軽に受けた。美智恵も私が刑事であることは知っている。それをあてにしての相談ごとだろうと考えた。浮いた話だとは、そのときは本当に思いもしなかった。もし仮にそんな気配があれば断っていただろう。だが、後《のち》に私を取り調べた同僚に一番信じてもらえなかったのは、皮肉なことにまさにその点だった。

「どうせ鼻の下を伸ばして、ノコノコついていったんだろうが。いい年こいて」

さげすむような目で睨《にら》まれた。

美智恵に亭主がいないことは知っていた。だから、頼る相手に困って、一番身持ちの堅そうな自分に声をかけたのだと、端《はな》から信じていた。

魔が差した——。

この目で嫌というほど見てきた「魔が差す」瞬間だった。

二十年近い刑事生活で、いったい何人の犯罪者と関わったか数えたこともないが、手のつけようのない悪党というのにはめったに出会った記憶がない。罪に手を汚すもののほとんどが、昨日までごく普通の、あるいはせいぜいちょっと風変わりという程度の生活をしていた人間だ。それがある日、魅入られたように犯罪に引き込まれていく。

五十を超えるまでパチンコすらほとんどしたことのない工場主が、たまたま取引先のつきあいで連れていかれたバカラ賭博《とばく》の勝ちに味をしめ、街金《まちきん》に関わり、最後は保険金詐欺を目的に自宅を兼ねた工場に放火した事件。

毎日同じ道を車通勤していたカーディーラーの事務員が、ある日なぜか普段と違う裏道を通ってみたくなり、見通しの悪い交差点で一時停止を怠り、たまたま通りかかった塾帰りの小学生をはねて死なせた事件。

アルバイト先のコンビニに新しく入った女の子に惚《ほ》れ込んでしまい、降りる駅までついていったことが仲間にばれ、ストーカー呼ばわりされた大学生。本人に言いつけるぞとからかわれ、店にあったフルーツナイフで相手を刺してしまった彼は、犯罪者と呼ぶにはあまりに臆病《おくびょう》な目をしていた。

自業自得というのはたやすい。しかし、どれもこれもその日その瞬間そこにいなければ、そんな出会いがなければ、犯罪者にならずに昨日と同じ生活を送っていたかもしれないできごとだった。「魔が差す」という言葉でしか説明しようのない人生の深い闇が存在することは、痛いほどにわかっていたはずだった。

だが……、と今でも思う。後悔することには意味がない。自分では止められないからこそ、「魔」の瞬間なのだ。落ちるべくして落ちた穴だった。

午後十時ごろだったろうか、店を早めに退《ひ》けた美智恵と、近くのコーヒーショップで待ち合わせた。

店のお仕着せらしい和服を着ているとおとなしそうな印象もうけるが、ジーンズにTシャツという恰好《かっこう》で現れた美智恵は年齢よりも若く、生き生きとして見えた。

「ごめんなさいね、お時間とらせちゃって」

「いや、いいんだ。どうせ女房は先に寝てるから。それより、話ってのはなんだい？」

セルフサービスの店なので、注文は取りにこない。美智恵はそのまま、話し続けた。

「うん。やっぱりこういうところじゃ話しづらいし、かといって落ち着けるようなお店も知らないし……。ねえ、私の部屋にきません？」

「部屋に？」

素《す》っ頓狂《とんきょう》な声をあげてしまってから、あわてて周りを見た。他の客といえば、二つ置いたテーブルでネクタイを締めた男が舟をこいでいるだけだった。

「そう。実はね、ここから歩いて十分もかからないところに部屋借りてるのよ。ワンルームだけど」

美智恵はあっけらかんと言う。

「いや、近い遠いという問題じゃなくてな、なんていうか……」

私が口ごもったので、美智恵が笑い出した。

「大丈夫よ、尾木さんみたいな愛妻家に迫ったりしないから。ちょっとお話聞いてくれればいいの」

乗りかかった舟だ。酔いもあって、引き受けてしまった。

店を出て、美智恵の示す方角に歩き出した。十メートルもいかないうちに、美智恵が腕を絡めてきた。店を出るときに振りかけたらしい香水の匂いが鼻をくすぐった。

「おいおい、話が違うぞ」

そうは言ったが、あえて腕を振りほどこうとしたわけでもなかった。

「いいじゃない、ケチらなくたって。尾木さんね、ちょっとシブイからわりと好みかもしれない」

いたずらっぽい笑みを浮かべ、美智恵は斜めに私を見上げた。

このときに気づくべきだった。だが、心の中を正直にさらせば、悪い気はしなかった。美智恵は器量の悪いほうではない。大きめの瞳《ひとみ》で相手をのぞくように見上げる癖があり、ぽってりとした唇は男好きがした。

今、楽しそうに腕を組んで歩くこの女と、店ではいつも和服を着てあたりさわりのない会話しかしたことのない女とは、別人のような気がしていた。むせ返るような熱帯夜の湿った空気と、回りはじめた酔いで、正常な思考が働かなくなっていた、というのは言いわけだろう。美智恵が絡めた腕の部分がじっとり汗ばんできたが、その腕とわずかにあたる胸の柔らかさを楽しんでいなかったと言い切る自信はない。

たしかに十分ほど歩いたころ、「ここなの」と美智恵が言って道路脇に建つマンションを示した。繁華街から住宅街に変わりかける一帯に建つ、四階建てのこぢんまりとした煉《れん》瓦《が》のタイルを埋めこんだマンションだった。

案内されて、二階の美智恵の部屋に入った。店に勤めはじめたころ引越してきたのかもしれない。綺《き》麗《れい》に片づき、生活臭があまりなかった。

美智恵が缶ビールを出してテーブルに置いた。照れ隠しもあって、すぐにそれに口をつけた。熱さで喉《のど》が渇いていたので、三百五十ミリリットル缶をほとんど一気に飲み干した。この行為が、あとになって判事の心証を悪くしたようだ。

「それで……」

私が本題に入るよう促そうとしたときだった。部屋にあがってから十分とたっていなかっただろう。玄関のドアが勢いよく開いて、男がひとり飛び込んできた。

「チキショー」

そう叫んでいた。

狭い部屋だ、一目でリビングから玄関までが見渡せる。怒鳴りながら突進して来る若い男の右手に光るものが見えた。

美智恵が何か叫んだようだったが、記憶していない。

何ごとがおきたのか、瞬時にはわからなかった。私は酔ってはいたが、それでもとっさに身構え、体当たりしてきた男を突き飛ばした。

「何をする！」

私は一喝した。

男は遮二無二私に組みついてきた。手にはサバイバルナイフのようなものを握っている。そのまま二人は倒れこんでもみ合いになった。

「チキショー、バカにしやがって」そんなようなことを口走っていた。おそらく何かの誤解か人違いをしているのだと思ったが、話し合えるような状況ではなかった。自分自身が酔っていて、逆上した相手を説得する余裕などなかった。警察で身につけた武術で本能的に応戦するのが精いっぱいだった。

どのくらい、組みあっていただろうか。一分も経っていないと思う。私にのしかかろうとしていた男をはねのけ、逆に私が上に乗った。そのとき、自分の手がどうなっていたか、今ではどうしても思い出せない。

「ああーっ」

男が叫びともうめきともつかない声をあげた。男の身体が一瞬非常な力で強張《こわば》り、すぐに柔らかくなっていった。

私は男から身体を離した。男はぐったりと横たわり、荒い息をしていた。我が身に起きたことが信じられないといった表情を浮かべている。

私は自分の汗ばんだ手を見た。親指と人差し指から血の雫《しずく》が垂れるところだった。他人の夢をのぞき見ているような非現実感があった。

「キャーッ」

美智恵の悲鳴で我に返った。男が自分の腹を押さえているその指の間から、いつかどこかの観光地で見た湧き水のように、絶え間なく血が流れ出していた。

男の名は磯崎一樹《いそざきかずき》。二十八歳。美智恵の男だった。いや正確には美智恵が別れようとしていた男だった。

ナイフは、肋骨《ろっこつ》のすぐ下の軟らかい部分に刺さり、肝臓の動脈を傷つけた。その晩のうちに、磯崎は失血性ショックで死亡した。私は即刻逮捕され、三日後に殺人罪容疑で送検された。

公平に見て殺人罪は厳しい気がする。送検までもずいぶん早かった気がする。一般人なら「正当防衛の程度を超えた行為」つまり世間でいう過剰防衛程度で済んだのではないか。悪くても傷害致死。いやそれ以前に、もう少し事実関係の捜査にも時間を割いてくれたのではないか。私に対するこの処遇は、私が現職の刑事だったことが関係していたように思う。個人としてまた組織として警察の不祥事が続いていた時期であり、社会に対する顔向けの問題があった。「身内に甘い」という批判を避けるため、そしてこれは穿《うが》ちすぎかもしれないが「こんなときにふざけやがって」という身内であるがゆえの増幅された憎悪もあったかもしれない。私の上司があえて検事に「厳罰を」と頼み込んだのではないかとすら考えていた。

裁判で確認された事実関係はこうだった。

当夜、私が美智恵に誘われるまま部屋にあがりこみ、折悪《おりあ》しく訪れた交際中の男である磯崎と鉢合わせし、もみ合いになった。当時美智恵と磯崎の間では別れ話が持ち上がっており、磯崎が美智恵を脅して縒《よ》りをもどそうと考えて持参したサバイバルナイフで私を脅した。そして争いの結果、私が磯崎を死に至らしめた。

私の国選弁護人は正当防衛を主張し、真っ向から対立することになった。そして、いわゆる『司法取引』が行われた。日本ではあり得ないことになっているが、証拠が残らないだけで実際には存在する。『事前調整』、『根回し』、呼び名はなんでもいい。関係者一同が早いところ決着をつけたいときに取引が行われる。

警察当局はとにかく早急に決着をつけたかった。現役警察官の不祥事というだけでも、一日も早く世間の記憶から消し去りたいのに、その被告が無罪を訴えて最高裁まで争うようなことがあっては悩みの種が消えない。一方、私は罪状などどうでもよかった。今さら綺麗にやりなおせる人生でもない。唯一希望があるとすれば、法廷で恥をかき続けるより、早く刑に服したかった。裁判所も、抱えている案件で飽和状態だ。当事者が納得するなら、落としどころは理解しているはずだった。

結局、一審の判決は傷害致死で有罪。情状が酌量され、求刑の五年に対して四年の懲役だった。

　意外なことに、そもそもの原因を作った美智恵はあまり私に好意的な証言をしてはくれなかった。それがあればさらに刑期は短くなったかもしれない。私は、恨みはしなかったが、美智恵の冷たさが不思議だった。私の殺意を肯定もしない代わりに否定もしなかった。おそらくは、何もかも正直に話しては自分も罪に問われるのではないか、と思ったのだろう。まだそんなことを考えている私は筋金入りのお人好《ひとよ》しだった。

　私が控訴しなかったため、わずか四ヵ月の裁判で決着がついた。勾留《こうりゅう》期間が加味され、私は三年六月で仮出所することになったが、その刑務所暮らしのあいだ、どうしても事件のことを考えざるを得なかった。あの夜、美智恵が私に話した言葉のひとつひとつ、仕種《しぐさ》や表情までことごとく反芻《はんすう》してみた。そして私がたどりついたのは、すべては美智恵が仕組んだことだった、という結論だった。

――美智恵は磯崎と仲良くやっていた時期もあった。それがなぜ別れ話になったのか正確にはわからないが、最初は愛《いと》おしいと思った若さが鼻につくようになったのではないか。それに、見た目よりも奔放な美智恵にとって、やきもち焼きの磯崎が次第にうとましい存在になっていったのだろう。別れ話を切り出してみたが、逆効果だった。美智恵にすっかり惚《ほ》れ込んでいた磯崎は逆上した。『無理心中』くらいのことは言ったかもしれない。

　困った美智恵は一計を案じた。

「実は新しい男ができた。しかも相手は刑事だ。これ以上つきまとうと逮捕してもらうぞ」

そんな脅しをかけたのだろう。そしてあの夜、私が美智恵に誘われるまま、同僚が言うように「鼻の下を長くして」外で会うことを了解した時点で、磯崎に連絡をとったに違いない。

「ウソだと思うなら、今夜十時ごろ、店の前で見ていてごらん。新しい彼氏と一緒のところを見せてやるから」

そう予言しておいて、私と仲のよさそうなところを見せつけたのだ。いや、それではまだ足りないと考え、私を部屋に引っ張りこんだ。

磯崎という男はおそらく美智恵が証言したとおり、小心者だったに違いない。どちらかといえば強面《こわもて》であるこの私を見せつければ、あきらめると考えたのだろう。

女というのは悪魔のように頭がはたらくときもあるが、天使のように間の抜けたお人好しに変身することがある。磯崎がそんなことで引き下がると考えた誤算が招いた事件と言ってもよかった。

磯崎の小心さは逆の方向に働いた。予《あらかじ》めサバイバルナイフなどという大げさな凶器を準備して、実力行使に訴えた。目標がどちらだったのか今となってはわからない。だが私は、刺そうとした相手は美智恵だった、と信じている。

あのとき美智恵のところまでたどりつくには、私の脇を通り抜けていかなければならなかった。その途中にいた私が、自分からしがみついてしまったのだ。

私は、好きこのんで罠《わな》にはまり、おめでたいことにさらに最悪のとどめというべきトラブルを自分で摑《つか》みとってしまった、大間抜け野郎だったのだ。


妻の久美子とは、一審判決が出る前に離婚の手続きを終えていた。一度だけ接見に来て、本当にやったことかどうか私にたしかめたのが会話を交わした最後だった。心底愛想《あいそ》をつかすと、ののしることさえ嫌なようだ。郵送で届いた離婚届に、申請して入手した自分の三文判を押してすべてが終わった。

結婚の名のもとに多くの悲劇が生まれているが、終焉《しゅうえん》はあっけない。

お勤めを終えても、何もかもが元に戻るわけではない。私は三年六月の刑務所暮らしで、住む家以外のほとんどすべてを失った。

4

めずらしく、どこにも寄り道せずに家に帰った。

昨夜のタクシーご帰還で、私の懐具合はかなり切迫していた。今日の昼食ものり弁どころかコンビニで買ったおにぎり二つだけだ。さすがに一日労働するとこれでは腹が減る。

飲み屋に寄る金はなかったし、駅の売店でカップ酒を買って飲む気にもならなかった。

私の家が――今はまだ私の家だ――ある旭町は、光宮駅から私鉄で十分ほど乗ったところにある。県下で有数の夜の歓楽街を抱える光宮市だが、しょせんは地方都市。四つも駅をすぎればすっかりベッドタウンに様変わりし、夜など嘘のように寂しくなる。うしろ前にパンツを穿《は》いてしまったときのような違和感を覚えながら、まだ明るい駅の改札を出た。

煉瓦《れんが》やタイル風の壁をみせびらかす真新しい分譲棟のあいだを抜けると、昔ながらの木造モルタルざらざら壁の古びた住宅街が見えてきた。四年間の留守中にはがれ落ちたため、板に手書きの『尾木』という表札がかかった門を開ける。

鍵《かぎ》のかかっていないドアを開け玄関に入る。小汚いスポーツシューズが一足、斜めに脱ぎ捨ててあるほかは、きちんと整頓《せいとん》されている。

(こんな時刻に帰ったら、皆どんな顔をするだろうか)

突然、にぎやかな空気が吹き寄せてきた。

「ははは」

と静かに笑う声は、勘違いでなければ石渡氏のものだ。

石渡が笑っている。いったい何事が起きたのか。

職業柄、いや正確には「元」職業柄、ヤクの回し飲みでもしているのではないかと真剣に思った。

不安にあおられ六歩で廊下を歩き、勢いよくリビングの扉を開けた。大皿に載った大量の餃子《ギョーザ》を囲む四人の男女がいた。缶ビールやウィスキーのボトルまで並んでいる。

「なんだか盛り上がってるじゃないか」

多少皮肉をこめて言った。その声でようやく私の存在に気づいたのか、皆がこちらを見た。

「あ、お帰りなさい。今日は早いすね」

柳原ジュンペイが屈託のない笑みを浮かべて言う。信ずる道に人生を捧《ささ》げた女教師でさえも、たらしこめそうな笑顔だった。

「これ、旨《うま》いすよ」

そう言って、箸《はし》でつまんだ餃子をかかげる。

「いや、本当です。皮も手作りだそうで、店で食べるより美味《おい》しい」

石渡がいつになく饒舌《じょうぜつ》だ。第一、彼が面とむかって恭子を褒めるところなど初めて見た。

「ワタシも、すっごい美味しい」

早希が、箸を持った手で口元を押さえながら、もごもごご興奮気味に言う。

「これだと、あまりお金をかけずにいっぱい作れますから。それに、量を多く作ると味がなじんで美味しくなるみたいです」

恭子が、謙遜《けんそん》するでもなく自慢するでもなく、淡々と説明した。

「これなら毎日でもいいなあ」

ははははとジュンペイが大笑いして缶ビールを呷《あお》る。彼の性格について誤解していたのかもしれない。

「ま、せいぜい楽しくやってくれよ」

「尾木さんも、どうぞ。早くしないとなくなっちゃうよ」

皆の視線が私に向けられた。

「今日のお酒は、みんな早希さんのおごりなんです」

得意げなジュンペイの前には缶ビールが二本立っているだけなのに、ほおずきみたいに真っ赤に熟れている。大切なことを思い出した。

「お前、未成年じゃなかったか？」

「まあ、そう堅いこと言わないで。どうせあと三カ月でハタチだし」

本当は責めたわけではない。当たり前のようにさりげなく夕飯に誘われて、どういう態度をとってよいのかわからずに、そんなことを口にしてみただけだ。

「まあ、そんなに言うなら……」

腹の鳴る音を聞かれないよう、咳払《せきばら》いしながら腰を下ろす場所を探す私に、早希が少しずれて空きをつくってくれた。私は気づかなかったふりをしてジュンペイと石渡のあいだに座った。

「そういや、おごりって、金はどうしたんだ？」

「友達に連絡してお金貸してもらったの。ちょっとまだ、家には帰りたくないし……。あ、ここの住所は言ってないから、迷惑はかけないと思う」

けろりとしている。

石渡が、ヴィンテージのスコッチでロックを作ってくれた。

「けっこういけますよ」

からりと氷の音をたてて、グラスを口元へ運ぶ。冷たい痺《しび》れが喉《のど》を焼きながら落ちていき、空っぽの胃に火がついた。頭の芯《しん》がほどけていくような感覚を味わいながら、改めて皆を見回した。

ジュンペイのあんな楽しそうな顔はこれまで見たことがない。恭子は相変わらず、表情には乏しいが、餃子を絶賛されて内心まんざらでもなさそうだ。その彼女の無言の横顔が、私に忠告している。

恭子の言いたいことはわかった。彼女はほとんどいつも冷静で、たぶんいつも正しい。いやな役だが、盛り上がっているところに水をぶちまけることにした。

「それで、出て行く目処《めど》はついたのか？」

早希とジュンペイがじろりと睨《にら》む。

「あのう、できればもう少し……」

早希がとってつけたようにしおらしい態度を見せる。今どきのすれた中学生のほうが、もう少しましな演技をするんじゃないか。

きっちり断ろうとして、ジュンペイと目が合った。わかったよ、わかった。

「まあ、にぎやかなほうが楽しいんだろうし。よかったら、もう一泊していきな」

「やった！」

早希が立ちあがって今度は私に抱きついた。一瞬のことで、身をかわすことができなかった。私の首に手をまわし、「ラッキー」などと、あたりを憚《はばか》らない大声をあげている。

「まあ、もうわかったから」

彼女の手を振りほどいて、ようやく最初の餃子を口に運んだ。

たった今の感激はどこへやら、すでに私を無視して別な話で盛り上がっている。

「えー、それじゃ、小説とかも英語のまま読むんですか？」

早希が石渡に聞いている。彼はノンフィクション、特に経済関連の翻訳でメシを食っている。

「あまり、趣味で小説は読まないけど、まあそういうことかな」

「スゴーイ」

両手を合わせて感心している。まんざらお世辞だけではないかもしれない。

ジュンペイが明らかに嫉妬《しっと》の視線を向けている。あきらめたほうがいい。教養じゃ太刀打ちできっこない。若さでもアピールするんだな。

皆、腹が膨れてきたらしく、飲み食いよりも会話に気持ちが移ったようだ。私だけは、危うく事業規模を縮小するところだった胃袋をなだめるため、肉汁の滲《し》み出す餃子を二つ三つと口へ運んだ。

「でも、柳原君て国立大学なんでしょ。スゴイよね」

早希もなかなか如才がない。あちらを立てれば、こちらも立てる。

「でも、休学中だし」

ジュンペイが赤くなってぽつりとつぶやいた。おそらく、休学したことを最も後悔した瞬間だったろう。

「ねえ、何学部？」

「法学部」

「じゃあ弁護士とか目指すわけ？　もしかして、官僚とか」

玉の輿《こし》ならジャンルは問わず、といったところか。

「いや、それほどのモノでも」

「また、ガッコ戻れるんでしょ？」

「まあ、学費を払えば」

さっきはやきもちを焼いていたくせに、自分のことに話が及ぶと、うつむいてぼそぼそしゃべっている。早希が、妙案を思いついたという表情で、ゆっくり噛《か》み締めるように言った。

「ふーん。じゃあ……、じゃあさ。もし私が学費を立て替えてあげて、卒業できて、弁護士になったら、私と結婚してくれる？」

純朴な青年だとは思っていたが、これほどうろたえるところは初めて見た。まるで何かのおまじないでもあるかのように、箸を取ったり置いたり永遠に繰り返している。

「いや、そんなことはありえないんで、約束とかは……」

私はあやうく貴重な酒を鼻から吹き出しそうになった。同じく目をぱちぱちさせている石渡に片手で拝んで、ボトルを回してもらった。

「ジュンペイ、たじたじだな」

ジュンペイが話の振り先を見つけて、ここぞとばかりに言った。

「尾木さんだって、さっきはなんだかデレッとしてましたよ」

「ほんとですね」

恭子がそう言って立ち上がり、あと片づけをはじめた。

「新しい人との出会いは、刺激的ではありますがね」

石渡もそう言うなり、自分の食器を持って立ち上がった。自分の始末は自分でつける。それがこの家の流儀だ。料理に関しては村下恭子が一手に引き受けてくれているが、あとの始末は共同でするしきたりだ。

「あ、もう片づけるかい」

あわてて、餃子を口へ放り込もうとした。

そのあわてぶりが面白いらしく、皆が笑った。

「なんだか、いいなあ。こういう共同生活。面白そうだなあ」

早希が誰にともなく言った。私が代表して答えた。

「はたから見たらそうかもしれないけどね。でも、そんな気楽なもんじゃないんだ本当は」

「でも、なんだかみんな、楽しそうだし」

楽しい――？

私は楽しいのか。恭子は楽しいのだろうか。石渡は楽しくてここにいるのだろうか。ジュンペイは楽しんでいるのか。

「私、家族ダンランっていう経験があんまりないから、すごくあこがれるんだ。ホント言うと、もうひと晩泊めてもらいたくなったのはそれが理由」

半分独り言のような口調だった。

この、寄せ集めが団欒《だんらん》に見えるとは皮肉なものだ。

「まあ、ジュンペイの顔を見ると……」

「尾木さん」

空いた皿を下げに戻った恭子が私を睨んでいる。

「何か？」

「何か、じゃないです」

恭子は落ち着いた口調でたしなめる。私より年下だが、出来のいい姉に叱られているような気分になる。

「だから、何が？」

「柳原さんの名前。余所《よそ》のかたにまで、嘘を教えてはダメです」

「嘘？」

「嘘の名前。柳原さんの名前は潤です。『うるおう』と書いてジュン。柳原潤。ジュンペイ君じゃないですよ」

脇でジュンペイが、勝ち誇ったようにうなずいている。私はそんなことよりも、これほど長くしゃべる恭子を見て、どぎまぎしていた。

「何回言っても、きいてもらえないんだもんな。ホント頑固だよね」

ジュンペイがここぞとばかりに攻撃する。

いいじゃないか、と心の中で舌打ちした。名前なんてのは特別な思い入れがあった親以外には記号みたいなものだ。私がジュンペイだと思ったら、ジュンペイでいいんだ。第一、この家の家長はこの私だし。

「えー、ジュンペイ君ってジュンペイじゃないの？」

早希が目を丸くして素《す》っ頓狂《とんきょう》な声をあげた。

「いいじゃないか、そんなもん」

開き直る私を、恭子がさらにたしなめる。

「よくないです。親御さんが一生懸命考えてつけた名前をそんないい加減に呼んではいけないと思います」

彼女の言い分はほとんどいつも正しい。

「俺がつけるんだったらジュンペイにするんだがな」

「余計なお世話です」

ジュンペイもぽっちゃりした顔を真っ赤に上気させて口をとがらせている。

「まるで茹《ゆ》でダコだな、ジュンペイ」

「違うって」

私と早希が同時に笑った。ジュンペイも仕方なく笑った。驚いたことに、恭子の口元にも、かすかに笑みが浮かんでいた。私は気づかなかったように、すぐに目をそらした。

「あのう」

早希が、私の顔色をさぐるようにのぞき込みながら聞いた。

「みんな、どういう関係なのか、聞いちゃダメですか」

私と、恭子と、ジュンペイの三人が顔を見合わせた。恭子とジュンペイの顔には嫌がっている色が浮かんでいた。私は、ほんの少し悩んだが結論は決まっていた。

「悪いが、それはかんべんしてくれ」

「えー、ちょっと残念」

早希は、口をとがらせてからビールに口をつけた。

恭子の視線に釘《くぎ》をさされるまでもなく、酔っぱらいにも最低限のルールはある。その恭子が、今日も手のつけられていない二つのご飯茶碗《ぢゃわん》を片づけていた。私は意地汚く、スコッチのお代わりを注いだ。

5

妻がこの家を出ていって、五年近い年月が過ぎた。

服役中に離婚手続きを済ませた妻は、いまだに元気な両親が住む実家にさっさと帰ってしまった。妻の趣味で買ったわずかな家具と身の回りの物を持って。

その日以来、半年前に私が再び住みはじめるまで、この家は無人だった。

幸い子供はいなかったので、養育費の問題は発生しなかった。私の出所を待って双方が立てた代理人経由の話し合いにも決着がつき、慰謝料の金額も決まった。あとは親から譲り受けたこの家を売り払って、身軽な身体になるだけだ。

「三十年以上前に建てたウワモノだから、売るときは更地ですね」

仲介する不動産会社の担当者が言った。つまり、もはや汚そうが壊そうが売値に影響はない。二カ月前に売りに出されたこの家に買い手が決まるまで、お情けで住まわせてもらっている。丸ごと粗大ゴミで出したり、バラしてゴミの日に出したりしながら、家の中の物もだいぶ減ってきた。

今から四カ月ほど前、慰謝料問題がほぼ決着しかけていたころ、「志むら」という行きつけの飲み屋で知り合った男がいた。

この店は光宮市の繁華街のはずれ、せまい路地裏にある。のれんもなければ、親爺《おやじ》の愛《あい》想《そ》もない。しかしわりと旨《うま》いつまみを食わせる店で、私は気に入っていた。一度、もの好きな若者向けの情報誌がこの店を紹介したことがあって、どう見ても場違いなカップルや女の子の三人連れなどがのぞいたりした時期もあった。もっとも、彼らは二度と訪れはしなかったが。

私が四年ぶりに出所して、真っ先にしたことは「志むら」に駆け込んで煮込みを食うことだった。ビールをグラスに一杯半ひと息に流し込み、とりあえず喉をなだめてから、変わらぬ味を嚙み締めることにした。

永遠ともいえる時間煮込んだ肉片が、口の中でとろけた瞬間、不覚にも飴色《あめいろ》の汚いカウンターに水滴が落ちた。人が見ていたら、口の端から垂れたビールの滴だったと、聞かれもしないのに言い訳をしただろう。

食いつなぐために警備会社のアルバイトに就いたあとも、晩飯がてらに「志むら」に通った。私はもともと飲むときにはつまみはあまり口にしない。せいぜい丸干しを二、三本かじる程度のことも多い。ただ、締めには少しでいいからご飯ものが恋しくなる。酔っぱらいとは厄介で、わがままな人種だ。当時、仕舞いに茶漬けを軽く一杯もらうのが習慣になった。具はほとんどの場合、シャケの身をこんがり焼いたものが載ってるだけだ。ここの親爺が知り合いの料理屋から、アラをまとめて譲ってもらうらしい。これが意外に旨くて、しかも親爺は金をとらない。少なくとも私からとったことはない。メニューには出ていない、常連だけの食い物だ。

その日も、飴色のカウンターで飲んでいた私が茶漬けを頼むと、背中で「こっちにも、お願いします」という声がした。そんな丁寧な口をきく馴染《なじ》みはいない。私は振り向いた。見かけない顔の男が親爺のほうに軽く手をあげたところだった。端整な顔つきをしている。レストランで、講釈をたれながらワインでも嗅《か》いでいるほうが似合いそうだ。

親爺が、苦笑いを浮かべて私をちらと見た。「出してやんなよ」目で言ってやった。やがて香ばしい煙が漂い、愛想のない茶漬けが出た。親爺は同じものを、テーブル席の男にも無愛想に置いた。

男はかすかに聞こえるほどに小さくうなりながら、一気にかき込んでいた。

「うん」

食い終えて、うなずいた男がすっと立った。

「勘定、お願いします」

「千七百円」

ぶっきらぼうな親爺の声に、男はさっと暗算したようだった。

「お茶漬け代、忘れてないですか」

「こっちの旦那《だんな》のおごりだよ」

親爺が無愛想な顔を私のほうに振った。男がこちらを見る。私もつい顔を向けた。役者のように整った顔をした男が不思議そうにお辞儀をした。

それが二番目の同居人、石渡久典との出会いだった。


石渡は逃げていた。

逃げている相手は警察やサラ金ではない。女でもない。同棲《どうせい》していた男だ。石渡は同性愛者だった。

同じ趣味を持つ人間はお互いにわかる、と以前石渡に聞いた。彼はその整った顔と、持って生まれた気品ともいうべき雰囲気ゆえ、男たちに言い寄られることが絶えなかった。そのことが、同居人の嫉妬《しっと》を呼んだ。嫉妬も愛情のスパイスであるうちは良かったが、同居人のそれは次第にエスカレートしていき、やがて暴力をふるわれるようになった。石渡は、百七十に一センチ足りない、どちらかといえば小柄な部類にはいる。同居人は上背で十センチ、体重で二十キロ彼より重いらしい。「筋力の差は二倍」と、彼は真顔で言った。

言い争いになると、次には手が出る。力では石渡はまったくかなわない。逃げ回るしかなかった。身に覚えのないことで逃げ回るという行為が、彼の誇りを傷つけた。

同居人は地方紙の編集記者だった。文芸欄を受け持っていて、石渡と知り合ったらしい。石渡から別れ話をもちかけたこともあったが、同居人の荒れ具合がひどくなるだけだった。

次第に身の危険を感じるようになったある日、同居人が一泊二日の出張に出かけることがわかった。石渡はこの機会を逃さず、事前に手配しておいた引越し業者を使い、主だった荷物はこれも契約済みのレンタル倉庫に運び込み、本人は身の回りの物を持って部屋を出た。

私たちが出会ったころは、石渡が光宮駅前の短期滞在型マンションに住んで二週間になるところだった。そろそろ見切りをつけて東京にでも出ようか、と考えていたらしい。もっともそれはかなりあとになってから、飲んだ折に断片的に聞き出したことだ。何しろ口数が少ない。同居人のどこに惹《ひ》かれたのか、などとはこの世の終わりが来るまで聞き出すことはできないだろう。

そのときは、同居人と揉《も》めて住む家がない、ということしかわからなかった。当時、すでに先客のジュンペイがいたこともあり、ひとりも二人も同じという考えがあった。

翌日も「志むら」で再び顔を合わせ、なんとなく相席で飲んだときに話はそちらの方向へ行った。

「今、手ごろな賃貸マンションかアパートを探している」という。

短期滞在型も便利なのだがなんとなく落ち着かない。そうつぶやいた石渡氏に、「それなら」と私はつい切り出してしまった。

「次を探すまでのあいだなら、ウチに来てもいいよ。それまでのマンション代、もったいないだろ」

石渡は喜ぶよりも、怪訝《けげん》な顔をして私を見返した。

当時は彼の趣味を知らなかったが、今から思えば、私に『その気』がないか訝《いぶか》しんだのだろう。それはそうだ。飲み屋で知り合ったばかりの男を居候にしようなどというのはまともな感覚ではない。だが、私にそういう底意がないことはすぐにわかったらしく、「それではお言葉に甘えて」という次第になった。石渡氏も酔っていたのかもしれない。さらに言うなら、人は出会うべくして出会うのかもしれない。


翌日、素面《しらふ》にもどって、少しばかり後悔した。すでにジュンペイが居候となっている。もうすぐ追い出される予定のこの家に、何を好きこのんでさらに同居人など置いたのか。だが、そう思ったのも束《つか》の間のことで、すぐにどうでもよくなった。最近の私は、事態が込み入ってくると、なるようにしかならん、そう考えて悩むことはやめにしている。

石渡の仕事は、おもに英米の経済書の翻訳だ。どんな本なのか見ようと思ったこともない。パソコン一台あれば自宅でできる仕事であるところが多少うらやましい。「メール」で仕事をやりとりするらしい。

「うちじゃインターネットなんかできないよ。第一電話もないし」

と忠告したのだが、「テキストなんとかだからこれで充分です」と言って、アンテナのついた薄い名刺入れみたいなものを見せた。ノートパソコンに差し込むとインターネットに繋《つな》がるらしい。どうせ聞いてもわからないだろうと決めて、それ以上は何も聞かなかった。テキサスでもインターンでも好きにしてくれ、という私の冗談は石渡氏にはうけなかったようだ。頰の筋肉ひとつ、ゆるまなかった。そんなことで、恨んだりはしていない。

石渡は邪魔にならなかった。飲んだときだけ多少言葉数が多くなるが、それ以外ほとんど余計なことは言わないし、しない。干渉したりされたりが嫌いというよりは、興味がないようだった。世話をやくと感謝はするが、期待はしない。自分から他人の世話をやこうとしないのは、冷たいのではなく、発想そのものがないのだった。

家賃を払う、と主張するのを私が拒んだので、彼が光熱費を出すことになった。もっともガスも電気もほとんど基本料金に近かったのだが、これが実は大いに助かった。二日に一度はカップ酒で我慢していたのが、三日に二回は飲みに行けるようになった。

私たちは極めて清い関係の同居人として、うまくやっていけそうだった。

何日か経って、彼の言動が少し変わっていることに気づいた。

恋愛に関する趣味のことではない。

私は朝現場に出勤して夜帰る。しかも三日に二回は飲んで帰る。石渡は家にいて、しかも昼間寝て、夜中に仕事をするという生活リズムを持っていた。顔を合わせるのは、夜の遅い時間帯にほんのわずかだった。

会うたびに彼の表情が、もっというなら目の色が違うことに気づいた。

表情に乏しいのはいつものことだが、暗く沈んだ色の目をしていることもあれば、飯を食うときのジュンペイ顔負けにきらきら輝いていることもある。もちろん人間だから機嫌のいい日もあれば不機嫌なときもある。だが私は、彼の目の色の変化からはそういった単なる感情の起伏を超えた異様さを感じとっていた。

話したわけではないが、彼は何かの依存症から抜け出そうとしているところなのだろうと感じた。そう思って観察すれば、「何か」はすぐにわかった。以前、同じような目の色をした人間と暮らしたことがある。別れる前の妻は睡眠薬に頼らなければ眠れない身体だった。

私は気づかないふりをしていた。前の仕事の経験からも知っている。説教や脅しは毛ほどの役にも立たない。どんな中毒であれ、やめさせる方法は二つしかない。本人がやめようと決心するか、身体を縛り付けておくか。私には、つききりで面倒を見てやる暇も理由もなかった。第一、こんなに酒にだらしない私が、偉そうなことを言えた義理ではない。

彼にしてみても、自分が葛藤《かっとう》していることは知られたくないだろう。そのうち、三人目の同居人として村下恭子まで居候するようになって、石渡はあまり皆の前に顔を出さなくなっていった。乗り越えたのかもしれないと感じはじめたのはごく最近のこと。ようやく笑顔がのぞくようになったからだ。

「へー、それじゃここの家の人たち、ほんとにホントに他人が共同生活してるんだ」

「うん」

ジュンペイと早希は、まだ同じような会話を続けている。

「恭子さんも？　石渡さんも？」

「そうだよ」

「ねね、私も入れて。入れてください。オネガイシマス」

早希が、おかしなアクセントで拝むような仕種《しぐさ》をして言った。ちらとジュンペイに目をやると、一緒に懇願するような目つきをしている。

「残念だけど、それはできない」

「ケチ」

ジュンペイの顔つきも早希に賛同の意を表明している。

「たしかに金は持ってないが、ケチではないだろう。ただで泊めたじゃないか。ジュンペイにだって何度も弁当食わしただろ？」

それぞれに向かって言う。早希もジュンペイも、「もっともだ」というようにうなずいた。

「それじゃ、どうして？」

「言ったはずだ。この家は、もうすぐ出て行かなけりゃならないんだよ」

もう一度、この家を売りに出していることを簡単に説明した。

「じゃあ、本当に、おっちゃんたちももうすぐここから出て行くの？」

「そういうことだ」

　早希は納得がいかないのか、唇を少しつき出すような表情で部屋を見回した。

「ね、あのひと。恭子さん。あの人は、どうして居るの？　結婚してないの？　おっちゃんのいい人？」

　よくもまあ、次から次へと質問する女だ。私は、キッチンを振りかえった。水仕事を終えた恭子も部屋にあがったようだ。次にジュンペイを見た。彼も詳しくは知らないはずだ。早希のようにあけすけに聞けなかっただけで、興味はあるに違いない。

「そんなんじゃない。昔、知り合いだった人だ。家族がいないんで、いっしょに住んでる。それ以上は余計なお世話だ。あまり詮索《せんさく》するなら出て行ってくれ」

　下を向いた早希の頰がふくらんでいるのが見える。

「さて、おれは風呂《ふろ》に入って寝る。お前さんたち、ごゆっくり。あまり暴れると家が壊れるからな」

　あとに残るジュンペイと早希に言い残した。二人は一瞬きょとんとした表情を浮かべていたが、ジュンペイの顔がすぐに耳まで真っ赤に染まった。

　風呂場に向かう私の背中に、噴き出した早希の笑い声が届いた。

6

私が出所後勤務している会社は、北南警備保障という。

道路工事現場での交通整理を請け負う業務が、事業の八割を占める会社だ。私はそこの契約社員として雇われている。なんだかんだといっても、つまるところ日雇いアルバイトだ。

就職にあたって、知り合いの誰の世話にもならなかった。理由は二つ。世話になるような知り合いがほとんどいなかったこと。そして、たとえいても、万が一面倒を起こしたときに迷惑をかけられないと思ったこと。履歴書を適当にごまかして、「マエ」のことは隠したまま、なんとかもぐりこめた。

仕事のサイクルは現場次第。一週間のこともあれば二カ月近いこともあるらしい。ただ、長期の現場はよほどきつくなければ人気がある。安定しているからだ。そういう仕事は古顔の社員がさらって行くことが多い。私のような新参者は一〜二週間の短い現場を渡り歩く。

私は、むしろ短期が好きだった。居候を置くことと矛盾しているが、仕事仲間とはある程度以上親密になりたくなかった。したがって、人が嫌がる夜中の仕事や早朝の仕事なども、話があれば断らなかった。

その日私は深夜勤務明けだった。

早希はすでに三泊していた。事情はよくわからないが、当座の金と携帯電話と最低限の必需品を取ってきたらしい。二泊させた時点である程度覚悟はしていた。ジュンペイ以外は無愛想《ぶあいそ》と無関心と無感動人間の寄せ集めで、かつて笑いの交じった会話などほとんど聞いたことがなかった。ところが、早希が割り込んできて空気が変わった。

恭子は淡々とではあるが、早希をかばい、面倒をみている。普段部屋にこもったままが多かった石渡氏も食事時に会話に参加するようになった。ジュンペイのはしゃぎようは言うまでもない。

三泊目の夜もなんだか盛り上がっていたようだが、私は終電で現場へ向かった。酒をほとんど飲めないのが、つらかった。

深夜一時から働きはじめ、昼の十一時にあがりになった。昼食用に帰宅の途中でシャケ弁当を買って帰った。特別「ただいま」と声はかけないが、気配でわかる。そのとき家には誰もいないと感じた。いつもの習慣でたしかめはしなかったが。

買ってきた弁当を平らげて、ごろりと横になっていたとき、門のチャイムが鳴った。インターホン式なのだが、どうも性にあわなくて使ったためしがない。どうせリフォームのセールスか新聞の勧誘だろう。無視することに決めたところが、門を開けて入ってきたらしく直接ドアをノックしている。図々《ずうずう》しいやつが増えた。

しかたなく、居眠りしかけた目をこすりながら、玄関に向かった。

「どなた？」

ドアのこちら側から声をかける。

「回覧板です」

事実上自治会などとは縁が切れているものだと思っていた。

声の主は、調子からすると若い男のようだった。おそらくは母親に頼まれた浪人生あたりが、事情を知らずに回ってきたのだろう。頭からそう決めつけてしまった。ドアスコープをのぞいたが、黒カビが繁殖していてぼんやりとしか見えない。どうにか若い男らしいことだけはわかった。

油断していた。ドアチェーンも掛けずに鍵《かぎ》を開けた。ヤキというのは本当にまわるのである。

ノブを回し終えた途端、ドアの隙間に足が差し込まれ、非常な勢いで押し開かれた。全く無警戒だった私は、ドアに引きずられてバランスを崩し、前のめりになった。情けないが思わず膝《ひざ》をついてしまった。

ドアの向こうに、若い大きな男が立っていた。

構える間もなく男に突き飛ばされ、今度は仰向《あおむ》けにひっくりかえった。すぐに身を起こし膝立ちになって相手の正体をたしかめようとした。見知らぬ若い男だ。身長は百八十センチ程度。目じりを吊《つ》り上げて私を睨《にら》みながら向かってくる。

反射的に、五年前の事件が頭に浮かんだ。

明け方によく見る、筋の通らない夢なのかもしれないと思ったが、突進して来る男には猛烈に現実感があった。突き飛ばされたときにぶつけた腰も痛い。

混乱していた。

事態を把握するより先に、男が殴りかかってきた。頭は混乱から回復していないが、身体は反応した。顔を右に振って男の拳《こぶし》を避け、間をおかずに男の懐にもぐりこんだ。がっしりした身体つきであることがわかった。私は男の右腕の付け根あたりを摑《つか》んで、きれいに投げ飛ばす……つもりだった。

男は飛ばなかった。いや、身体が浮きさえしなかった。すっと腰を落とした男の左腕が、逆に私の首にまきついた。それをどうにか振りほどこうとしたとき、足を払われた。何かの正統な武術ではないだろう。無茶苦茶だが、相手の隙をみてなんでもする、実践喧嘩《けんか》で鍛えられた腕だととっさに思った。

私はかつて柔道二段、剣道初段をとったこともあったが、「別荘」でのんびり暮らしたあと酒浸りになって、すっかり不健康な中年になりさがっていた。

ころがった私の脇腹に強烈な足蹴《あしげ》りが入った。衝撃に息が詰まった。それで勝負はついた。

吐き気を伴った激痛がはしる。肋《あばら》が折れたかもしれない。しかし、第二、第三の蹴りが襲ってきて、怪我の具合を気にしている余裕はなかった。

「このクソじじい」

「死ね、すけべ野郎」

などと口走りながら、腹といわず、背中といわず、ところ構わず攻撃してくる。男が軟らかいスポーツシューズを履いていたので助かった。昔のやくざが好んで履いたような先のとがった鉄板を埋め込んだ革靴だったら、内臓が破裂していたかもしれない。

頭を抱え、ダンゴムシのように丸まって、私はこの家の住人のことを考えていた。本当に誰もいないのだろうか。もちろん、一一〇番してもらいたいからではない。騒ぎを聞きつけて、のこのこ降りてこないか、それが心配だった。

まず、ジュンペイは仕事。石渡は、今日は所用で外出すると言っていた。この時刻では帰っていないだろう。早希も出かけているはずだ。ひとり、恭子がいるかもしれない。声をかけていないのでわからない。

降りてくるな――。

それだけを祈った。

やがて、蹴りがやんだ。

殺す気なら、最初に殺している筈《はず》だ、という希望があった。だが、それは場慣れしたやつの話で、こういう頭に血が上った若造は何をするかわからない。丸めた身体をそっととどこうとしたとき、首筋に冷たく硬いものがぴたっと貼りついた。

「動くと殺すぞ」

ナイフだろう。刃ではなく、腹を押し当てている。

「何が目的だ。金か？」

声が震えないように気をつけながら言った。本当は、彼のおよその正体と目的は想像できた。当たっていた。

「早希はどこだ。早く言わねえとぶっ殺す」

首に当たったナイフに力がこもった。この期に及んでは、いっそ彼が場慣れしてくれていることを願うしかない。余計なことを口にして、これ以上逆上させてしまってはまずい。

「いない」

「どこへ行った」

「知らん。出て行った」

いきなり左の拳で殴られた。ナイフのほうへ顎《あご》が動かないよう、歯をくいしばった。幸い、ナイフの腹を押しつけられているので、切れずに済んだ。刃が当たっていたら、ぱっくりと裂けたに違いない。

「ふざけんなよクソじじい。隠すとマジでぶっ殺すぞ！」

少しでも興奮を鎮めるために、観念した表情を浮かべようと努力した。どの程度効果があるかわからないが、極力情けない声を出してみた。

「本当に出て行ったんだ。行き先は聞いてない。ウソじゃない」

「早希はなんでここに泊まったんだ。やったのか」

慎重に言葉を選ぶ。

「夜中、ちんぴらに絡まれて危ないところを助けてもらった。泊まるところがないというので、助けてもらった礼に泊めた。指一本ふれてない。本当だ。一泊のつもりだったのに、本人が望んでもう二泊した。さすがに何日もいられては迷惑だと言ったら、何も言わずにぷいっと出ていった。君は知り合いか？」

刺激しない程度に男を観察した。顔は隠していない。二十代半ばくらいだろうか。二枚目とはいえないが、精悍《せいかん》な顔つきをしている。つり上がった一重の目が充血して私を睨んでいる。さっき、組み合ったときの感じでは、今時の若者にしてはがっしりした筋肉質の身体をしていた。

「早希は俺の女だ。あとで、手を出したことがわかったら、絶対許さねえ」

「大丈夫だ。何もしていない。それより、もういいだろう？」

ナイフがすっと引いていった。ほっとしたのも束《つか》の間、今度は右のこぶしで頰骨のあたりを殴られた。初めて会ったときに赤く腫《は》れていた早希の頰を思い出した。どうやら、顔を殴るのが好みらしい。

うしろにはじき飛ばされ、一瞬意識が遠のきかけた。男が私の身体をまたぎながら言った。

「動くと今度は刺す」

脅されるまでもなく、三日ぐらいは動きたくない。

男は部屋を物色していた。しかしほとんど身体ひとつで転がり込んだ早希の遺留品があるとは思えなかった。万一、見覚えのあるバッグでも見つかったら、どんな目に遭わされたかわからない。

彼はなけなしの家具をあさっていたが、何も見つからないので、やがて二階にあがっていった。

誰もいないことを願った。

乱暴にドアを開ける音、そこらじゅうをひっくり返している物音が響いてきた。人の声がしないところをみると、恭子も出かけていたらしい。ほっとした。ならばこのまま玄関にいて、もし誰かが帰ってきたら、即座に逃がそう。

男はしばらく二階で暴れ回ったあと、踏み抜きそうな音をたてて階段を降りてきた。早希がいないことを、ようやく納得したようだった。私のシャツを借りて着ているくらいだから、持ち物が見つかるとは思えない。替えの下着くらいはあるのだろうが、相変わらず洗濯機の中に入れっぱなしかもしれない。

「いいか、外で見張っているからな。もし、早希が戻ってきたら、ただじゃおかねえ。早希の身体は商品だからな。てめえに落とし前つけてもらう。わかったな」

「落とし前？」

余計なことを聞くべきではなかった。

「金だよ金。五万や十万の金で済むと思うなよ」

最後の言葉と同時にもう一度頭を蹴られた。むせかえって、うめいている間にドアが乱暴に閉まる音が聞こえた。

めまいをこらえながら、玄関まで這《は》っていった。ノブに摑まって膝立《ひざだ》ちになり、鍵《かぎ》を掛けようとして力尽きた。そのまま、ごろりと横になった。酔いつぶれたときのように、意識が遠のいていく。

完全に気を失う前に、風を感じた。誰かがドアを開け、近づいてきたのかもしれない。やつが戻ってきたのだろうか？　もう、私にはどうにも抵抗できない。その人物が、私の上にかがみ込んだような気がしたが、意識はそこで途切れた。

痛みで覚醒《かくせい》した。全身、痛まない場所はなかった。とりわけ、最初に蹴られた肋骨《ろっこつ》の痛みは単なる打撲ではなさそうだった。指先でそっと押してみる。思わずうめき声の漏れるような激痛が走った。

腕時計を見る。失神していたのは、わずか十五分くらいなものだろうか。息を整えながら、起こった事柄を整理しようと試みた。立ちあがるとめまいがするので、横になったまま考えた。

早希が逃げている相手は、あの男に間違いない。どうにかして、この居場所を突き止めた。そして力ずくで連れ去りに来た。

二人はいったいどういう関係なのか。「商品」と言っていた。意味はよくわからないが、早希に一定以上の暴力をふるうつもりはなさそうなので、その点でだけは安心できた。気がかりなことがあった。

早希はもう一度ここへ戻る。今朝、出がけにそう言っていた。「金を借りた友人にもう一度会って、今後のことを相談してみる」と。男は「見張っている」と脅した。それもおそらくそのとおりだろう。早希が本当に出ていったとは信じていないようだった。

さらに気がかりなのは、ほかの住人たちだ。ことに恭子はちょこっと買い物に出かけただけの可能性が高い。無警戒にこの家に入ろうとして、やつに捕まることもありうる。それは回避したかった。何をおいてもそんな事態は避けたかった。

助けを求める手もある。警察に通報すればいい。簡単なことだ。

この痣《あざ》を見せれば、傷害で告訴することはできるだろう。しかし、そうなれば、私自身が警察と関わりをもたなければならない。なぜこのような事態が発生したのか、ある程度は説明しなければならない。少なくともあの男が逮捕されるようなことがあれば、参考人として出頭するはめになることを避けては通れない。

それには抵抗があった。想像しただけで、めまいが酷《ひど》くなった。

取り調べの警官に、行きずりの二十一歳の女を泊めた、と申告することに耐えられるはずがない。もう一度やつに殴られたほうがましだった。

自分でなんとかするしかない。とにかく外の様子を見に行かなければ。

私は、ドアノブに摑《つか》まってどうにか身を起こした。膝からくずれ落ちそうになる。

「情けないぞ」

つぶやいてみた。少しだけ効き目があった。深呼吸を二つして、表に出た。

7

家に戻ったときには、日がほとんど沈みかけていた。

震える指で鍵を差し込むのに苦労した。どうにか差し込んでみたものの、今度は鍵が回らない。力を込めると脇腹に痛みが走る。何度か挑戦してから、ようやく理由がわかった。回るはずがなかった。鍵は最初から掛かっていなかった。さっき、私が掛けずに出かけたそのままになっていたのだ。ということは、まだ誰も帰宅していないのだろう。

どうにか玄関先にあがったところで、急に力が抜け、へたりこんだ。なんだか疲れた。眠い。痛さをこらえて歩き、リビングにころがり込む。さっきの男にひっくり返されて、モノが散らばっている。とてもじゃないが、今は片づける気分にはなれない。

結局誰かを救うなどという恰好《かっこう》のいいことはできなかった。

あのとき、ようやくの思いで表に出たがすでに男の姿はなかった。見張ると脅しておいて、早希のマンションに行ったに違いないと思った。

早希のマンションまで電車でひと駅、這ってでも行かなければならない。俺はときどき立ち止まったり、電柱にもたれかかったりしながら、昨日聞いたばかりの早希のマンションを目指した。

頭がふらついている。とっくに酒もきれているはずなのにぼうっと霞《かすみ》がかかったようだった。途中いろいろな人間に出会ったような気がする。ふらふら歩いている私を、すれ違いざま睨《にら》んだのは別れた妻ではなかったか。私の肩にぶつかって追い越していったのは私が死なせた磯崎に似ていた。道端《みちばた》で泣いている少女は、私が目の前で母親を連行したときの子供かもしれない。皆が私を蔑《さげす》むように見ている世界で、ひとりだけ私に無関心で去っていくうしろ姿があった。恭子に見えた。私は声をかけようとしたが、うまく言葉にならなかった。よく見る息苦しい夢に似ていた。追いかけようとして足がもつれた。自分は、面倒みるふりをして心の底では彼女に救いを求めているのだろうか。そんなことを考えた。頭が混乱して、よけいにめまいが酷くなった。

私はその場にしゃがんで吐いた。そして再び気を失った。

ぼんやり意識が戻ると早希が心配そうにのぞき込んでいる。やさしい娘だ。私は道端の電柱にもたれて座り込んでいた。

「……大丈夫ですか。もしもし」

声をかけてくれたのは、早希ではなかった。見も知らぬ老女だ。私はうろたえて、思いつくままを口にした。

「あなたの人生の最後の日が、どうか平穏でありますように」

彼女は一瞬目をむいて、すぐに汚いものでも見たような顔をしてさっさと行ってしまった。

自分がこんなところで何をしていたのかすぐには思い出せない。猛烈な頭痛の隙間で、ぼんやりと、見知らぬ男に殴られたあとのことが浮かんできた。そうだった。

「早希のマンション」

つぶやいてみた。早希の住所をメモした紙は家にある。おぼろげな場所の記憶はあるが、番地や建物の特定はできない。なんてことだ。自分のばかさかげんにあきれ、あたりをうろうろ歩き回った。しょせんは徒労だった。しかたがない、一度家へ帰ろう。

遠くから救急車の近づく音が聞こえたが、他人の不幸などもはやどうでもよかった。

眠り込んでしまうまえに、どうしても確認しておきたいことがあった。住人たちの部屋の状態だ。あの男がどれほど荒らしていったのか。

這うようにして階段をのぼった。石渡の部屋は、本棚からまき散らかされたらしい本だのコピー用紙だのがそこらじゅうに散乱していた。幸いノートパソコンは持って出かけたらしい。貴重品が壊れている様子はない。恭子の部屋には散らかすものがほとんどない。だから、「バイエル」と書かれた薄い本が引き裂かれて、机の上に置いてあるのがよけいに目立った。たしか昔買ったピアノの教本で、恭子が大切にしていたもののはずだ。また悲しませることになる。ジュンペイの部屋では雑誌が散乱していた。安物のラジカセもひっくり返っている。なけなしのCDが床に散乱している。壊れていたら弁償するしかないかもしれない。そして私の部屋、三日前から早希の部屋。高性能火薬の調合に失敗したようなありさまだが、実は男が現れる前からほとんど変わっていない。単に私が整理できないだけだ。男もまさかこの部屋で早希が寝泊まりしたとは思わなかったろう。どの部屋もひどいありさまだったが、死体がないだけましなのかもしれない。

昨夜、夜勤に出かけて以来、ほとんど寝ていなかった。頭の芯《しん》が痺《しび》れたように感じる。相変わらず頭痛も続いている。

いちいちため息をつきながらリビングに戻って腰をおろし、座布団を枕に横になった。それだけのあいだに、普通の紳士が一生のあいだに口にするより多い悪態をついた。言い足りない言葉を探しているうちに、いつのまにか眠りに落ちてしまった。不覚にも酒を飲まずに。

不快な夢を見ていたような気がするが、覚えていない。私がドアチェーンを掛けたために、家に入れず困った石渡氏が鳴らすチャイムの音に起こされた。ほどなく恭子が、そしてジュンペイも帰宅した。そのたびに顔の形が変わってしまった理由を説明した。

三者三様の反応だった。石渡氏はひと通り聞き終えるとコーヒーを淹《い》れてくれた。いつもながら「ああしろ、こうしろ」などとはひと言も言わない。恭子はリビングに寄らず、いつものように直接二階にあがった。見知らぬ人間に部屋を荒らされたことがショックだったようで、急いであとから追いかけた私の話も、どこか上の空で聞いていた。その後も部屋から出てこない。

当然のことながら、一番うるさかったのはジュンペイだ。石渡が淹れてくれた、二杯目のコーヒーを飲んでいるところに帰ってきた。私の顔を見るなり、目をむいてたずねた。

「おっちゃん、どうしたのその顔」

「ちょっとごたごたがあって……」

「ごたごたって、誰かになぐられた？　病院は？　警察は？　相手は誰」

ジュンペイが息を荒くして床に座り込んだ。いつになく早口でまくしたてる。

「ちょっと待てよ、そんなに一度には答えられない。まあ、興奮しないで聞いてくれ」

そう前置きしてから、ちょっと前に石渡と恭子にした説明と同じことを話した。

身の丈二メートル近い大男が乱入してきたこと。相手は空手の達人だったこと。こちらも応戦して優勢に戦ったこと。とどめをさすことにためらった隙をつかれて反撃されたこと。何より、男の目的は早希だったこと。家中を荒らして出て行ったこと。

「ええっ、ちょっと待った」

二段飛ばしで二階にあがっていった。「うわー」という怒声が聞こえる。こんどは床を踏み抜きそうな音をたてて降りてきた。

「そいつ誰？　絶対ぶっ殺してやる」

石渡氏は小さく首を振っていたが、ジュンペイの興奮は収まりそうにもなかった。

「だから、名前もわからない。高瀬嬢の知り合いだとしか」

「それで、早希さんは？」

それもわからないというように首を横に振った。

「ほっといていいの？　早希さんが危ないんでしょう。警察に届けよう」

こんなに喰《く》ってかかるジュンペイはめずらしい。

「ちょっと待ってくれジュンペイ。彼女の事情もあるかもしれん。警察に届けると、かえって彼女に迷惑がかかるかもしれないじゃないか」

「迷惑って、どんな迷惑？　そんな凶暴な男に追いかけられているんでしょう？　二メートルもあるやつじゃ、早くしないと……」

「それに、誰が彼女の本当の居場所を知っているんだ？」

実は、私が早希にマンションの場所を書いてもらったのはポケットティッシュの中に入っていた広告の裏だった。さっきから探しているのだが見当たらない。そのあたりに放り出した可能性はある。いつも散らかしたゴミを片づけてくれるのは恭子なので、念のため聞いてみたが「ゴミならたぶん捨てました」と愛想《あいそ》がない。興奮しているジュンペイに「鼻をかんだときに捨ててしまった」とは言えなかった。

「警察ならそんなこと簡単に調べがつくでしょう」

今にも一一〇番するか、直接警察署に駆け込みそうなジュンペイをどうなだめようか途方にくれていると、石渡が助け船を出してくれた。

「でもね、柳原君。警察に何を訴えるんだい。彼女と彼氏の揉《も》め事は、明らかに客観的に暴力行為が認められなければ、第三者が『揉めてるみたい』なんて言ったって警察は聞く耳を持たないよ。もし、今訴えることができるとすれば、その男のこの家への不法侵入と尾木さんに対する暴力行為くらいだ。ところが、尾木さんはどちらでも訴えたくないそうだ。もしくは我々の所持品に対する器物損壊だけど、別件逮捕が目的でもなかったら本やラジカセでは警察は動かないでしょう」

少しも助け船ではなかった。そんな説明をしないでくれ。ますます、ジュンペイの攻撃が私に集中するじゃないか。

「どうして訴えないのさ？　そんなやつは警察に突き出したほうがいいと思うけどな」

「ほら、いろいろ事情があってな、過去の不幸なできごととか、そんなこともあって、なかなかそうもいかなくて……」

そんな、国会の予算委員会みたいな答弁が通用するとは思えなかった。さらに反撃しようとジュンペイが口を開きかけたとき、チャイムが鳴った。

凍りついたような空気の中で、私たちは顔を見合わせた。誰も動かなかった。

再びチャイムが鳴った。

「早希さんじゃない？」

ジュンペイはそう言いながらも立とうとしなかった。

二人の視線が、私に向いていた。『家主でしょう』と、語っている。都合のいいときばかり表に立てる。だいたい、怪我人だぞ、とぶつぶつぼやきながら腰をあげた。

「はい、なんでしょう」

深呼吸をひとつして言葉を発した。

ドアスコープは相変わらず使いものにならない。そのうち、セールスマンの髭《ひげ》の剃《そ》り残しがわかるほどに磨いてやろう。今度はドアチェーンをしたまま、ドアを細く開けて聞いた。そこにいたのは早希ではなかった。

「あ、尾木さん。すみません、こんな時間に」

拍子抜けするほど明るい声を出したのは、不動産会社の営業マンだ。

「ちょっと連絡しておきたいことがありまして」

「まあ、どうぞ」

ドアチェーンをはずし、玄関に招き入れた。何度か顔を合わせたことがある。たしか赤坂とかいう名だ。

「いや、いきなり伺ってすみません。電話連絡がとれないものですから」

詫《わ》びにかこつけた嫌味だった。

我が家には電話がない。五年前に撤去して以来、ない。さらにいえば携帯電話すら持っていない。ほんとうなら電話で済むのにこうしていちいちたずねなくちゃならない。赤坂の顔にはそう書いてあった。

「それで?」

「売れそうですよ」

「え？」

「えっ、て。もう、やだな、この家ですよ。ようやく買い手が現れました」

口から泡が飛びそうな勢いだった。初めて通知表に「たいへんよくできました」がついたのを報告しようと、とんで帰ってきた少年のように得意げだ。

「尾木さん、絶対値引きしないっておっしゃるんで、正直言うと心配はしてたんですよ。更地にして二世帯住宅を造るらしいんですが、金額は表示のままでいいそうです。今だから言いますけど、あの値段で買い手がついたのはめっけもんですよ。気が変わらないうちに即、いきましょう」

やや興奮気味にしゃべる、このひと回り以上年下であろう不動産会社の営業マンを見ながら、ああ、そうだった、と他人《ひと》ごとのように思い出した。早希の居候事件があってすっかり忘れていたが、この家は売りに出していたのだった。売れるのが先延ばしになるように値引きはせず、かといって法外な高値をつけていると指摘されないように頑張ってきたのだが、とうとう買い主が現れた。

「それで、いつ？」

「まずは先方さんの銀行の審査が済んでからということになります。そこまで一週間ほど、財務状況を聞いた限りでは問題ないと思います。そのあといよいよ契約ということになりますが、その前にご用意いただく……」

延々と説明をしている赤坂の言葉を、ほとんど聞き流していた。私はしゃべり続ける彼を遮った。

「いや、そうではなくて、出ていくのはいつごろになるだろうか」

「え？　ああ、そうですね……それはこれから、引き渡しの契約日によりますが、まあ通常は契約が済んでから三〜四週間というところでしょうか。もっと早いこともあります」

「半年というわけにはいかないだろうか。いやせめて三カ月」

「尾木さん」

さすがに赤坂の営業用の笑顔が崩れてきた。

「あの値に満額で了解してくれたんです。これ以上条件をつけるのは、ちょっと……」

語尾は濁したが、その先はわかっていた。

「だだをこねると、相手方にまずいんじゃないですか」

そう言いたかったのだ。この不動産会社は妻側の弁護士が探してきたらしい。若造のくせに裏事情は聞いてきているのか。俺の一件も知っているのか。そう考えるといわれのない腹立たしさがこみ上げた。この赤坂に罪があるわけではない。それどころか、売り主がなるべくなら売れないように願っている物件をよくも売ったものだ。営業の鑑《かがみ》というべきかもしれない。

「わかった。わかったよ。契約の日取りが決まったら教えてくれ」

「ええ、そのときはまた夜にでも寄らせていただきます」

最後に、あきらかな嫌味を投げつけて赤坂は帰っていった。

「電話があればすぐに済むんですけどね」

去っていく赤坂の背中に、本人の代わりにつぶやいてやった。

「みんな、聞いてくれ。別な案件が持ち上がった」

リビングで待ち構えていた二人の顔を交互に見た。

「そんなまわりくどい言いかたしなくていいよ。おっちゃん」

そういえば、いつからお前は私のことを『おっちゃん』などと呼ぶようになったのか。今まではきちんと『尾木さん』と呼んでくれたではないか。早希の尻馬《しりうま》に乗ったのか。なげかわしい、いや、そんなことはどうでもいいんだ。

「全部聞こえてたから……。出ていかないといけないんだろう?」

ジュンペイがさっきの興奮がすっかり醒《さ》めた口調で言った。石渡も私を見て軽くうなずいた。二階の恭子には聞こえただろうか。

みんな、すまない……――。

口に出しかけたとき、再びチャイムが鳴った。

さっきの赤坂が何か言い忘れたのだろうか、それとも別な客か。

今日の我が家には過去半年間の全部をあわせたよりも多くの客が押し寄せてくる。

待ちきれないように、再びチャイムが鳴った。二度、三度。ピンポンピンポンポン鳴りつづける玄関に向かって「はい」と怒鳴るように返事をした。くそ、追い返してやる。

「一度鳴らせば聞こえるよ」

チェーンを掛け、怒鳴りながらドアを開けた。隙間から見覚えのある顔が二つ並んでいるのが見えた。

「尾木遼平《りようへい》さんですね」

二人組のうち、若くて背の高いほうが言った。追い返すことのできない相手のようだった。

8

「光宮警察署のものです。夜分申しわけありませんが、少し話を聞かせてもらえませんか」

しぶしぶドアを開けた私に、若い男はそう言って、型どおりに身分証を出した。私が塀の向こうにいる間に変わってしまったそいつを、アメリカ映画に出てくるみたいにはらりと開いて呈示した。年上の刑事も胸ポケットから面倒くさそうに取り出して、ちらりと見せた。できることなら私とは口をききたくない、と顔に書いてある。

「話？ どんな話だ？」

まさか、昼間の暴行事件が発覚したわけではないだろう。いやな予感がした。

「高瀬早希という女、知ってますね」

彼らの手の内はわかる。そう聞くからにはウラがとってあるはずだ。とぼけても意味がない。黙ってうなずいた。

「彼女を泊めましたか？」

「高瀬？……ああ」

しかたなく、あいまいにうなずく。

二人の刑事は顔を見合わせた。彼らは光宮市警察、刑事一課の強行犯担当だった。くそ面白くもない一日の最後の客にはふさわしいかもしれない。さっきからひとりでしゃべっている背の高い若い刑事の名前は忘れた。私が現役だったころは、まだ駆け出しだったはずだ。

「その顔、どうかしましたか？」

胡散臭《うさんくさ》いものを嗅《か》ぎつけたときの刑事はこういう顔をするのか、と興味を持って観察した。

「階段から落ちたんだ。ちょっと酔ってたもんで」

「階段ね」

若造が小ばかにしたような視線を向けている。

「実は、高瀬早希との関わりを、署でもう少し詳しく聞かせていただきたいんですが」

「ちょっと待ってくれ、彼女が何かしたのか」

　こちらも型どおりの抵抗を試みた。我慢できなくなったのか、今まで脇で睨《にら》んでいただけの年上の刑事が口を挟んだ。こいつの名前は近川という。年は四十になるかどうかといったあたりのはずだ。昔、一緒に仕事をしたこともある間柄だが、今は私と会話しなければならないことが、とても腹立たしそうだった。

「あんまり手を焼かせるなよ。引っ張ってもいいんだぞ」

「だから、聞いてるだろう。そりゃいったいどんな理由からだ」

「あんた、あの女が何ものか知って泊めたのか？　ありゃな、美人局《つつもたせ》だ。最近デビューしたばかりの新顔だがな、先週までに二件被害届けが出てる。二課の連中がマークしはじめてたところだ」

「つつもたせ……」

　その言葉に別な意味があるような気がして、口の中でつぶやいた。しかし、美人局は美人局、ほかの意味はなかった。近川は構わず、はき出すように続けた。

「その美人局のヒモが死んだ」

　奥歯が一本痛んだ。

　昼間、若造に殴られてわずかにぐらついていた歯だ。さっきから気になって、舌の先でずっと触れていたその歯がずきりと痛んだ。

「久保裕也《ゆうや》、二十五歳。前科二犯。このあいだまで違う女とつるんでた。今日の午後、建設中の陸橋から落ちて死んだ」

さぐるように私の目をのぞき込んだ。どうせ、酒と寝不足で濁った目だ。近川は続けた。

「落ちた現場は高瀬早希が住んでるマンションのすぐ近くだ。今、署に呼んで聞いてる」

「彼女をか?」

「そうだ」

「最近はずいぶん手回しがいいな」

「くだらん嫌味は言わなくていい。ところが事情聴取の最中に、この家に三日も泊まったと言い出した。あんたの名前を聞いてすぐに思い出した署員がいて、署内は大騒ぎになった」

私はもう言い返さなかった。昼間私をいいようにこづき回した若造が、その久保とかいう男に間違いないだろう。あいつが死んだ。この世で最後に殴ったのは私だったのだろうか。そんなことをぼんやり考えた。近川が続けた。

「もしそれが本当なら、自分がどういう立場に置かれているかわかるだろう。え? あんたも元は県警のやり手だったんだからな」

『元やり手』というのはここ数年に聞いた中では最高クラスの嫌味だったが、今はそんなことはこれっぽっちも気にならなかった。

どうやら警察と関わり合いにならずには、済まないようだ。それに、中の連中に聞かれながらの立ち話も面白くなかった。

「わかった。同行するからちょっと待ってくれ」

「どのくらい」

「すぐ済む」

若いほうが、「大丈夫だろうか？」という表情で近川を見た。近川は不機嫌そうな顔はしていたが、いかせてやれという顔つきをした。さすがに、私が裏口から逃げ出すことはないと思ったのかもしれない。

リビングに戻ってみると、騒ぎを聞きつけたらしく恭子も降りてきていた。私は彼らに手短かに事情を説明した。ジュンペイが口を開く前に釘をさした。

「人がひとり死んだんだ。『イヤ』だの『あとで』だのとは言ってられない。ゴネてもむりやり引っ張られるだけだ。まあ、心配しないでくれ」

玄関に戻り近川たちに同行の合図をしたとき、昨夜も風呂《ふろ》に入っていなかったことを思い出した。まあこの際、些細《ささい》なことはしかたない。どうせ取り調べるほうだって風呂など入っていないはずだ。

覆面PC《パトカー》に乗せられた。特別待遇だ。光宮署に『覆面』はたしか二台しかないはずだ。そのうち一台を回すなんてことは、VIP待遇だ。連続殺人犯並みの扱いじゃないか。若手が運転し、後部座席の隣に近川が座った。

近川は（面倒かけるなよ）という目で一度睨んで、それきりこちらを見ようとしなかった。署までは十分ちょっとだろう。到着前にひとつ聞いておきたいことがあった。

「今日の当番は？」

もちろん宿直当番のことだ。

若手がちらりと振り返り、近川と見合った。話しても問題ないと判断したようだ。それはそうだ、どうせ間もなくご対面するんだから。

「室戸《むろと》さんだ」

となりの近川が言った。聞き返さずにはいられなかった。

「もちろん、あの室戸警部補だよな」

返事すらない。わかり切ったことを聞くな、という意味だろう。ますます気が滅入《めい》ってきた。無性に酒が飲みたかった。

思ったとおりの楽しい夜になった。

人がひとり死んで、他殺の可能性もある。到着したのは十時近い時刻だったが、署内にはまだ多くの署員が残っていた。若い刑事にカマをかけて聞き出したところ、どうやら直接現場の指揮をとっているのは、今夜の当番でもある室戸警部補のようだった。

室戸という男は、私が初めて着任した警察署で二年先輩だった。三年後、私は県警の刑事部に異動になり、彼は楡川《にれかわ》署で刑事になった。そしてこれはあとのことだが、私のほうが二年ほど先に警部補に昇進した。

楡川市も光宮と並んで県内では有数の繁華街を抱えているため、凶悪な事件も多く、合同捜査本部——いわゆる帳場がよく立った。当然、室戸とは顔を合わせる機会も多かった。そのたびに顔つきや態度から、彼が私を毛嫌いしていることを嫌というほど感じさせられていた。

五年前に私が失職したとき、この世で一番喜んだのは、かつて私があげたどのホシたちよりも室戸だったに違いない。光宮署に転属になっていたとは知らなかった。十年ほど前に、妻が五歳も年下の競輪選手と駆け落ちしたと噂で聞いたことがある。もちろんそんな話題を出すつもりもないが。

その室戸警部補と最悪の状況で再会することになった。楽しい夜にならないはずがない。

ジュンペイがいくら口をとがらせようと、死んだ久保とかいう男に暴行を受けたことを届け出もしなかったのは、昔の顔見知り——とりわけ室戸と顔を合わせたくなかったからだった。

しかしどう避《よ》けてみたところで、一旦《いったん》ぬかるみにはまれば、足首まで泥にまみれるしかないのだろう。

通されたのは取調室だった。

ほとんど犯人扱いの処遇である。もちろん異議をとなえることもできるが、どうせその後の嫌がらせが増すばかりなのはわかっていた。さっさと、しゃべることはしゃべって、帰らせてもらおう。

9

いや、その前に早希はどうなったかを聞かなくてはならない。

せっかくその気になったのに、誰もやってこない。しばらく待たされたあげく、十一時近くになってひとりの男が入ってきた。お待ちかねの人物登場だ。

「今夜は帰れないと思ってくれ」

不機嫌そうな顔をした室戸が、入ってくるなり言った。予期したとおり、「久しぶり」でも、「元気か」でもない。唾《つば》を吐きかけられなかっただけましかもしれない。

こうして顔を合わせるのはほぼ六年ぶりのはずだ。一段と人好きのする顔つきになっているという印象をもったが、口には出さなかった。目だけクローズアップすればそこそこ可愛げがないともいえない。黒目が大きくて多少愛嬌《あいきょう》がある。しかし、顔の真ん中で正面を向いている低めの鼻と、その下の薄い唇がセットになると、どうしても爬虫《はちゅう》類を思い出さざるを得ない。近ごろ、トカゲや蛇がペットで大人気らしい。人なつこくて、やさしい性格によくあってる。

「これから書き上げる書類がいったい何枚あるか、お前にも想像がつくだろう。まったくこのくそ忙しいときに」

黒目がちの瞳《ひとみ》で、じろっと睨《にら》んだ。

「高瀬早希という女、知ってるな」

「だから連れて来られたんだろう？」

「あんたからは詳しく聞くことになる。少しでも早く帰りたかったら、余計なことは言わずに正直にしゃべるんだな」

私は黙ってつぶらな瞳を見返した。

「どういう関係だ？」

「飲んで帰る途中に偶然知り合った。ちんぴらに絡まれているところを助けてもらった上に、家まで送りとどけてもらった。しばらく泊めて欲しいと言うので、恩返しのつもりで三泊させた」

「やったのか」

「意味がわからない」

室戸の口元が歪《ゆが》んだ。

「まあ、いずれわかる。久保裕也、知ってるな？」

「知らない」

「高瀬早希の男だ。高瀬が美人局《つつもたせ》をしていたことは？」

「知らない」

室戸の口元が再び歪んだ。

「何も知らないんだな。母親の命日くらいは覚えているんだろうな」

母親は、私が刑事になって七年目の夏、胃ガンで死んだ。仕事が忙しく、死に目には会えなかった。室戸もそのことは知っている。今さら、ほじくられて痛むような傷でもない。

「余計なことを言うなと言ったのはそっちだろう」

室戸は、へっというような声をあげて、目を細めた。

「今日の午後はどこにいた？」

「自宅だ。少しばかり買い物にでかけたが、家でごろごろしていた」

「証明できるか？」

「ちょっと待ってくれ」

私は手のひらを室戸にむけた。

「これでも、昔のよしみで、権利だ弁護士だと騒がずに協力しているつもりだ。いったい何があったのか。おれから何を聞きたいのか。それくらいは教えてくれないか」

室戸が両手の指を、机の上で組んで身を乗り出した。赤ん坊をあやす母親くらいのところに室戸の顔があった。煙草臭い息がかかった。

「いいだろう。じっくり話そうか。ま、こっちは元々宿直《とまり》だ」

指先で弄《もてあそ》んでいたボールペンを脇へ置いた。

「今日十五時半ごろ、光宮市東仲町の建設中の陸橋下で男が倒れている、という通報が入った。五分後、救急隊が現着したときにはまだ息があった。救急病院に搬送したが、直後に死亡確認。さっき終わった司法解剖の結果も、死因は脳挫傷《のうざしょう》。持っていた免許証から身元はすぐにわかった。石関市在住、久保裕也。二十五歳。今、ウラをとってるが檜山《ひやま》組の準構成員らしい」

「檜山組」

おうむ返しにつぶやいた。あの若造が檜山組の下っ端だったことは初めて知ったので、多少は驚いた顔をしてやった。室戸がどう思ったかはわからなかった。

「そう、あの檜山組だ。現場を見る限り、自殺、事故、他殺、どれもありうる。しかし目撃者が出た。久保裕也は突き落とされたんだ」

「現場は？」

「西宮下駅の西よりに建設中の陸橋だ。知ってるだろう？」

「いや」

首を振った。室戸は信用していないはずだが、事務的に書類を読み上げた。

「今はまだ車は通れない。通行止めの障害物はあるが、歩行者は通している。北側が道路に繋《つな》がっていないので、ごく近くの地元の住人がたまに通る程度だ。ほとんどは百メートルほど駅よりの踏切を渡る」

私は、およそわかったというようにうなずいた。

「車道の両脇に歩道がある。障壁を作る予定らしいが今はまだ簡単なガードレールしかない。久保はそれを乗り越えて落ちた」

「目撃者というのは？」

「久保が落ちたのが、およそ十五時二十分。その十五分ほど前に若い男女が言い争いをしているのを目撃した人間がいる。ほとんどつかみ合いの喧嘩《けんか》をしていたらしい。それ以上は言えない。女は高瀬早希だった可能性が高い。今、面の確認に行ってる」

室戸が腕組みをして反り返った。どうやらひと通りの説明は終わったらしい。

「それで、おれに何が聞きたい？」

探るように私の目を見た。

「もう一度、あの娘との関係を聞かせてもらおうか、もっと詳しく。但し、ウソはつくなよ」

嘘をつく気はなかった。個人的には嫌いだが、この室戸という男は刑事としては有能な部類に入る。下手な嘘は吐く前からばれる。刑事と元刑事、どうつくろってみても、だまし合い、探り合いの泥仕合は見えている。だから、面倒くさいのはやめようと思った。

私は、さっきより詳しく早希を拾った夜のいきさつを説明した。私につき添ったことで、結果的に身体を売るかもしれない事態を回避できた、と強調した。どこまで信用したのか、顔つきからは判断できなかったが、私の証言というだけで、何も信じようとしないことはわかっていた。

「それで、あんたは？」

室戸が無愛想《ぶあいそ》に聞く。

「それで、とは？」

「とぼけるな。誘いは断らないタチだろう。昔から」

答える気もなかった。

「久保には、やったのがばれて脅されたんだろう」

「残念ながら、指一本触れてない」

私の返事に対して、室戸が目を好色そうに細めて言った。

「じゃあ、何が目的で女は泊まったんだ。若い女が、タダで汚い酔っぱらいを介抱して家までつき添ってくれるわけがないだろう。ふつう美人局ってのはヤル前に踏み込むもんだが、三泊もしたところをみると、そうとうがっちり食い込んだらしいな」

煙草臭い息がかかった。

「え？　金が払えねえんで久保に殴られたんじゃないのか。その顔見りゃわかる」

「さすが署で一番のキレモノだ」

「面白いこと言うじゃないか。あんまりなめた口はきかないほうがいい。だいたい……」

室戸がテーブルの上に身を乗り出した。また、息が直接顔にかかる。火災報知器に吹きかけたら誤作動を起こしかねない。

「よく恥ずかしくもなく、このあたりに住んでいられるな」

恥ずかしいさ。だから住んでいる——。

「余計な話はやめようじゃないか。お互い忙しい身だ」

努めて冷静に言った。そして先を続けた。

ときどき、室戸が口を挟むのにも答えながら、知る限りのことをほとんど脚色せず、話した。

死んだ久保が襲ってきたときのことも今度は正直に説明した。さげすむような室戸の目が、その話題のときだけ鈍く光った。

「するとこうなるわけだ、美人局の高瀬早希はなぜかその晩だけは商売抜きで道端《みちばた》に立っていた。そしてたまたま通りかかった、すてきなおじ様がちんぴらに絡まれているところを救った。そのまま家までつき添い、三日も泊まった。それなのに女の素性にはまったく気づかなかった」

黒目がちの瞳《ひとみ》を私に向けたが、私はただ見つめかえした。

「美人局の女役は今日、四日ぶりに偶然かどうかわからんが、ヒモに会って揉《も》めた。その直後、ヒモは陸橋から落ちて死んだ。そしてそいつは死ぬ直前にあんたをボコボコにぶん殴った」

「まあ、そういうことになる」

室戸が椅子に反り返ってのびをした。何本目かの煙草に火をつけ、小さな取調室は靄《もや》がかかったような状態になった。

「尾木さんよ。久しぶりに会ったのに、こんなくそみたいな事件《ヤマ》が手土産かい。ずいぶんな仕打ちじゃねえか。相変わらず」

室戸は腕を組んだまま目を閉じていた。居眠りしているのか、考え事をしているのか、判断できなかった。腕時計を見ると十二時を少し回ったところだ。私も、そろそろ眠くなってきた。

「少し、外の空気が吸いたいんだがね。いや、それより、あらかた話は済んだだろう？帰ってもいいかね」

室戸が目を開いた。

「だめだ」

交渉の余地はなさそうだった。

「こういうのはどうだ。高瀬は暴力を振るう上にピンハネがひどい久保に嫌気がさしていた。たまたま、女のためなら殺しもするお前のマエを知った。たらし込んでお前に久保を始末させようとした。一晩じゃ不安なんで、三泊もした。お前はまんまとはまった。そして二人で協力して久保を殺した。どうだ、わかりやすいだろう」

得意げに室戸の鼻の穴がやや開いた。

「目撃者がいるんだろう。おれを見たのか」

「見られていないからって、いなかった証明にはならない」

うなずきかけて、あわててやめた。

「自分がおかれている立場がわかったら、正直に全部話してもらおう。まずは、久保に殴られたあと、あんたは何をしていたか。それを誰が証明できるか。それを聞かせてくれ。その後、もういちど初めからだ。羨《うらや》ましい出会いのロマンスのところからな。俺が納得いくまで何度でも聞くぞ」

10

室戸に同じ話を繰り返しながら、三日目の朝のできごとを思い出していた。

事件前日のことだ。

私が出かけようと身支度をはじめたら、早希が途中まで一緒にいくと言い出した。断る理由もないので一緒に歩くことにした。

近所の住人に見つかったら多少は気恥ずかしいかもしれないが、今さら何を、という気持ちが強かった。五年も前に世間体を気にするような人生ではなくなっていた。おそらく、道ですれ違う主婦も、むこうで顔をそむけるだろう。たとえ、となりに若い女をつれていなくとも。

「ジュンペイ君だけ、ちょっと浮いてるよね」

「浮いてる？」

「そう、石渡さんはかなりクールだし、恭子さんもなんか近寄りがたい雰囲気あるし、なんだかんだいって、おっちゃんも酒飲んでなければ、けっこう渋いし」

苦笑いが浮かんだが、どう答えていいかわからなかった。

「三人ともカゲのあるオトナって感じだけど、ジュンペイちゃんだけは、人畜無害な若モンって感じでしょ」

「人畜無害か」

ジュンペイのふくれっ面が目に浮かんだ。

たしかに、他人から見たら少し変わった一団かもしれない。目つきの悪い中年の親爺《おやじ》と、綺麗《きれい》という言葉が似合う年齢不詳の男と、むっつり口もきかない三十半ばの女。そして多少ごついが純情そうな顔をした青年と。

近所の住人、特に主婦の連中は聞きたくて知りたくて身もだえしていることだろう。だから、誰にも言ったことはない。私たち四人だけが、お互いの身の上を半分くらい知っている。

早希の表情を見ると、彼女の顔中に好奇心が表われていた。ただ、昨夜釘《くぎ》をさされたこともあって、あまり根掘り葉掘り聞いてはいけないと思っているのだろう。口のききかたはひどいが、素直なところもある。それがなんだかうれしい発見のような気がして、一番あたりさわりのないジュンペイのことを話してやる気になった。話題に困ったせいもある。

「あの家の最初の居候は、ジュンペイなんだよ」

「そうなの？」

「いきさつを話してもいいけど、聞きたいか？」

「聞きたい、聞きたい」

そう言って早希は私の腕にすがりついた。私はそれを、さりげなくふりほどいた。もちろん、若い女の子にすがりつかれること自体は嫌ではない。だが、どうしても腕を組むことはできなかった。あの苦い夜を思い出すからだ。

私が初めてジュンペイと会ったのは、ジングルベルまっさかりの季節。凍《い》てついた現場でだった。

十二月中旬、下水管交換工事の現場でこの青年と初めて一緒になった。事務所へは何かの手続きか給与を受け取るときくらいしか、顔を出さない。従って、現場で顔を合わせる人間以外に、仲間の顔を知らない。

会ってすぐ、ずいぶん生っ白《ちろ》い労働者だな、と思った。じゃがいもみたいな顔つきをしているくせに、ブンガク青年を連想させる弱々しさがある。『柳原』と書かれた名札をつけた作業服は、上と下のサイズが違うのではないかと思えるほど、似合っていなかった。

朝のミーティング後に近寄ってきて、ぺこりとお辞儀をした。

「よろしくお願いします。今日ご一緒する柳原です」

私も義理で聞いた。

「この仕事、長いのかい?」

「いえ、九月からです」

「へえ、あまり変わらないね。おれは八月」

「そうですか」

「なんだか、顔色悪いけど大丈夫か? 今日は冷え込みがきつそうだぞ」

身体を心配してやっているのではない。仕事に支障があると、こっちにとばっちりがくるからだ。

「大丈夫です」

青年は、「気をつけ」でもするような姿勢で答えた。

自分で大丈夫と言う人間に、それ以上世話をやく習慣はすでになくしていた。

さっそく、現場の上手と下手に分かれて整理をはじめた。もともと双方通行が難しいような裏道なので、交替要員はいない。メシの時間と、ときどき一服いれるほかは立ちっぱなしだ。

案の定、早くも十時ごろには柳原の調子が悪くなったのが、すぐにわかった。フラフラしはじめたと思ったら、しゃがみ込んでしまった。幸い交通量が少なかったので、持ち場を放り出して駆け寄った。

道路にぺたんと座り込んでいる柳原の脇に腰をおろした。

「どうした。大丈夫か？」

かすかにうなずいたような気もしたが、両膝《ひざ》のあいだに頭《こうべ》を垂れている。

「こんなところに座ってないで、あっちの風のあたらないところで休めよ」

そう言って、立たせようと彼の腕をとった。一瞬、振りほどくだろうか、と思った。若者は、こういう慈悲を嫌う特性がある。しかし、彼は摑まれるまま、よたよたと歩いて、道路ぎわの塀の窪《くぼ》みに座り込んだ。尻《しり》の下にマットを敷いてやった。

「すみません」

若者はそれだけを、なんとか口から吐いた。

「幸い、車もあまり通らないようだから、休んでいていいぞ。おれひとりで大丈夫だろう」

さっきから手持ち無沙汰《ぶさた》なほど車の通りは少ない。交替で一服するか、と声を掛けようかと思っていた矢先のことだった。

柳原青年は垂れた頭をさらに、ぺこりと下げたようだった。

私は、工事作業の責任者に事情を説明して、その日一日をなんとかひとりでやりくりする段取りをつけた。

「おい。もう、帰れよ。あとは大丈夫だから」

青年にそう言ってやったが、なかなか帰ろうとしない。

ふと、その理由がわかった気がした。

「あ、そうか。日当が気になるんだな。大丈夫だ、大丈夫。最後までいたことにしとくよ。現場の連中だって告げ口はしないだろう」

「ありがとうございます」

それでもなかなか立とうとしない。

「どうした。全然立てないのか？　救急車呼ぶか？」

「それが……」

ようやく、本音を聞き出すことができた。彼は腹が減って動けないのだった。

私は、あきれて、笑って、感動した。腹が減って立てない、などという経験ははるか昔の思い出だ。なんとなく、この柳原という青年が気に入った。

「弁当食うか？」

「はい」

小さな声で答える。

「じゃあ、ちょっと二人分、いや三人分だ。買ってきてくれ。それと温かい飲み物だ。どうだ、行けるか？」

彼はうなずいて立ち上がり、私から金をうけとると、コンビニに歩いていった。

「なんだ、歩けるんじゃないか」

再びあきれたが、人間の心理とはそんなものかもしれない。

結局、柳原は弁当二つ半を腹に収めて、動けるようになったため、午後は仕事に復帰した。その夜、「志むら」で一緒に大笑いし、翌週には月三万二千円のアパートを出て私の家の居候第一号になった。

彼は浮いた家賃分で、やや人並みのメシが食えるようになった。私たちの仕事は、会社が請け負った現場へ行けと指示されるだけである。彼とはその後二、三度現場がいっしょになった。

お世辞にも二枚目とはいえない。しかしごついが木訥《ぼくとつ》で、人の好《よ》さそうな顔をしている。苦労をしらずに育ったお坊ちゃんのような口をきく。そして、彼の目を見て話す人間は一瞬どきりとする。今どき、青く澄んだ目をした青年だ。

柳原ジュンペイは十九歳。昨年の春、ここの県名を冠した国立大学の法学部に入学した。実家が東京にあるのに、わざわざこんな地方の大学に入学した変わり種だ。理由は、民事訴訟法の権威が専任教授でいるからだった、とちらと聞いたことがある。しかし、ひと月後には講義に出なくなったそうだ。

今どきの若い連中にも五月病などというものが残っているとは驚きだった。あれは一種の燃え尽き症候群ともいうべきで、最近の青少年には燃え尽きるほどの情熱など、初めからそなわっていないと思っていた。

普通、そのままずるずると講義に出なくなるのだろうが、真面目な男だったので、とりあえず休学の手続きをとった。休学の確認手続き用の書類が、東京の親元に届いた。何かの間違いだと思った両親は、慌てて電話をしてきた。そして、それが事実と知って狼狽《ろうばい》した。

説得し、怒り、最後は懇願したがジュンペイの意志は固かった。私に言わせれば、意志の強さを発揮するならもう少し前か、もう少しあとにすればよかった。一番本人に損な時期だったのではないか。とにかく、両親は最後に「仕送りの打ち切り」を通告してきたが、それでも彼は折れなかった。両親はそのとおりにした。そして彼は飯を食うのにも事欠くようになった。

それが彼から聞き出した、腹が減ってぶっ倒れるようになったいきさつだ。

なぜ、休学する気になったのか。その理由は聞いていない。

「へえ、おなか空《す》いてたの？」

早希が感心したように聞いた。

朝のラッシュの時間帯は過ぎたようで、電車のシートには二人ゆったり並んで座ることができた。

「ああ。あのときの彼は、金の心配さえなければ、弁当屋の二軒分くらいは食ってたかもしれないな」

早希が喉《のど》を見せて笑った。

「おっちゃんたち面白いね」

「そのおっちゃんっていうのはなんとかならないのかい」

「どうして？」

「言われるたび、へたへたっと力が抜けていく。それにジュンペイのやつが、真似して呼ぶんだ」

「だってえ」

早希が眉間《みけん》に皺《しわ》を寄せて、考えをまとめようとしているようだった。

「尾木遼平さんでしょ。リョウちゃんて柄じゃないし、オギなんて愛想《あいそ》ないわよね」

「別に愛想は必要ないと思うが」

「だから、頭文字で『おっちゃん』。いいでしょ」

そういうなり大きなくしゃみをした。

「しまった。おっちゃんティッシュ持ってない？」

ますます力が抜けていくような気もしたが、ポケットから出したティッシュを渡してやった。五月の陽光を浴びてきらきら光る木々が美しかった。

「それで、高瀬はどこへ行くと言っていた？」

早希と電車で一緒に出かけたことを話すと、室戸がさっそく突っ込んできた。実はこのとき、早希が、マンションの場所を教えたのだった。

いよ。

──このティッシュの広告の裏に書いとくね。家、追い出されたら、泊まりに来てもい

──わかった。

そんな会話のことは、室戸には黙っていた。聞かれたことだけに答えた。

「まだ、マンションには戻りたくないから、友達に金を借りると言っていた」

「その友人の名は？」

「聞いてない」

「男か女か？」

「女だと思う」

「なぜ？」

そういえば、はっきり聞いたわけではなかった。

「『あの子』という言い方をしていたような気がする」

「年下の男かもしれんぞ。美人局《つつもたせ》の金でツバメでも抱えてるのかもしれん」

「かもしれん」

「そして、その夜もお前のところに泊まったんだな」

「泊まった」

「次の日、つまり今日……じゃねえ、日付が変わったから昨日だ。つまり四日目はどうすると言っていた？」

「何も？」

「俺は深夜からの勤務だったので、仮眠をとるため夜は早寝した。飯のとき、同居人と何か話してたようだが、詳しくは知らない。そして俺は夜中に出かけた」

「それが高瀬に会った最後か？」

「そうなる」

どうせ他の住人のウラもとっているのだろうから、できるかぎり正直に答えた。仕入れた情報と矛盾しないのか、室戸はあまり突っ込んでこなかった。思ったより、すんなりいきさつの説明が終了した。

意外に早く帰れるかもしれないと思った。大きな間違いだった。

11

さらに同じ話をもう一度繰り返した。さすがにうんざりしてきた。自分も昔、こんなことをしていたのだ。いかに容疑者相手とはいえ、罪なことをしたものだ。話題を変えてみたくなった。

「本部は立つのか？　指揮は誰だ」

未解決の殺人事件となれば、合同捜査本部が設置される可能性が高い。室戸がまともにしゃべるとは思っていなかったが、意外にすんなりと答えが返ってきた。

「余計なお世話だが、教えてやる。帳場は立たない。今、例の一家三人放火殺人事件で手一杯だ。こんな見え見えの事件《ヤマ》の看板書いてる暇もない。残念だったな」

つまりは、県警の顔なじみ連中とは顔を合わせずに済む。心のどこかでほっとした。つぎに気になるのは早希のことだ。

「彼女はどうなんだ。何か言ってるのか」

「調子にのるんじゃねえ。そんなこと教えられるかよ。ムショで酒が切れてボケたんじゃないのか」

その点については同じ意見だった。思わずうなずいてしまった。

室戸の私を見る目が、次第に嫌悪から軽蔑《けいべつ》に変わってきたのを感じた。「虫酸《むしず》が走るほど嫌いだが、もはや憎む価値もない」彼の目つきがそう語っていた。私のほうも、この部屋に閉じこめられることにうんざりしていた。

「いい加減に帰してくれ。おれがかんでる証拠でもあるのか。あれば出せ。なければ今すぐ帰らせてもらう。そうだ当番弁護士を呼んでくれ」

少しだけ爆発してみせた。どうせ下手に出てもいびられるのだ。最後に小石のひとつも投げ返してやりたかった。

「任意で足を運んでいただいたんだ。当番弁護士の出る幕じゃない」

否定はしたものの、室戸はじっと私の顔を見つめたあと、「ちょっと待ってろ」とだけ言い残して部屋を出ていった。

少し前に、室戸と話している途中で刑事課長の須藤が顔を出した。私の顔をちらりと見て、汚らわしいものでも見たようにすぐに視線を室戸に振った。ひとつうなずいてそのまま去った。おそらく室戸は、私を帰していいものか須藤に相談にいったのだろう。さすがにいびるのにも飽きたのかもしれない。

問題は、私を本当に容疑者のひとりとみているかどうかだった。本気で容疑者とにらんでいるなら、すんなり帰すとは思えない。私ごときを拘束するなら、どんな手だって使える。

十分ほど待たされて、室戸が戻ってきた。

「帰っていいぞ。わかってると思うが、遠出はしないように。連絡なく居所が不明になった場合は、公開捜査対象にする」

「わかった」

「場合によったら、明日も任意で来てもらう。覚悟はしといてくれ」

「もう、今日だ」

腰をのばしながら立ち上がった。

「彼女は？　帰れるのか」

室戸は首を振った。

「なぜ？　参考人でそんなにはひっぱれんだろう。フダの用意もできる前から無茶すると、あとで困るんじゃないか」

参考人はあくまで任意の出頭だ。何をしゃべろうが、いつ帰ろうが自由なはずだった——法律的には。

私は脅したつもりだったが、あまり効果はなかった。室戸はあきれた表情をくずさずに言った。

「たしか昔は、お前さんもそんな人権屋の弁護士みたいなことは言ってなかったような気がするがな。まあそんなことはどうでもいい、もうすぐ任意じゃなくなる」

「なくなる？」

「こりゃ、聞きしにまさる色ぼけオヤジだな」

おおげさに口をぽかんと開けて見せた。

「その、色ぼけの頭に少しは焼きつけておけねえのかよ。あの女は美人局だ。そのヒモが死んだ。喧嘩《けんか》も目撃された。どこに帰すばかがいる。二週間前に殴られて届けを出したカモ野郎を朝一番で呼びに行かせる。面通しが済んだら、フダとって終わりだ。ヒモ殺しも吐かせてやる。こんど娑婆《しゃば》に出てくるときは、年がいきすぎて美人局にゃ無理だろう」

一気にしゃべり、室戸はそっくりかえっていた身体を前かがみにして、楽しくてしょうがないという顔つきをした。私も、思わずつられて笑いそうになるところだった。

「女が吐いたら、お前もすぐに引っ張ってやる」

笑顔が消えていた。

「わかった、弁護士をつれてくる」

捨てぜりふをひとつ残して部屋を出た。室戸が何か言いかけたが、最初のひと声が聞こえるころには、階段を駆け降りていた。ロビーの公衆電話でタクシーを呼んだ。時計の針は三時になろうとしている。このままロビーで夜を明かす手もある。タクシー代を払うと明日の飯代にも事欠くが、ここにはこれ以上一秒も居たくはなかった。


タクシーの運転手になけなしの金を払い、そっと玄関のドアを開けた。

二階にあがる気力もなく、リビングに横になる。無性に酒が飲みたかった。最後に口にしたのが、遠い昔に思えた。だが、これからしなければならないこと、会わなければならない人がいることを思うと飲んでいる場合ではない。せめて二時間か三時間寝ようと思ったが、目がさえて眠れなかった。

二階でかすかに人の動く気配がする。石渡と村下恭子だ。気になって起きていたに違いないが、だからといって「どうだった？」と自分から聞きにくるような連中でもない。話すのは夜が明けてからでいいだろう。一番興奮していたジュンペイは深い眠りに落ちているに違いない。健全な勤労青年の健やかなる眠りだ。

とりとめもないことを考え、三十分ほど悶々《もんもん》として、結局寝つくための酒を少しばかり飲むことにした。冷蔵庫に冷やしておいた、秘蔵のカップ酒を取り出す。二リットルパック入の方が安くつくが、それだと二日ももたない。カップ酒なら一度に一本限りと区切りがつけられる。

半透明のカバーを開け、こぼさないよう慎重にアルミのプルタブを引く。透明な液体が常夜灯の黄色い光にゆれた。

そっと口にあてて飲み下す。

酒好きがごくりごくりと音をたてて飲む、というのは嘘だ。ビールならいざしらず、日本酒の冷やでは喉《のど》など鳴らない。すーっと入っておしまいである。

特別美味《うま》いともまずいとも思わない。一本を三秒ほどで一気に飲み干した。しばらく、そのままの姿勢でいる。胃の中の冷たい液体からぽっと炎が燃え上がる。

一気に顔まで熱くなる。寝るなら今この瞬間しかない。すっかり耐性のできあがったこの身体では、この後はいくら飲んでも酔いつぶれることすらない無間地獄だ。

「はーっ」

大きなため息をひとつついて、そのまま浅い眠りに落ちた。

目が覚めると八時近かった。どうにか寝過ごさずにすんだ。

ジュンペイは仕事だろう。石渡と恭子は自分の部屋だろうか。

箪笥《たんす》の引き出しからＡ４サイズのファイルケースを持ってきて開ける。この中に、今の自分に必要な最低限の書類すべてがしまってある。中を探って一枚の名刺を取り出した。手に取って眺めてみたものの、やはり迷った。再びあの人の好意に甘えることになるのか。心苦しいがやむを得ない。他に頼む人物を知らない。私の心は、本当は取調室で室戸にいたぶられているときから決まっていた。

家には電話がないし、携帯電話も持っていない。しかたなく小銭を探して、近くの公衆電話まで歩いた。名刺に記載されている事務所のほうの番号を押した。数回の呼び出し音でかちゃりと受話器の持ち上がる音がした。

「はい、花房《はなぶさ》です」

聞き覚えのある、花房本人の声だった。事務所の名称を名乗らず、個人名で電話に出る癖は直っていなかった。

私はすぐには言葉が出ず、もう一度ゆっくり深呼吸して受話器に向かって言った。

「尾木です。先日はおたずねいただいてありがとうございました。その後は挨拶《あいさつ》もしませんで」

「気になさることはありません。それより、変わりありませんかな」

「おかげさまで。ところで先生……」

挨拶もそこそこに、本題に入った。

「実は、ご相談したいことがあります」

「相談。と言われますと、例の関係で?」

例の、とは離婚問題のことだろう。相変わらずの淡々とした話しぶりに、心が落ち着いて来るのが自分でもわかった。同時に、いい年をしていつまでも親に甘えるような心苦しさも覚える。

「いえ違います。ちょっとしたやっかい事に関わりまして、刑事事件なんですが……」

「なるほど。まあ、電話ではなんでしょう。こちらにおいでになりますか？」

「お忙しくはありませんか」

「忙しければ言わずに済むような用事なのですか」

私は、すぐに伺いますと答えて電話を切った。

もう一件、かけるところがあった。

今の私が、唯一諳《そら》んじている電話番号だった。時計は八時半、誰か出社しているだろう。二度の呼び出し音で受話器が持ち上がった。

「はい、北南警備保障です」

男性事務員の声が聞こえた。

「急で申し訳ないが休みたい」と用件を伝えた。受話器の向こうから了解の返事が戻る前に、身内に不幸があったことにして、ついでに給与の前倒し支払いを頼んだ。

上司にでも相談にいったのだろう。しばらく保留音が流れたあと、事務員は「午後ならお支払いできます」と答えた。

ほっと息がもれた。財布の中身は千円札が二枚にまで減っていた。

県の庁舎がならぶ一角へ、電車とバスでたどりついた。私のかつての勤め先だった県警本部の入った合同庁舎もある。そのとなりには地裁。道路を挟んだ街区には、住宅や小さなオフィスに交じって弁護士事務所が散在している。三階建ての老朽化したビルの二階が、目指す『花山法律事務所』だった。

古いが掃除のいきとどいた石の階段を昇りかけたとき、ふいに半年前ここをたずねることになったいきさつを思い出した。

12

妻の、いや元妻の久美子が、弁護士を通して慰謝料の請求をしてきたのは、私が出所したあとになってからだ。それも、相手側の弁護士によれば本人は慰謝料を請求するつもりがないと言い張るのを、まわりがどうにか説得して、同意させたらしい。事実上は親をはじめとした親族が弁護士を雇い、久美子に追認させたという形だろう。

さっさと事務的に処理したいので、私の側も弁護士をたてて欲しいと要求された。「何もかも、全部譲るから」と言ったのだが、そういう無茶は、あとで裁判沙汰《ざた》になったとき覆ることもあるそうだ。一時的に自暴自棄になった心情を利用して、素人の本人相手に示談を交わすのは弁護士としてはあまり上手《うま》いやりかたではないようだった。

出所した直後の私は、あらゆることがどうでもよかった。

慰謝料をよこせと言われれば払いもするし、弁護士をたてろと要求されれば、そうする気持ちになった。自暴自棄な気持ちに加えて、刑務所内で培われた従順さの余韻が残っていたのかもしれない。

とにかく、弁護士を頼もうとして私は困った。雇う現金がない。裁判の結果、どの程度の金額が手元に残るのかわからない。たしかに、刑事時代の知り合いに弁護士も何人かはいた。その中で、相談のできそうな人物がいるかどうか思い浮かべてみた。考えるまでもなく、ほとんどは私の名を聞いただけで特大の臨時休業の札をぶら下げそうな先生たちだ。しかたなく、なるべく貧乏そうな事務所を見つけて飛び込むか、と決めたとき、ひとりの弁護士の名を思い出した。ひとりだけ、ただひとりだけ、「もしかしたら」と思い当たる人物だった。

花房伊佐夫《いさお》という名のその弁護士だけは、相談に乗ってくれるかもしれない。そう思いつき、恥を忍んでたずねた。花房弁護士は久しぶりの再会を大げさなほど喜んだ。しかし、その見事な白髪をした弁護士の笑顔がいつまで続くか、疑問だった。

私は、すべてを正直に話した。

手持ちの金はほとんどないこと。したがって、唯一残った財産といえるのが、親から相続した中古の一戸建てで、これを処分するまで弁護料が払えないこと。そして、示談あるいは裁判の結果によっては、売却金額のほとんどを持っていかれてしまうかもしれないこと。それらの事情を、目を伏せてほとんど一気にはき出した。

但し、『貧乏事務所』の連想で思い出したことだけは黙っていた。

花房弁護士の返事がないので、顔をあげた。目を閉じて考え込んでいるようだった。どう断ろうか考えているのだ。かつて彼は、私に恩義があると会うたびに言ってはいたが、そんな言葉に甘えてのこのこやってきた私は、相も変わらず底なしのお人好《ひとよ》しだ。

相手がそれ以上苦しまないようこちらから断ろうとしたとき、花房氏は目を開き、ゆっくりとしかし法廷で鍛えられたよく通る声で話しはじめた。

「私は仕事柄、勝ち負けを争う世界にいます。ときには辛辣《しんらつ》な手で相手を挫《くじ》かなければなりません。しかしだからこそ、これまで個人的には他人の不幸を喜んだことはただの一度もないと断言できます。しかし、今日、今、それを破ってしまいました。あなたが、そんなに困った状況に陥って、私を頼らざるを得なくなったことを、そしてやっと借りていたものの一部が返せるときが訪れたことを、喜んでしまいました。どうか許してください。こんな気持ちで何が弁護士でしょうか。……しかし、このあさましさを許していただけるなら、もちろん謝礼などはいりません。誠心誠意、ことに当たらせていただきます。どうですか、よろしいでしょうか？」

彼の手が、頭《こうべ》を垂れて聞いている私の肩にそっと触れた瞬間、鼻の脇を何かが流れた。

昔、借金を抱えた両親の心中の巻き添えを食った少女がいた。顔つきもわからないほど赤黒く膨れ上がった、三歳の女児の水死体を見てくやし泣きしたのは、私が新米警官だった二十四歳のときだ。

私が人前で涙を見せたのは、その日以来だった。

私は、彼のおかげでどうにか一人前に離婚することができた。

13

法律関係の本と、ぱんぱんに膨れたファイルノートが隙間なくつめこまれた本棚に囲まれ、花房弁護士はにこやかに座っていた。

「まもなく、的場《まとば》さんが見えたらお茶を淹《い》れてもらいましょう。それまで、お話をうかがいましょうか」

私はこれまでのいきさつを説明した。

こちらが話しているあいだは、目を閉じてだまって聞いている。それが、昔から変わらない癖だった。よほどの矛盾点でもなければ、口を挟まない。あまりに反応がないので、ひょっとして寝ているのではないかと疑うときもある。

夜道で早希を拾ういきさつでは、やはり恥ずかしい気持ちもあって、正直なところ寝ていて欲しいくらいだったが、残念ながらちゃんと聞いているのだった。花房氏はあきれるでもなく、冷やかすでもなく、ただ黙って机の上で両手のひらを組み合わせている。

警察から自分だけ追い返されたあたりで、この事務所で雇っている的場という事務員が入って来た。

「おはようございます」

彼女は最初花房氏に、つぎに私に気づいて同じ言葉をかけてきた。私も挨拶を返した。この事務所は、花房と米山という二人の弁護士が共同で開いている。それで名前も『花山法律事務所』だ。今入ってきた的場という名の四十代とおぼしき女性の事務員は二人共通のセクレタリーだ。

一旦《いったん》話を区切り、目の前に置かれた日本茶を含んだ。

「それで、なんとか彼女から事情を聞き出す方法がないかと思いまして」

花房氏がようやく机の上で組んでいた手のひらをほどき、目を開いた。例の、多少嗄《か》れてはきたがよく通る声で言った。

「あなたには説明するまでもないと思いますが、当番弁護士制度でさえ逮捕後の接見を前提としています。参考人として事情聴取されているだけで弁護士の立ち会いを希望しても、現実としてまず門前ばらいでしょう」

それはわかっていた。自分自身二十年近くも刑事をやっていたのだ。ヒモが不審死を遂げた美人局《つつもたせ》の事情聴取で、弁護士を立ち会わせるなどとは聞いたためしがない。

「しかし、逮捕となれば別です」

私の目をじっと見つめたまま言う。

「すぐに接見できるよう手続きをとります」

それが望んでいた答えだった。

「先生に接見をしていただければ助かります。いや、任意の弁護までお願いしたいとは申しません。とりあえず、本人はどう申し立てているのか、やってないならどうにかして証明できるアリバイでもないのか、聞いていただけないでしょうか。——それから、金が入る見込みがつきました。女房に慰謝料払っても、弁護士費用は残ります」

「費用のことはいいんですが、それよりその女性には親兄弟や親戚《しんせき》はいないのでしょうか？」

一度目を開くと、今度はただじっとこちらを見据えている。嘘は通じないと、相手が勝手に思いこんでしまう目の色だ。

「本人には何も聞いていませんが、頼れる親族が近くにいれば、ヒモから逃げるために街に立ったりしないと思います」

——それに、自分たちのあんな擬似家族を『うらやましい』と何度も言っていたではないか。

「それであなたが、面倒をみようと？」

「ええ、おせっかいなのはわかっています」

照れ隠しに私は頭を掻《か》いた。

「あなたは無実だと思いますか？」

花房氏が、相変わらず私の目を見つめたまま聞いた。こちらの何かを探るのでもなく、責めるのでもなく、ただ純粋な質問として聞いているとしか感じない。私は、どう説明すれば心のうちを理解してもらえるか、考えながら話した。

「三泊させた身としては、無実であって欲しいと思います。そして、冤罪《えんざい》であるなら力になりたいと思います。……ほかに頼る人間がいないなら」

「なるほど」

弁護士の口元に笑みが浮かんだ。自分の気持ちを理解して欲しいと思いながら、その一方で心の底まで見透かされてしまうことは恐れていた。

「失礼ですが、尾木さんの先月の収入はいかほどですか？」

「は？」

突然の質問に面食らった。

「大丈夫です。これでも弁護士。守秘義務は自覚しています」

冗談なのか真面目に言っているのか、私には判断できない。

「いや、別に弁護士さんの名誉にかけて守秘するほどの機密でもありませんが……たしか、手取りで二十万円ちょっとでした」

「失礼だが、それほど裕福とはいえないでしょうな」

「たしかに」

「そのあなたが、なにゆえに三人も居候を置いているんでしょうか？　そして……その娘さんが四人目ですか」

先月、「近くを通りかかった」と言って、花房氏が突然我が家をたずねてきた。「一度寄ってくれ」と前からしつこく誘っていたので、義理を果たしてくれたのだろう。ちょうど夕刻でもあり、ささやかな晩餐《ばんさん》に招待した。もっとも、料理は恭子の手作りだったし、酒はほとんど石渡氏のものだったが。

ともかく、我が家に三人も居候を置いていることは、そのときから知られていた。

「いや、ただ寂しかったような、酔った気まぐれだったような……」

私の困った顔を見て、花房氏は今日初めて笑った。

「わかりました。今はその理由は不詳ということにしておきましょう。今回の接見費用は、いつかその答えと引き替えということにします」

金を支払う支払わないの問答をしても時間の無駄だと思った。私は素直にお願いすることにして、深々と頭を下げた。

花房氏は書類をぺらぺらめくりながら、言った。

「とにかく、今のところは私でも手をうつのは難しい。警察に動きがあれば連絡します」

私はくれぐれもよろしくと頼んで事務所をあとにした。

14

二台の車が、私の進路をふさぐように停まった。

花山法律事務所からの帰り道でのことだ。たしかに、車を停めておける上に人通りは少ない。私を襲うつもりなら、もってこいの場所だった。

前が黒塗りのシーマ。うしろが同色のベンツ。尻《しり》をこちらに向けているので、リヤとサイドウィンドーしか見えないが、スモークガラスどころか、黒ペンキでも塗りたくったみたいに何も見えない。ありがちな趣味だ。つまりは、やりそうなことも想像がつく。うんざりして脇道を探したが、そううまくはいかない。

いとしの我が家まで、もう二百メートルもなかった。いっそ振り切って走ってみるか。だがそれでは、わざわざ家まで連れて帰るようなものだ。いや、そもそもここにいるということは、とっくに家を知っているということだ。逃げてみても意味がない。抵抗することは同居人を巻き込む恐れがあると思わなければならない。

彼らには悟られぬよう、腹の中で観念した。

二台の車から、ばらばらっと四人の男が降りてきた。皆、同じような恰好《かっこう》をしている。黒いスーツに黒いネクタイ。ギャング映画のエキストラでなければ、葬式にでも行く途中だろう。私は男たちに囲まれ、ベンツへ押しやられた。理由はわからないが彼らの目的は想像がついたし、彼らもそのことを察していた。周りに人通りはない。中途半端に抵抗してみても殴られる数が二つ三つ増えるだけだと、すぐにあきらめがついた。ベンツのうしろのドアが開き、一番身体の大きな男にそのまま押し込められた。映画のワンシーンのように、誰もひと言も口をきかないほんの短いあいだのできごとだった。

車の中ではシートの真ん中に座らされた。悪い席順ではない。右側には、私を押し込めた男がそのまま座った。筋肉質の太股《ふともも》が触れる。ただ大きいだけではないらしい。左奥で待っていたのは、六十過ぎに見える、やや小太りの男。高価そうな生地の喪服を着ている。これが、ボスだろう。見覚えがあるような気がしたが、思い出したくはなかった。そして前には運転手がひとり。

左側の男から身を離そうとして、右の大きな男のほうに寄ってしまった。さっきから触れている股のあたりが次第に熱をもって汗ばんできた。あまり気色のいいものではなかった。

「忙しいところ申し訳ない。少し顔を貸してくれ」

左のボスらしき人物が、煙草か酒で焼いたようなしわがれ声で言うと、運転手に車を出すよう命じた。運転手がパッシングをし、二台はほとんど同時に動き出した。

シーマが先導した。中は見えないが、少なくともさっき私をとり囲んだ三人が乗っている。総勢六人以上のお出ましというわけだ。

誰ひとり口を開かないまま、車は市街地を走り抜け、工業団地跡に出た。全国どこの地方都市にもある、バブル時代の無謀な開発の残骸《ざんがい》だ。更地に雑草が生えているのはましなほうで、建てかけで放り出された建築物は痛々しい。やがて車は工場のような建物のある敷地に入っていった。

あきらかに堅気ではない二人の男が立っている姿が、門を抜けるときにちらりと見えた。通り抜けるベンツに向かい、きびきびとお辞儀をして道をあけた。

ここは少なくとも工場として稼働していた時期もあったようだ。しかし、平日だというのに、人の気配がない。そもそも機能しているようには見えない。要するにつぶれたのだ。車は、屋根がかまぼこの形をした倉庫のような建物に入っていった。

もとがなんの機械だったのか見当もつかない残骸が点在していた。床にはそれ以外にも金属製のパイプだのL字形の鋼材だのがちらばっている。紳士的に話し合うのに最適な場所だ。

さて——。

中に六人、外に二人。なかなか豪気だ。腹の真ん中あたりが強張《こわば》って、酸っぱいものがこみ上げそうになった。最初に受けた印象より、手間がかかっている。こういう連中が手間をかけたときはそれなりの元をとる。手ぶら無駄足という文字は、彼らの辞書にはない。元がとれそうもなければ、むりやりにでもむしりとる。考えているうちに、ひびの入った肋骨《ろっこつ》が痛み出した。

車から引きずり出されるものと思っていたが、意外なことにその気配はなかった。座ったまま、左側のボスらしき男が口を開いた。

「裕也はなぜ死んだ」

かすれかけたしわがれ声に、妙な抑揚をつけてゆっくり言う。ぼんくらの私にも、そろそろ事情が把握できてきた。左の人物の顔を、もういちど見つめて確信した。直感はあたっていたようだ。鼻歌でも歌えば、気が紛れるだろうか。

「おれは知らない」

一応は身構えるつもりでいたのだが、それよりも早く右側の大男の拳《こぶし》が鳩尾《みぞおち》に食いこんだ。

「うん……」

私は言葉をはくこともできず、頭が膝《ひざ》につくほど身体を折った。やはり大きな図体《ずうたい》は見かけだけではなかった。死んだ久保のパンチが五ナンバーなら、こいつのそれは三ナンバーのフルサイズだ。しかも、このあと話ができるように、きちんと手加減している。男が襟首を摑《つか》んで私を引き起こした。

「口のきき方に気をつけろ」

襟首を摑んだまま、体つきのわりには甘い声ですごむ。かすかに関西なまりを感じた。

それにしてもそんな理由で人の腹を殴るんじゃない。私の腹だ。

肋骨にひびが入っていることを告げて手加減してもらおうと一瞬本気で考えたが、あわてて思いとどまった。ヤキがまわったな、尾木遼平。そんなことを告白すれば、次からやつはそこを狙ってくる。何も自分から弱みを教えることはなかった。

「木村、枝葉のことはいい。話が脇に逸《そ》れる」

「はい」

木村と呼ばれた馬鹿力の男は、襟首を摑んだ手の力を抜いた。

「尾木さん、だったな。おれを知ってるかね」

左の男がたずねる。私はうなずいた。直接言葉を交わしたことはないが、顔と名前と職業は知っていた。

檜山景太郎《けいたろう》、檜山興業の社長であり、私が最後に知っている情報では九峰会《きゅうほうかい》の会長だった。

九峰会というのは少し変わった組織で、県下に九つある組の連合団体だ。いわゆる広域暴力団の県内への進出を阻止するため、二十年ほど前に地場のやくざの親分衆が集まって結成した。とりたてて大きな産業も歓楽街もない土地柄のせいか、今のところ派手な抗争がおきた様子はない。実際のところは、阻止とか対抗とかいう表現より、提携、妥協という言葉が実態にあっていると聞いたことがある。会ができたことで、お互いの暴走を牽制《けんせい》する役目を果たすことになり、おかしな話だが警察としては歓迎らしい。

ウラはともかくその元締めたる会長は、二年に一度全組長の会合で推挙により選ばれる。名誉職ではあるが、実際組どうしのいざこざがあった場合などには、抗争に発展する前に手打ちの仲介をしたりもする。田舎のやくざは都会もんより冠婚葬祭にうるさいのかもしれない。それなりに彼ら特有の人望があり、胆力のある人物でなければつとまらないだろう。

左隣にいる檜山景太郎は六年前、第四代の会長に選ばれたことは知っていた。今でも会長の座にあるのだとしたら、三期目ということになる。長期政権だ。

暴対班ではなかった私でも、その程度のことは知っている有名人だ。

気にかかるのは、会長に推挙される条件に、慈悲の心が入っているかどうかははなはだ疑問なことだ。

「まだ会長さんか」

「おかげさんでな」

ますます楽しいほうへ事態が転がっていく。

「知っているなら、話が早い。あんたも刑事だったなら、とぼけるのはお互い時間の無駄なことはわかっているだろう?」

「何が聞きたい?」

努めて平然と聞いた。

「どうやら、居眠りでもしてたらしいな。ねぼけてやがる。俺はな、くどくど言うのも言われるのも嫌いだ」

檜山の猫撫《ねこな》で声が急に刺《とげ》を帯びた。顎《あご》をわずかにしゃくって、木村に合図した。木村の右手がのび、私の右脚、膝上十センチあたりを摑んだ。親指と中指、人差し指で挟む。それが万力のように筋肉をしめつけた。

ただ、それだけだった。彼のような馬鹿でかい手のひらを持った人間でなければできない技だが、簡単で効果的な拷問だった。中途半端なプライドや意地は肉体の苦痛の前では、ほとんど役立たずなことを思い出させられた。

私はいい年をして、声をあげた。そして懇願した。

「やめて、くれ。頼む」

檜山が合図したらしく、木村の指の力が抜けた。

汗が噴き出した。私はしばらく、息を整えるのに精一杯だった。

「これから通夜に行かなきゃならん。忙しいんだ。同じことは二度聞かんから、覚えておけ」

私は、早希を拾ってから昨日の夜までのことをべらべらとしゃべった。多少省いたところもあるが、話した内容に嘘はなかった。檜山はほとんど口を挟まずに聞いていた。

右膝の両脇の筋肉が、ずきずきと痛んだ。

「ウソをついてりゃすぐわかる」

檜山が私の目をじっとのぞき込んだ。正直な感想では九つの組を束ねるほどの人物とは思えない。以前に聞いたところでは、この檜山興業すなわち檜山組が資金が最も潤沢らしい。九峰会会長の座についたことと、そして三期もその座を守っていることとは無関係ではないかもしれない。

「いいか、よく聞け。裕也はな、俺の甥《おい》っ子だ。妹の息子だ。妹はショックで寝込んじまって遺体の確認にも行けないありさまだ。そしておれは妹思いだ。誰が殺《や》ったにしろ、落とし前はつけなきゃならん」

陳腐なせりふだと思ったが、口には出さなかった。別にすごんで見せているわけではなく、それが彼らの仕事の一部だからだ。

檜山は、さっきから無言の運転手を顎で指してから続けた。

「この新藤《しんどう》のところに預けて、ぶらぶらしてても食い扶持《ぶち》だけはやっとったのに、美人局《つつもたせ》なんぞしやがって」

「申し訳ありません」

運転席の男が初めて口を開いた。半身振り返って、お辞儀をした。これも知った顔だった。今まで、ただの運転手だと思っていたが、違った。そういえば、さっき私を拉致《らち》するときもこいつだけ降りてこなかった。新藤拓郎《たくろう》、檜山組の幹部だ。組長の乗る車は、やり手の幹部みずから運転か。

「みっともねえと思わねえか。甥っ子が美人局のヒモなんぞした上に、相手の女に殺されたんじゃ、いい笑いもんだ」

「申し訳ありません。何度もやめてくださいとお願いしたんですが」

少しの沈黙があった。檜山がおおきなため息をひとつついた。気を静めているようにも見える。やりとりを聞いていると、運転手役という屈辱は一種の罰なのかもしれない。

「まあ、処遇はそのうち考える」

檜山が、新藤に向かって言った。新藤はもう一度深々とうなずいて、一瞬檜山に冷たい視線を走らせてから私を睨《にら》んだ。檜山は気づいていないようだった。

「お前にも裕也さんを殺りたい理由はあった」

やっと私に話しかけたと思えば、なんということを言い出すのだ。

檜山もうなずいている。さっきの説明では裕也に殴られたことも正直に話した。痛めつけられながら小出しに話すほどの余裕はない。

「しかし、おれは殺ってない。もし、疑わしかったら、警察が釈放しない」

「泳がせてるだけかもしれん」

「いくら泳がせても、殺ってないものは殺ってない」

「おれらには、証拠はいらん」

檜山が特別脅す風でもなく言った。当たり前のことなので、脅す材料だとは思っていないのかもしれない。泣いて詫《わ》びれば許してくれるだろうか。きっと無理だろう。最悪の状況も覚悟した。

やはり、下着は替えておけばよかった。ふと、そんなことも考えた。解剖にまわるだろうか。こいつらの手際じゃ司法解剖だろう。尻《しり》の穴までのぞかれる。風呂《ふろ》にも入っておけばよかったかもしれない。いや、恥ずかしいのではない。知った顔が検視や解剖に立ち会ったときに「この落ちぶれたざまを見ろ」と嘲笑《ちょうしょう》する機会を与えてやるのが少し悔しかっただけだ。

それにしても。どうしてどいつもこいつも私を人殺しにしたがるのだ。

「まあいい。あの女がやったと思うか」

「え？」

「サツがとっ捕まえてる女だ」

雲行きが変わってきた。

檜山がシートに少し深めに座り直した。初めて気づいたが、名前を知らないオーデコロンの香りが流れた。

「わからない。たぶんやってないと思う」

「なぜ、そう断言できる。他に心当たりでもあるか」

木村の右手が伸びてきた。気の早い野郎だ。私はそれをさりげなく払いのけた。

「いや、確証はない。だが、そういうことをする女には見えなかった」

「元刑事のカンか？」

鼻をフンと鳴らした。笑ったらしかった。私は、それには答えなかった。檜山は、先を続けた。

「しかし、警察は目撃者を押さえている。二人が取っ組み合いの喧嘩《けんか》をしてたそうだ。聞いてるか？」

「詳しくは知らない。しかし、喧嘩してたからって殺したとは限らない」

今日最も意外なことが起きた。私の言葉に檜山がうなずいている。灰皿に置いてあった吸いさしの葉巻をくわえた。すかさず木村が火を差し出した。煙草のように簡単に火はつかない。檜山もつけてもらうつもりはないらしく、ライターを受け取って、自分の口元へ運んだ。

二度、煙を吐き出して、続きをしゃべり始めた。

「なぜそこまでかばう。あの女とやって情が湧いたか？」

「やってない」

「それとも……」

そう言って私を睨んだ目にはさすがにすごみがあった。

「やっぱりお前が殺ったか」

「おれは本当に殺ってない」

突然、檜山が笑い出した。私も肋骨《ろっこつ》の痛みを忘れて、つられて笑いそうになるほどだった。

木村の拳《こぶし》が再び鳩尾《みぞおち》に埋まった。直前に檜山が合図するのを感じた。予測がついたので、身をひねることもできたが、それでは傷ついた肋骨を殴られる可能性がある。完全に折れてしまっては、今以上に動きが取れなくなる。私は泣きたい思いで、そのまま拳を受け入れた。

「いいか、よく聞け」

再び二つに身を折った私の背中を、檜山がぽんぽんと叩《たた》いた。

「その高瀬とかいう女がやってないんだとしたら、犯人を捜せ。お前を雇おう。日給三万、今の仕事より少ないということはないだろう。刑事の経験も活《い》かせるしな」

「その前に、このでかい坊やにもう殴らないよう言ってくれ」

どうにか声をしぼり出した。

「それはお前さんの返事次第だ」

「おれに何をさせたい？　いくら殴られても、知らんものは知らん」

「まあ、聞け。実はおれも噂を聞いた。裕也を突き落としたのはあの高瀬とかいう女じゃないかもしれん、という噂だ。本当か嘘かわからん。もし本当だとしたら、どこかに犯人がいるはずだ。そいつをさっさと見つけ出せ。もうすぐ会長の推挙がある。手際よく白黒つけないと面子《メンツ》が立たん。大塚のところの三代目が最近のしてきてる。今度の推挙は厳しいんだ」

そんなやくざどうしの選挙など知ったことか。

「おれには仕事が……」

「知ってる。命と天秤《てんびん》にかけるほどの仕事でもないだろう。いいか。こっちとしちゃ死んでもらうのはべつにお前でもかまわん。新藤なぞ、『早いとこ埋めましょう』ってうるさいくらいだ。だが、お前を始末したあとで、本物の犯人が出てきたんじゃ恥の上塗りもいいとこだ。つまりお前は、やる、やらない、は選べない。選べるのは、うまくやってもう少し長生きするか、下手うって霧駒山に寂しく眠るか、だ」

ふと背中においた手が止まった。

「あそこにゃ、コオロギがいっぱいいるぞ。夜になるとうるさいくらいだ。おい、コオロギってのは、人の肉を喰《く》うのか？」

「はい、いや自分は……」

急に話をふられた木村が、しどろもどろに答えた。私は、うんざりした表情を浮かべないように必死だった。連中のやりとりにも笑う余裕はなかった。

「捜す気になったか？」

「ほかにホシがいるなら、警察が見つけるだろう」

いつのまにか、自分の声がかすれていることに気づいた。

「警察より先に見つけろ」

「見つけてどうする？」

「お前の知ったことじゃねえ」

「そんなことは無理だ」

「無理じゃねえ」

「いや。おれが犯人を見つけることが、だ」

檜山は、まだ前かがみになっている私の髪の毛を摑《つか》んで引き起こした。

「いいか、今夜が通夜で、明日が告別式だ。来週初七日の法要をやるんだが、それまでに白黒つけろ。警察より先にだ」

まったく聞く耳を持っていなかった。私はなんとか、この頭の固い暴君に理解させようと試みた。命がけの言いわけだった。

「機動力が違う。ひとりでやれることは限られている。……それに、新しい目撃者が出るかもしれない。そうなれば、あっさりカタがつく」

「捕まったときはしかたがねえ、出てくるまで十年だろうと待って、ぶっ殺す。ただし、手ぶらじゃすまんから、お前のあそこか耳でも殺《そ》いで妹への土産にする」

「誰も見つからなかったら？」

「そんときはしかたない。お前に埋まってもらう。その早希とかいう女が出てきたら、となりに埋めてやる」

無茶苦茶だった。理屈だの道理だのが通じる相手ではなかったが、それにしてもひどい。説得はあきらめるほかないようだった。

「教えてくれ。どうしておれなんだ？」

「有野川《ありのがわ》事件」

檜山が煙と一緒に吐き出した。そういうことか。

「恨みか」

短く聞いた。

「いや、あれは済んだことだ。だが、あれをひとりで解決したのなら、こんな事件は簡単だろう。え？」

私の顔に煙を吹きかけた。

口を開きかけたとき、木村の筋肉が強張《こわば》るのを感じた。私は言葉を呑《の》み込んだ。

このことを覚えていろよ――。

きっとこの分だけは借りを返す。

檜山が続けた。

「まだ、質問があるか？」

私は、返事の代わりにため息をついた。檜山は了解と受け取ったようだ。もう、どちらでもよかった。

「以後の連絡は新藤に入れろ。一日一度電話で報告するんだ」

新藤が振り返り、かすかに微笑んだ。檜山の饒舌《じょうぜつ》さに比べてやけに口数がすくない。目元に笑みを浮かべていた。ボスの無茶ぶりを冷笑しているようでもあり、ひょっとすると私に親愛感を示しているようでもあった。

新藤が私に、名刺くらいの大きさのカードを手渡して言った。

「毎日夕方六時にここへ電話してくれ」

私は瞬間躊躇《ちゅうちょ》したが、結局は受け取った。これ以上腹を殴られては流動食しか食えなくなる。もっとも、今もそう変わりはないのだが。

「携帯はあるか？」

「ない」

「すっかり、使えないおっさんだな。まあ、せいぜい交通事故に巻き込まれたり、公衆電話が見つからなかったりしないよう気をつけろ。会長もおれも言い訳が嫌いだからな」

檜山のだみ声に比べれば、声優のように通る声だった。ロックアイスほどの温かみもない澄んだ声だった。

帰りは送ってくれなかった。もっとも、誘われても断っただろうが。


鳩尾のあたりに違和感を覚えながら、やや前かがみになって歩いた。今はまだ、私にも利用価値がある。使い物にならなくなっては意味がないので、あれでも手加減するよう言われていたのだろう。おかげで、食欲が落ちた程度のダメージで済んだ。一食分が浮いた。

立ち止まり、電柱を見上げる。昔から、考えごとをするときは意味のないものをじっと見つめる癖があった。結婚相談所か何かの看板をながめながら、自分に与えられた選択肢を考えてみた。

ひとつ、檜山の登場を無視する。今までがそうだったように、自分のしたいと思うことをして生きてゆく。但し、極めて短い期限つきになる可能性が高い。二つ、警察に泣きつく。きっと室戸がさげすんだ笑みを浮かべて登場し、パトロールの順路に私の家を加えるくらいのことはしてくれるだろう。そして一週間後、私は五十キロも離れた霧駒山のコオロギの餌《えさ》になっている。三つ、七日間だけ檜山のいいなりになる。もともと、早希のために何かしてやろうとしていたところだ。自分に対する言いわけもたつ。先のことは七日後に考える。

警察を辞めてから、めっきり根性がなくなった。いや、もともとなかったのかもしれない。身分証を胸ポケットに入れているあいだ、自分のことをタフガイだと錯覚していたのだろう。自分は、せいぜい「志むら」のカウンターを拭《ふ》く雑巾《ぞうきん》だと思えば、世の中に耐えられないことはぐっと少なくなる。

そう考えて決めた。七日分の日当を安酒で飲み尽くせば、胸の痛みも流れてくれるかもしれない。

看板の中で、手を取りあった男女が幸せそうに笑っていた。私は新藤から渡されたカードをポケットにしまって歩きはじめた。

15

痛む腹と肋骨《ろっこつ》をかばいながら家に帰った。

家にあがり込むなり、リビングの床に身体を投げ出した。音を聞きつけてめずらしく恭子が降りてきた。

「どうしたんですか？」

私の身体の心配とはさらにめずらしい。それほどひどい顔をしているということかもしれない。

「ちょっと、ころんだ」

そういって風呂場《ふろば》に転がり込んだ。

鏡に顔を映してみる。昨日より痛みは引いたが、顔の痣《あざ》はむしろ凄《すご》さを増している。身体のあちこちに打撲傷があるし、腹全体が乾きかけた紙粘土みたいな気分だ。春のそよ風にまどろむような穏やかな顔つきとは言えないかもしれない。私は、例によって悪態をつきながら、どうにかシャワーを済ませた。

バスタオルで身体を拭きながらリビングにもどると、恭子が待っていた。

「何か食べますか？」

そういえば昼食をとっていなかった。食欲はない。

「いや、食い物は遠慮します。水を一杯もらいたい。末期《まつご》の水」

必死の思いで言ったのだが、恭子はくすりとも笑わなかった。水道の水をコップに一杯汲《く》んでテーブルの上にとんと置いた。何か機嫌でも悪いのだろうか。

しかたなく、

「昨夜、警察は？」

とだけ聞いた。

「尾木さんが連れて行かれたあと、別な刑事がきていろいろ聞いていきました」

「高瀬嬢のことを？」

　うなずいてから、

「それと尾木さんのこと」

　まあ、そんなところだろう。話題を変えてみた。

「あなたは、どうする？」

　何が？

　恭子は目だけで聞き返した。

「居場所、住み家、寝るところ」

　ここを追い出されて皆の行く先がどうなるのかは、早希の逮捕問題と同じくらいの心配ごとだった。

「あてはありますか？」

　恭子は半分だけ笑って、私が飲み終えたコップを見ていた。

　恭子にはもう滑り止めの土塁がない。大抵の人間は、崖《がけ》っぷちまで滑っていっても、これだけは越えられないという障壁があって、そこで踏みとどまる。崖の向こう側へは行かない。ところが、恭子にはその土塁がない。低いのではなくて、おそらく何もない。

　私はそれ以上、重ねて聞くことができなかった。

　話題を変えることにした。

「石渡氏は？」

「打ち合わせに行くと言って、出て行きました」

「そう」

ごろりと横になった。気つけ薬でも飲《や》るかと思ううち、眠りに落ちた。枕ほどもある消しゴムを、いつまでも食い続ける夢を見た。


夕食の雰囲気は、昨夜以上に沈んでいた。

飯が不味《まず》かったのかもしれない。

恭子は昼以来、部屋にこもってしまった。私の口から早希に関する朗報が聞けなかったのが不満なのかもしれない。ときおり料理の腕をふるう石渡も帰ってくるなり部屋に直行して出てこない。なんだか反抗期の子供をかかえた父親のような気分だった。間もなく、大飯喰《ぐ》らいのジュンペイが帰ってくる。

しかたなく私は、歩いて五分ほどの一番近いスーパーまで買い物にでかけた。生姜《しょうが》焼き用の肉と、出来合いのポテトサラダを買った。

スーパーの名前が大きく刷り込まれたポリ袋をさげて歩きながら、思った。

このちぐはぐさはなんだ？――。

道端《みちばた》で出会って三泊させた若い女は実は美人局《つつもたせ》で、私を殴ったそのヒモが死んだ。女は今のところ最有力の容疑者になっていて、泊めてやっただけの自分も呼び出された。そして死んだヒモは県下指折りのやくざの会長の甥っ子で、会長からは『警察より先に犯人を見つけないとあそこを切り取ってコオロギに喰わせる』などと脅されている。さらに、覚悟していたこととはいえ、長年住んだ家をあと三週間ほどで出ていかなければならない。

人生の不都合をかき集めて膠《にかわ》で固めたような今日のこの日に、何が哀しくて生姜焼きを作らなければならないのか。しかも、レトルトのごはんを買い忘れたので、米を磨《と》いで炊かなければならない。

いやいや炊いた飯は不味いのかもしれない。皆の食の進みが悪かった。石渡など肉を二かけら口に入れただけで、「ごちそうさま」と去った。

だが、この沈んだ空気の本当の理由をみんな知っていた。

早希だ。あの、わけがわからない、好奇心と人なつこさの固まりのようなうるさい女がいなくなったので、この火が消えたような暗さが漂っている。みんな知っていたが、口には出さなかった。

ジュンペイだけは、淀《よど》みなく飯と肉を口へと運んでいるが、いつものペースには程遠かった。

「そういえば、……」

何かを切り出そうとしたとき、来訪者があった。顔を見合わせしぶしぶ立ち上がると、ジュンペイがついて来てくれた。電報だった。

あまりない経験なので、何ごとかと緊張した。花房弁護士からだった。

『高瀬逮捕。明日接見す。電話乞う』

電報も今では普通の手紙のような文章で送れるはずだが、いかにも花房氏らしい文面だった。

ジュンペイに借りたテレホンカードを持って、一番近い公衆電話へ向かった。

「花房です」

事務所にかけると、本人が出た。

「尾木です。電報を見ました」

花房氏は「ああ」と返事をしてから、

「さきほど、身柄はそのまま、逮捕状が執行されました。明日の十時に接見の予約をとりました。同行しますか」

「よく、そんなに早く接見の許可が出ましたね」

「まあ、伊達《だて》にそこらじゅう皺《しわ》をふやしたわけでもないですよ」

あはは、と気持ちよさそうに笑った。

「ぜひ、一緒に行かせてください。といっても、署の外で待ちますが」

「わかりました。それでは九時に事務所へ来てください」

礼を言って電話を切った。

リビングにいた恭子とジュンペイに早希が逮捕されたことを簡単に説明した。異なった反応が返ってきた。

ジュンペイの表情にはわずかに怒りが浮いていた。早希の職業については説明してある。正義感の強い青年だ。早希に対して好意を寄せはじめていただけに、裏切られた気持ちもあるだろう。だが、何も発言しなかった。思い切りほおばった口の端から、生姜焼きの肉がはみ出していた。

恭子はほとんど表情を変えないが、目には悲しみが浮いていた。注意深く見なければ気づかない程度の変化だったが。早希がきて、少しほどけはじめた恭子の心が、また何物かの陰に潜んでしまったように思えた。

「みんな、酒でも飲んで忘れよう」とは言い出せなかった。

16

私が恭子と再会したのは、三ヵ月ほど前の仕事中のことだった。

その日、私は境南市のきちんと歩道のある比較的広い国道で、交通整理をしていた。交通量は多いが、こういう道路のほうが整理するのは楽だ。

この仕事をやっていて気づいたのだが、幹線道路を運転するのと裏道を抜けるのではドライバーの心理に明らかに違いがある。幹線道路を走るときの運転手は比較的協力的というか、指示に従う傾向にある。しかし、いわゆる裏道のような細い道路では、制止を振り切って通り抜ける強引な車も多い。デパートの前で煙草の投げ捨てはできないが、さびれた商店街の通りでならできる、という理屈だろうか。

まあ、今日は型通り流して、給料をいただいて帰るか。そんな気持ちでながめると、雨があがってまもない灰色の空でさえ、なんとなく明るく見えた。

私が停止棒を振っている車線の反対側には、見覚えのある大型スーパーがあった。昔、仕事で関わったことを懐かしく想い出す。この境南市はわりと受けもつことが多かった。県有数の商業地域を抱える光宮市から、ベッドタウンへと変わっていく地帯で、本来の住人と一部の時間帯だけの住人が入り交じる複雑な地域事情から犯罪も多かった。つらい思い出もあるが、懐かしい時代でもあった。

私は、ぼんやりと昔のことを思い出しながら、いつもよりのんびりした気分で現場に立っていた。時々雲間からのぞいた青空を見上げる。ほんの少し、幸福感がわき上がりそうになったそのとき、向かいの歩道で何か揉《も》めごとが起きていることに気づいた。

昔の習性で、すぐにぴんときた。万引きした女性とそれを捕まえた警備員が揉めているのだ。というより、ほとんど抵抗しない女性の腕を警備員がつかんで引きずりもどそうとしている。

なんとなく、気にかかった。なりゆきを見ているうちに、女の顔に見覚えがあることがわかった。村下恭子。以前私が逮捕したことのある女だった。私は彼女を認めると、仲間に「ちょっと頼む」と声をかけて、道路を横断した。

スーパーの通用口に向かって村下恭子を引きずっていく警備員に声をかけた。

「あの、ちょっとすみません」

振り向いた警備員が、私の恰好《かっこう》を見て怪訝《けげん》な表情を浮かべた。似たような制服だ。何か？という表情を浮かべた。

「その人……、何をしたんでしょうか」

半身だけこちらを振り返っていた警備員が、完全に向き合う形になった。

「失礼ですが、どちらさまで？」

「尾木と申します。そこで……」

親指で、うしろの現場を肩越しに指した。

「交通整理をやってます」

警備員は指さした方角をちらっと見て、ますます怪訝な表情になった。

「この人の知り合いですか？」

「まあ、そんなところですが。……そのかた、何かしたのでしょうか？」

「万引きですよ。これで三度目だ」

警備員は私と恭子を交互に見ながら、吐き捨てるように言った。

恭子は無表情のまま、道路に視線を落としている。抵抗する気配もないが、謝って許してもらうつもりもないらしい。万引きしたというのはおそらく本当なのだろう。

「私が弁償します。今日のところは見逃してやっていただけないでしょうか？」

そのとき、納品のトラックが軽くクラクションを鳴らしてすりぬけて行った。警備員は大げさに身を避《よ》けながら言った。

「まあ、立ち話もなんですから、とにかく事務所へ来てください」

警備員はさっきから一度も力を緩めないまま、恭子の腕を引いて通用口に向かって歩き出した。私は、赤い停止棒を振っている仲間に向かって片手で拝んでから、あとを追った。

そこは三坪もないような狭い事務所だった。かぎ裂きが目に付くレザー張りのソファに三人で座った。

「とにかく、これで三度目ですから。りっぱな常習犯ですよ」

警備員は腕を組んでやや身を反らした。

私は、胸の名札を見た。『ＯＲＤ警備保障　田端勝幸《かつゆき》』と読めた。次に、彼女が万引きしたという子供用のはしに視線を移した。

「もちろん代金は払います。私が身元引受人になりますから、どうか穏便に」

「そう言われてもねえ。こうしょっちゅうじゃあねえ。とにかく、規則ですから警察に連絡します」

「そこをなんとか、お願いします」

私は、彼とのあいだにあるテーブルに額をすりつけるようにして頼んだ。

「そんなことされても困ります。とにかく、警察には……」

田端警備員が受話器に手をのばそうとしたとき、ドアをあけてワイシャツにネクタイ姿の男が入ってきた。

「あ、岩崎さん」

男の姿を認めるなり、警備員の田端が中腰になってお辞儀をした。救われたような表情を浮かべている。

私も岩崎と呼ばれた男を見た。私よりやや若そうなその顔に見覚えがあった。

「どうしたんです？」

その岩崎が聞く。田端が、聞いてくれといわんばかりの調子で答えた。

「また、この女です。三度目ですから、警察に通報しようとしてるんですが、この人が割り込んできて、やめてくれってしつこいんです」

そう言って私を指さした。

「あなた……、たしか警察のかた。ええと、お名前は……」

助け船を出してやった。

「尾木です」

「そうだ、尾木さん。尾木さんでしたよね。刑事さん」

しかたなくうなずいた。

「どうされました？　その制服。警察のじゃなさそうですが」

「いや、警察は辞めました。今は、警備会社に勤めてます」

「そうですか。それで、どうしてここに？」

岩崎は改めて、恭子と私を交互に見比べた。田端も意外な話の展開の意味が理解できないようだった。私はごく簡単に説明した。

「この女性……村下さんというんですが、実は以前からの知り合いです。偶然揉めている現場を見たもので、なんとか穏便に済ませられないかとお願いしていたところです」

私は岩崎の口元あたりを見つめながら言った。

「お知り合いですか。うーん……」

岩崎も腕組みをして、パイプ椅子の上で身を反らせた。

「さっき、田端さんが言っていたように、このかたこれで三度目なんですよ。それも見つけただけですから、余罪はもっとあるかもしれない。簡単に放免というわけには、ちょっと……」

「二度とさせません。私が責任もって二度とさせませんから、どうかお願いします」

私は再び、テーブルに額をすりつけた。岩崎があわてて声をかけた。

「尾木さん、尾木さん。顔をあげてください。困ります。……そうですか。そこまでおっしゃるなら。わかりました。今度だけ、ほんとに今度だけ、見逃します」

「え、そんなこと。いいんですか、岩崎さん」

田端があきらかに不服そうに抗議した。

「いや、いいんです。この尾木さんには世話になってるんですよ、昔。あれは、もう七年近く前になりますか。深夜に強盗が入って、金庫を壊され、警備員も重傷を負う事件が起きたんです。その犯人を捕まえてくれたのが、この尾木さんなんです」

そんな昔のことを持ち出されては、私はむしろ恐縮するほかなかった。

「別に私が捕まえたわけではありません。警察は組織ですから」

「いや、あのとき私は本部の総務課にいて、事件の後始末にてんてこまいしていました。尾木さんがてきぱき指図しているのを拝見して、刑事さんというのは恰好いいんだなと思いましたよ」

「やめてください」

穴があったら入りたいとはこのことだった。けなされたほうが気が楽だ。

「その私がこの店の店長をしているのも、何かの縁かもしれないですね」

そして田端のほうを向いて、

「どうでしょう、田端さん。今度だけは穏便に済ませるわけにはいかないでしょうか。どうか、私からもお願いします」

岩崎にまで頭を下げられて、田端は困りはてていた。

「そんな。……私はただ会社から派遣されて来ただけですから、岩崎さんのほうで問題にされないのでしたら、私も異存はありません」

田端は、ぎこちないお辞儀をひとつして、部屋を出ていった。

「いいんですか？　揉めませんか」

田端が去ったあと、さすがに気になって岩崎の顔色を見た。

「大丈夫です。一応筋を通しただけで、クライアントはこちらですから」

岩崎がさばさばした口調で言った。

私は、さっきからひと言も口をきかない恭子を促した。

「さあ、貴女《あなた》からもお詫《わ》びを」

恭子はぺこりと頭を下げた。それで終わりだった。

「お詫びはきちんと声に出して言わないと」

それでも恭子はかたくなに押し黙ったままだった。私がすまなそうに岩崎を見やると、

「いいんです」という目で私を見返した。事情も多少知っているらしい。この場ではこれ以上謝罪問題に触れないことにした。

「それじゃ、行きましょうか？」

恭子を促して立った。「また、寄ってください」と社交辞令を言ってくれる岩崎にもう一度礼を言って退室した。

「ありがとうございました」

スーパーの敷地を一歩出たところで、恭子が私に深々と頭を下げた。

数日後、恭子は私の家に転がり込んだ。三人目の居候である。

その日は、私とジュンペイの休日があったので、しぶる石渡氏を誘って、恭子の引越しを手伝いにアパートに向かった。なぜなら、免許証を持っているのは石渡久典だけだったからだ。「一番おんぼろでいいから」とレンタカー屋で値切って、一トントラックを借りた。

恭子が今まで住んでいたアパートは、驚いたことにジュンペイのアパートより老朽化していた。荷物は小さな箪笥《たんす》とその中身であるわずかな着替え、布団、調理道具が少々、CDさえついていない小型のラジオ、中身の不明なスポーツバッグ。それだけだった。一トントラックの荷台に半分もなかった。

かりにも、三十数年生きてきたひとりの女性の持ち物として、寂しいような気がした。あの事件がなければ、もしかすると笑いの絶えることがない経済的にも恵まれた家庭にいたかもしれない。そんなことを考えかけてやめた。一線を越えた同情は禁物だ。

「これで女手ができた。少しは華やかになるかな」

そんな冗談でごまかした。

ジュンペイはうんうんとうなずいていたが、石渡はいわれのない力仕事を手伝わされて不愉快なようすだった。その表情が面白くて、こんどはほんとうに笑った。私とジュンペイの笑い声につられて、恭子の頬がわずかにほころんだのを見たが、気のせいだったかもしれない。

恭子は料理が上手《うま》かった。昔は包丁を何種類も持っていて、専門の研ぎ師に頼んでいたと、語ったことがある。

　煮つけを作るのに、材料ごとに味付けを変えて別々に煮ているのに感心したら、「きっと奥様もしてらっしゃいましたよ。気づかなかったんですか」と言われた。木村とかいう大男に殴られるよりきつい一発だった。

「鰹節《かつおぶし》のだし、とってもいいですか」

　と聞くので、いいですよ、と答えてから、初めてそんな物がないことに気づいた。頭をかいている私を見て、恭子の口元がほころんだ。料理に集中しているあいだは、彼女の表情も生き生きとしている。

　私たちは、収入に応じた家計負担をしてきた。そのおかげで、ジュンペイと私は共同生活の前より食生活が充実した。恭子は現金収入が極端に少ないので、この負担を免除した。その代わり、食事当番を頼むことにした。労働での代償だ。家事を全部頼むわけではない。洗濯や掃除は見様見真似でなんとかなるが、料理は一朝一夕には上達しない。

　恭子が食事当番になったその日から、私たちの食生活が変わった。今までは、三人顔が揃ってしまったときに鍋《なべ》をやるくらいで、ほとんど晩飯は外食だった。数日後には私もジュンペイも晩飯を楽しみに家に帰るようになった。石渡も外へ食べに出なくなった。

　早希の言いぐさではないが、この不思議な共同体で初めて「団欒《だんらん》」というものを知ったのかもしれない。

もともとは自分がまいた種だが、かつての私に「妻」はいたが「団欒」はなかった。思えば、別れた久美子には申し訳ないことをした、と今さらながら心のはしが疼《うず》いた。

17

花房氏を事務所にたずね、光宮署へ同行することにした。途中口数の少ない花房氏が何ごとかしゃべったが、よく覚えていなかった。

九時を数分回ったころには光宮署の前に到着した。

せめて一階ロビーくらいまでは一緒に入るつもりでいたのだが、署の建物が見え、入り口が近づくにつれ息苦しくなってきた。暑いほどの陽気ではないのに、額には汗が浮いてきた。

「花房さん」

立ち止まって声をかけた。

「何か？」

弁護士も歩みを止め、振り返った。

「申し訳ありませんが、やはり私は外で待たせてもらってよろしいでしょうか？」

花房氏は相変わらず無表情に私の目を見ていたが、わずかにうなずいて答えた。

「わかりました。……終わるまで待ちますか？」

「道を一本挟んだ西側に公園があります。そこで待たせてください」

「了解しました」

そう言い残して、再び同じ歩調で署の中へ入っていった。

一時間ほど、酒も飲まずに時間をつぶした。いろいろと考えることだけはあったので、退屈はしなかった。やがて、花房氏が出てきた。

公園の一番隅にあるベンチに並んで座った。少し離れた砂場で三人の母親が四人の子供を遊ばせている。少し目を離した隙に、砂をかける、口にいれる、顔から転ぶ、ひっくり返る。

泣き声と母親の叱ったりなだめたりの声が絶えることがない。見とれていると、となりに座った花房氏がぽつりぽつりと話しはじめた。

「中で随分待たされました。せめてもの嫌がらせでしょう。あまり早く任意弁護士がつくと、たまにあることです」

「それで？」

「ご存じだとは思いますが、中では話せる時間も内容も限られています。私が聞き出せたのは、ほんとのあらましです」

私は無言で続きを待った。

「逮捕された直接の理由は恐喝と傷害の共犯です。しかしながら、久保裕也殺しの重要参考人でもあります」

「久保殺しについては何か？」

「本人は否認しています。久保裕也が死んだことに関わりはない、と言っています」

とりあえず、肩の荷がひとつ下りた。

「二人の言い争いが目撃されていることについては？」

「その事実は認めました。しかし、口論しただけで別れたそうです」

「証明する方法は？」

「喧嘩《けんか》の現場に友人がいました。名前は二宮里奈《りな》。おそらく二十五歳。境南市のマンションに住んでいる」

「物証は？」

「まだのようです」

勇み足。思ったままを口にした。

「やつら、少し急ぎ過ぎじゃありませんか」

弁護士も同意した。

「美人局《つつもたせ》だけが目的なら立証できるかもしれませんが、久保裕也殺しについては、過去の例から見てもちょっと気が早いかもしれませんね」

美人局だけなら、初犯でもあり、改悛《かいしゅん》の情を見せれば情状酌量される。殺人となると話は別だ。

「当日の行動は、こうなります。あなたの家を出たのが午前九時半すぎ、そのあと光宮のデパートでショッピング。パンツを一着買った。ちなみにパンツといっても下着ではない。いわゆるズボンですな」

眼鏡をずりあげて私を見る。そのくらいは私でも知っている。花房氏は手帳を読み上げた。

「買い物の途中で、携帯電話からその二宮という友人に連絡をとり、気晴らしに映画を見ることになった。そのまま映画館で待ち合わせ。昼食は館内のハンバーガーショップで調達。映画の題名は『ルビコンの風』。今、公開中の歴史スペクタクルというやつです。十一時三十分の開演まで二十分ほど食べたりしゃべったりして過ごした。二時間三十五分の大作映画で、終了は十四時五分。

終了後、友人にマンションまでついてきてもらう。久保がいた場合の護衛役をしてもらうつもりだった。部屋へ荷物を取りに向かう途中、自宅近くの工事中の陸橋で、久保にばったり出会う。口論となり、友人の二宮が仲裁に入った。二宮のとりなしもあって、とりあえず、その場は収まり、翌日場所を変えて話し合うことになり別れた。それが十五時ちょうどごろのこと。

部屋でコーヒーを淹《い》れ、一時間ほど雑談。二宮は用事があると言ってひとりで帰った。十七時十分ごろ、支度を終えて部屋を出ようとしていたところ、刑事の訪問を受けた。本人確認の上同行を求められ、そのまま署へ。ま、そんなところです」

「なぜそんなに早く早希との関係が、いや、住んでる場所までわかったんでしょう」

「被害者のポケットに高瀬さんの免許証があったそうです。『久保に取られて、返してもらえなかった』と言っていました。逃がさないための『かた』に大切なものを押さえていたんでしょう」

「久保が落ちた時刻は？」

「落ちた直後に発見されたと思われますが、通報の記録では十五時十六分」

「十分程度の差では、その場にいたと思われても仕方ない」

「まあ、そういうことでしょうか」

「すると、その二宮という友人の証言があれば、嫌疑は晴れるということですか？」

「まあ、純白ではないですが、私の白髪くらいでしょうか」

あまりに多くの経験を積んだので、彼は断定的な言い方は決してしない。

「それで、その友人は？」

「それが……」

花房の顔がわずかに曇った。

「警察が高瀬さんを連行した直後にマンションを出たらしく、それ以来見かけたものはいない」

「出て行った？」

「裏づけを取りたいので警察でも捜しているようですが、居どころがわからないらしい」

偶然として片づけるにはタイミングがよすぎる。

「彼女のマンションをもう一度教えてください」

「彼女とは？」

「二宮という友人です」

花房は、手帳の一部分を示した。

「番地はわからんですが、警察がまだ教えんので。高瀬さんの言うところによりますと……」

ノートの文字を指で追った。

「境南市蔵元町にある『レジデンス蔵元』というマンションの五〇二号室だそうです」

境南市といえば光宮市に隣接している。マンションであれば、地図を見ればすぐにわかるだろう。

「ありがとうございました。お礼には改めてうかがいます。私は、これからその友人を当たってみます」

急いで去ろうとする私に、花房氏があわてて声をかけた。

「ちょっと待ってください」

「は？」

「やっぱりあなたはせっかちだ。それに、まだ刑事の血が流れている」

笑っていた。私もつられて苦笑いした。

「当たるのはおおいに結構ですが、さっきも言ったとおり部屋には帰っていないみたいですよ」

「今日は、帰っているかもしれません」

花房氏が、今日初めて声をあげて笑った。

「まあ、待ってください。かりに、捕まえても、そうすんなりいかないかもしれません」

意味がわからない、というように弁護士の眉間《みけん》のあたりを見つめ返した。

「詳しくは聞けませんが、どうもその二宮という友人も、堅気の娘さんじゃなさそうですね。ふらふらと遊び回っているのかもしれない。わりと懇意の刑事がもらしてくれました。『仮に話がとれても、アリバイにはならないですよ』と」

花房氏は、視線を砂場で遊ぶ男の子に向けて続けた。

「たしかに、今回のケースは別件の容疑があるとはいえ、警察の勇み足だった気がします。こう言ってはなんだが、あわてて別件逮捕したのは、あなたに高瀬さんの身柄拘束問題をつつかれたので、尻《しり》を押された形になったんじゃないでしょうか」

私も男の子の握るスコップが、小さな砂山を築いていくのを見ていた。弁護士が続けた。

「それから、これは本筋とは関係ありませんが、早希さんがあなたに謝ってくださいと言っていました」

「謝る？」

「ええ、迷惑かけて申しわけない、と」

顔が火照ってくるのが自分でもわかった。

「やめておけ」という声が、自分の中から聞こえた。

もう、完全に捨てたつもりだった。

情熱を燃やすなどということとは一切縁を切ったつもりでいた。恭子ほどではないにしろ、人生などもうどうにでもなれと思っていた。

居候を集めたのは、家が残っているあいだにもう一度家族のマネがしたかっただけかもしれない。家長の気分を味わってみたかったのかもしれない。家族ごっこが終われば、酔ってそのまま道端《みちばた》のゴミバケツの脇で寝るような生活が待っているものと思っていた。

だが今、濡《ぬ》れたろうそくの芯《しん》のように萎《な》えた私の心が疼《うず》きはじめた。

早希を救い出そう――。

やめろという声はもう聞こえなかった。

18

いきさつはどうであれ、多少は意気込んではじめた捜査活動だった。

すぐに途方に暮れた。意気込みがそのまま実を結ぶことは少ない。

二宮里奈のマンションを探し当てることは簡単だった。しかし、本人に面会できなければ意味はない。

今さらながら、捜査権というものの力を認識した。身分証一枚のあるなしで、多少くたびれたスーツを着てはいても国家警察を背負った捜査官と、見かけどおりのただのくたびれた酔いどれオヤジとの違いになる。

境南市というのはどちらかといえば文教都市で、所得の高い層が多い。この蔵元町はその中でも高級住宅がならぶ。目の前に建つ、八階建ての煉瓦《れんが》調のマンションは二十代の普通に働く女性が買ったり借りたりできるようには見えなかった。

今、そのマンションがオートロックで見知らぬ人間を拒んでいる。エントランスに入る方法が全くないわけでもない。しかし入ってどうする。

今の私が一軒ずつチャイムを鳴らしながら「五〇二号室に住んでる若い女性の失踪《しっそう》先を知らないか」などと聞いてまわろうものなら、三十分もしないうちに、警官がやってくる。どうにか素早く立ち回ったとしても、防犯ビデオに映るのは避けられない。早希の口から二宮里奈の名が出ているとすれば、光宮署の刑事も当然しばらくのあいだチェックするだろう。一発で面が割れる。そのあとの騒動は想像したくもない。

同じ理由で管理人に話を聞くことも危険だった。「そういえば、こんな男が……」などとしゃべられたら同じくおしまいだ。今の私は一般の人間よりはるかに行動が不自由だ。

それに加えて、ここの住人はいったいどういう生活をしているのか。普通、この時刻に五分も立っていれば子連れの主婦くらいは通るものだ。ところが、皆で私のことを警戒しているかのごとく、人影が消えている。

しかたなく、映画館をあたることにした。

だめだった。

写真もないのに、三日前にハンバーガーを食いながら映画を見たというだけの女性二人組を、店員が覚えているはずもなかった。

窓口の女性は幸い閑《ひま》そうで、私の説明を最後まで聞いてくれはしたが、「申し訳ありませんが」と首を横に振った。

さらに望み薄とは思ったが、早希がショッピングしたという駅ビルや映画のあとに入ったという喫茶店をあたった。やはり空振りだった。

早くもお手上げである。

しかし、自分でも意外だったのだが、刑事生活で身についたすきっ腹のハイエナのようなあきらめの悪さだけは、抜けていなかった。タクシーなら十分もかからないのだろうが、次に早希のマンションへ電車と徒歩でいくことにした。電車でひと駅、そこから歩きで十分。番地を書いたメモをなくしたので、およその場所とマンション名をもとに地図で調べた。

最初に、問題の陸橋の下に寄った。たしかにここを渡れば、近道かもしれない。

ほぼ完成しているように見える陸橋下の、久保裕也が落ちたとおぼしき場所の道路端に、小さな花屋が開けるほどの花束が献《ささ》げてあった。檜山の関係者なのだろう、ずいぶん豪華な花束もあった。しかしあるのはそれだけで、昔こういう場所で何度か目にした愛情のこもったメッセージなどは一枚も見当たらない。少しの温かみも感じられない光景だ。彼は彼で、寂しい一生だったのかもしれない。

あたりに目を配りながら、陸橋の昇り口に立ってみた。

車道には通行止めの障害物が置いてあるが、歩道では通行人を黙認していたらしい。今はロープが張り渡され、『通行禁止』の札がかかっている。私はロープを押し下げ、またいで越えた。

車道は二車線、その両側にガードレールに保護された歩道がある。歩道の外側にも、今はまだ腰の高さ程度のガードレールが設けられているだけだ。

久保裕也はこれを越えて落ちた。発作的に飛び降りるほど繊細な性格には見えなかった。状況からして、誰かに突き落とされたのだろう。背の高い久保にすれば、ガードレールは腰よりもはるかに低い。勢いよく突き飛ばされたら、バランスを崩して転落することは充分ありうる。いや、真実はどうでもいい。問題なのは、警察もそう見ているし、檜山もそう考えていることだった。

突き落とされたのだとしたら、犯人がいなくてはならない。

半身を乗り出すようにして、下を見た。ビルでいえば四階程度の高さだろうか。久保は落ちる瞬間、自分を突き飛ばした人間を見ただろうか。そんなことを考えながら、今この瞬間にうしろから押されたら、自分も同じ運命だなと思うと、首筋の毛がざわざわと起きあがった。あわてて辺りを見回したが、誰もいなかった。平然とした顔をして、向こう側にある早希のマンションへ向かった。

「パークサイド・ハイツ」という名の五階建てのマンションが、住宅街と公園のあいだに窮屈そうに建っている。おそらく建築中は反対運動もあったのだろうが、今はしずかに周囲に溶け込んでいる。

二宮里奈のマンションよりは値が張らなそうだ。というより、当然のことながら早希は賃貸で住んでいたのだろう。二十歳そこそこの定職をもたない女の子が不動産を買おうと思ったら、現金を積む以外に方法はない。駆け出しの美人局《つつもたせ》では、マンションを現金で買えるほどの稼ぎはないだろう。

事件後三日目で、立ち入り禁止のテープは消えていた。警官の姿も見えない。ついでにマスコミも引き払ったようだ。恐喝ペアの仲間割れないし痴情のもつれでは、今どき三日も視聴者を惹《ひ》きつけてはおけないのかもしれない。

昨日県内で起きた、小学生の集団登校の列に酔っぱらいの車が突っ込んで三人死んだ事件の話題で今日のマスコミはもちきりだ。しかも運転していた酔っぱらいは町長の義理の弟で、不動産でしこたま儲《もう》けたいきさつが、これまたかなり胡散臭《うさんくさ》いらしい。二週間は保《も》つネタだろう。

ここの警察には関係ない事件だろうが、マスコミがうろうろしていないだけで随分助かる。マスコミは、まだ私のことまでは嗅《か》ぎつけていないらしい。

「美女恐喝犯、痴情の清算!? 三角関係の相手は殺人の前科を持つ元刑事」

ワイドショーが好きそうなネタだ。

気を取り直して聞き込みにとりかかることにした。

入り口からやや離れて立った。さっそく買い物用のキャリーバッグを引いた六十歳前後とおぼしき女が歩いてくる。住人のようだ。予《あらかじ》め、不動産屋で聞いてある。ここの間取りは2LDKから3LDK。独身から新婚夫婦向けだ。彼女は夫と二人暮らしだろうか。捜査の先行きを占う意味で声をかけてみる。

「あの、ちょっとすみません。警察関係のものですが」

関係にもいろいろある。

斜め下に視線を落としてとぼとぼ歩いていた女が、私に進路をふさがれて驚いたように顔をあげた。

私は、無表情を保ったまま、胸元から花房に借りた黒い手帳をのぞかせる。もちろん弁護士手帳などではない。あとでばれたときに迷惑がかかる。

花房氏に「使い古した手帳を貸してもらえないか」と頼んだところ、「お好きなのをどうぞ」と引き出しをあけて見せた。
七、八冊ある中から、昔の警察手帳に似たようなものを選んで借りた。本当は、数年前から警官の身分証はアメリカの警官が持つような二つ折りに変わっている。私が塀の中にいるあいだにかわったので、手にとって見たことはない。まあしかし、一般の市民はそんなことに興味はないだろうから、昔からドラマによく出てくる黒手帳を見せればそう思い込むはずだ。

刑事の仕種《しぐさ》は板についている。コツは下手《したて》に出ないこと。正々堂々とたずねる。

「このマンションにお住まいですか？」

相手が躊躇《ちゅうちょ》しているあいだにたたみかける。この年代は公僕に対して協力的なことが多い。

「はい、そうですが、何か」

怪訝《けげん》な表情を浮かべてはいるが、この三日間に警察の姿を随分見たことだろう。むっつりして黒い手帳を持つ男はみんな刑事に見えるはずだ。ただ、ひょっとして自分もしくは連れ合いが何か不始末をしでかしたのだろうか、という不安も頭を掠《かす》める。その心の隙に入り込む。

「お尋ねしたいことがあります。ただし、聞かれたことをあまり他言しないでください」

「あ、はい」

最初に浮いた眉間《みけん》の皺《しわ》が消え、不安そうな色が浮いていた。

「一昨日の夕方、近くの陸橋で事故があったのはご存じですね」

「ええと、はい、男の人が落ちて、結局亡くなったんですよね。まだ若いのに、なんであんなことが起きるんでしょう。私たち実は前のところでも……」

身の上話をべらべらしゃべりだしそうな勢いだ。私は遮った。

「亡くなった男性とつきあいのある女性が逮捕されました。ご存じですか」

婦人は即答せず、玄関脇の植え込みを見つめた。

「このマンションに住んでるお嬢さんですよね」

声をひそめて逆に聞いてきた。

「そうです。もうご存じだと思うので言いますが、高瀬さんという名です。顔見知りですか？」

「名前は知りませんけど、見かけたことは何度かあったと思います。ときどき、入り口ですれ違いました。私には笑顔でお辞儀してくれたんですけど、人はわからないものですね」

「その女性は、太って、髪の毛が長くて、耳だとか鼻だとかピアスだらけですか？」

婦人の目に驚きと、失望の色が差した。

「いいえ。確か棒みたいに痩《や》せてて髪の毛はさっぱりと短くて、ピアスは気づきませんでしたが。それじゃ……いやだ、私勘違いしてました？」

「いや、あってますよ」

婦人はわけがわからない、という顔で私を見つめた。私はおかまいなしに先を続けた。

「知りたいのは、あの事故のあった日、その女性が誰かと歩いているところを見なかったか、ということです」

婦人は再び植え込みに向かって話しはじめた。

「いえ。あの日はお昼前に買い物を済ませて、それきり部屋から出なかったんです。普段のとおりの時刻に買い物してたら、見かけたと思うんですけどねえ」

　幾分残念そうだった。

「お知り合いの中で、見かけたという噂を聞きませんか？」

「そういえば……」

　やはり植え込みを見つめて考えている。そろそろ、葉っぱが何枚あるか数え終わるころだろう。

「川崎さんの奥さんが、買い物帰りにあの女の人と男の人が陸橋の上で喧嘩《けんか》しているところを見かけたらしいって噂です」

　それが、警察の押さえた証人ということか。

「他には？」

「さあ」

　たっぷり十秒待った。何も出てこない。もう聞くこともなさそうだった。

「ご協力ありがとうございました。大変参考になりました。ただ、今の話をあまり言いふらさないでください。断定した噂を流すと捜査妨害になります。特にマスコミには注意してください。いいですね？」

　我ながらいい気なものだ。

「はい」神妙にうなずいてまだ植え込みを見つめている。その陰のあたりに亭主でもしゃがんでいるのではないかとのぞいてみたくなった。

もう一度、短くお礼を言って、まだ何か聞きたそうな婦人と縁を切った。

幸先《さいさき》はいい。小凶といったところか。

さらに、ベビーカーを押した主婦と職業不詳の二十代らしき男に聞いてみたが、特別なことは何も出なかった。早希はここではきわめておとなしく生活していたようだ。裕也も住み込んでいたわけではなく、時折たずねてきた程度らしい。

あまり長居して、元同僚に見つかると面倒なので、そろそろ退散することにした。

空振りには慣れている。二週間も二カ月も不発のことだってざらだ。ただ、無駄足はつらくはないが時間が惜しい。今の私には時間が貴重品だった。


いつのまにか、六時五分前になっていた。公衆電話を探す。幸い、喫茶店の店先に、スタンド式の電話を見つけた。いちいち小銭を用意するのが面倒でとうとう買ったテレフォンカードをさし込む。渡されたカードにある携帯電話の番号をプッシュする。三回ほどコールしてつながった。

「はい」

電波が荒れて聞き取りにくいが、新藤の声だった。

「尾木だ」

「正確だな」

笑ったらしい。脅しが利いたことがうれしいのかもしれない。

「それで？」

「報告するような進展はない」

「真面目にやってるのか」

「やってる」

「ずいぶん、そっけないな。会長の機嫌が悪くなると不愉快な思いをすることになるぞ」

「忠告ありがとう」

「哀れだな」

「どういう意味だ」

思わず聞き返してしまった。今の自分はいろいろ哀れすぎて、他人から見たら何が一番惨めに見えるのか聞いてみたかった。

「もとの警察仲間にさえ唾《つば》かけられてるのは知ってるんだ。川に浮いても捜査してもらえるのか？」

「山かもしれないしな」

私の言葉は無視された。

「昔の仲間から軽蔑《けいべつ》されるのは、死にたくなるほど情けない」

お前に同情されるのはもっと情けない――。

口にするのはやめておいた。しょせんは負け犬の遠吠《とおぼ》えだ。

「明日も連絡してくれ。進展があればその前でもいい」

私の返事を待たずに、通話は切れた。

喉《のど》にホコリでも吸い込んだかのように、無性に喉がむず痒《がゆ》かった。

19

そのバーは、メモを頼りに探し当てた。

一階部分が店舗になっている築年数の浅いマンションの一角に、目当ての店があった。派手な看板もないため、危うく通り過ぎかけて気づいた。

つや消し濃紺の扉に、小さく浮き上がった銀色の英字が私にも読める。「ナイトアンドデイ」。ここに間違いないだろう。ノブを押しまわして店内に入る。すぐに薄暗い照明の店内に目を走らせた。カウンターに七席、四人がけのボックス席が二セット。カウンターの中にバーテンダーが二人。おそらくはマスターと使用人。そしておそらくは夫婦。客はカウンターに二人。四十代後半からせいぜい五十代前半の男女。男の職業は……。

そこで、やめた。

昔の癖だ。今でもはじめての場所——とりわけ狭い店や部屋に入るときはとっさにすべてを観察する癖が抜けない。目つきが悪いので、ゆすりのネタを探しにきた地回りのやくざ者ぐらいにしか思われない。今までさんざん、人を見た目で判断してきたバチがあたった。

　今夜ここへ誘ってくれた当人は、ボックス席に座っていた。私を認めて、軽くうなずく。「やあ」でも、「どうぞ」でもない。分厚いバインダーのようなものに何か書きとめて、バッグにしまった。

　私は、客として再び店内を見回した。カウンターの奥にならぶ洋酒の半分は見たこともない銘柄だ。別に驚きはしない。ポケットには一昨日、前倒しで貰《もら》った半月分の給料がほぼそのまま入っている。今なら、この程度の店など丸ごと買い占めることもできる。私はなるべく堂々と、空けてあるソファ側の席に腰をおろした。

「景気はどう？」

　私が先に挨拶《あいさつ》した。薄暗い空間に、ジャズのＢＧＭが邪魔にならない程度に流れている。

　石渡は、私の顔をちらりと見てすぐに視線をそらした。

「それはこちらが聞きたいですね。あまり景気よさそうには見えませんが」

「ちょっとスランプなんだ」

　石渡氏は顔の右側を少し歪《ゆが》めた。微笑んだつもりなのかもしれない。冗談だと理解してもらえただけで幸せだった。

　バーテンダー姿の女がお絞りを持って現れた。

「ビール、ジョッキで。それと」

石渡が飲んでいるグラスを顎《あご》で示した。

「同じものを、一緒に。ダブルで」

「かしこまりました」

お辞儀をして戻っていく。肩の凝る酒になりそうだが、今日はせっかくのお誘いでもあるし、ましてここは彼のホームグラウンドだ。粗相のないようにしよう。

「調べ物は、はかどりましたか」

私は返答に詰まった。どう答えてよいかわからなかったからではない。石渡が私の行動に関心を持ったことが信じられなかった。

「捜査なんてものは、大体が無駄足。運がよければ空振り、と相場が決まってますから」

そう、そのおかげで喉が渇いている。目の前に置かれた、ジョッキとは名ばかりのグラスビールを三口で飲み干した。泡が流れきっていないグラスをテーブルに置くと、石渡が感心したように言う。

「いつ見ても気持ちいい飲みっぷりですね。身体のことは脇へおくとして……」

「まあ、本人はあまり愉快なものでもないんだが」

「酒は飲むほど酔いが醒《さ》めるって、いつかおっしゃってましたね」

「あんたもつまらんことを覚えている。どうせ酔っぱらいの屁理屈《へりくつ》だから、忘れてやってください」

今度はロックグラスを目の高さにあげて、挨拶する。普段なら、これで終わりだった。

私も愛想《あいそ》のないほうだが、石渡はさらに二枚くらい上手のそっけなさだ。クールとかいうのだろうか。しかし、今夜の彼はなぜか饒舌《じょうぜつ》だった。思えば、早希が舞い込んだ夜からどこか様子がいつもと違う。もちろん、彼の趣味ではないはずだ。

オンザロックを口に含んだ。燻《いぶ》したような香りが口いっぱいにひろがる。

「癖のあるスコッチだね」

酒飲みの端くれとして、とりあえず気の利いた風なことを言ってみる。頭の隅では、この一杯でシャケ弁が何個買えるのかなどと考えていた。

石渡が唐突に切り出した。

「あなたがなぜ身体を張って高瀬早希のことに関わるのか、興味が湧きました」

それが、今日ここへ誘った理由なのか。

「こりゃまた、今ごろになってどうしてそんなこと。まさかヤキモチじゃないんでござんしょうね」

石渡は吹き出しかけたウィスキーをかろうじて飲み込んだ。そのあとで、口を開けて笑った。根はやさしい人間なんじゃないか、そんな気にさせる笑い声だった。

「僕ももう四カ月近く居候させてもらっています。尾木さんの性格はだいたい理解できました。無愛想なのは何ごともないときです。事態が深刻なほど、軽口になる。あなたがおふざけを言うのはかなり切羽詰まったときではないですか」

私は心の動きを悟られないよう、残りのスコッチを一気に流し込んだ。弁当の何食分かが、あっという間に胃に収まった。さすがの私でも今日は少しペースが早い。その霞《かすみ》がかかりはじめた頭で考えた。もう一度人生がやり直せて、もう一度刑事になれて、もし気のあう相棒と組めるのだとしたら、この石渡でも面白いかもしれない。

アルコールが脳の中枢を冒しはじめると、気の利いたことは言えなくなる。その代わり、本音の言葉が口の端からこぼれたりもする。

ひとりぐらい、悩みを打ち明けてもよいかもしれない——。

私は椅子に深く座り直した。そして、まずはスコッチのお代わりを頼んだ。

久保裕也が、檜山興業社長にして九峰会会長である檜山景太郎の甥だったこと。彼らは犯人《ホシ》をあげたがっていること。私がその役をおおせつかったこと。だめなときは霧駒山のコオロギどもの餌《えさ》になること。その前祝いに、木村とかいう力自慢にやさしくしてもらったこと。新藤というきかん坊まで仲間に加わったこと。今日一日足を棒にしたが事態にまったく進展がないこと。それらを正直に話した。早希と一緒にいた二宮という女の行方がわからず、早希のアリバイを立ててやれないことも説明した。

「尾木さんは、高瀬嬢が犯人ではないと考えているのですか？」

グラスを口につけたまま、うなずいた。

「根拠は？」

「まあ。カン、というところかな。それに、檜山の連中も他に犯人がいると考えているようだ」

「何か知っているんでしょうか？」

「わからない。その可能性はある」

「その二宮という女の目星は？」

首を振る。

「どんな、感じの女です？」

私はごく少ない情報を話してやった。目が印象的な、一見モデルのようないい女らしい。背恰好《せかっこう》は早希と同じくらい。メンソールの煙草を吸う。わずかに関西なまり。

「なるほど、それだけですか。……それで、真犯人をあげる目星は？」

無言で首を横に振る。

「期限内に見つからなければ、檜山組の連中は本当にあなたをどうにかするでしょうか」

「檜山の面子《メンツ》がどのくらいかかっているかによる。まさか、本当に殺しはしないと思うが、耳を殺《そ》ぐという程度はするかもしれない」

石渡は、もう聞きたくない、というように目を閉じた。

「無茶苦茶だとは思いませんか？」

「何を？」

「何って」

今度は、あきれ果てたように私を見た。彼の言いたいことがわかったので、説明してやった。

「彼らは理屈じゃない。面子と金、それがすべてなんだ。面子そのものは一銭にもならないが、こいつをつぶされると、シノギに響く。面子をつぶされたまま引き下がっては、以後の商売ができなくなる。だから、落とし前を大事にする。組長の甥っ子が殺されて、ホシがあがらんでは檜山の面目は丸つぶれだ。九峰会会長の座も終わりになるかもしれん。だから、本物だろうがガセだろうがかまわない。いけにえが必要なんです」

「仮に、仮にです。早希さんが本当に犯人だったら、やつらはどうする気でしょう」

「私と一緒に埋めるそうです」

石渡はあきらめた、とでも言いたげに首を振って、グラスに口をつけた。喉を湿してから、質問を変えてきた。

「だけど、なぜ尾木さんなんです？　こういっては失礼ですが、いくら元刑事だって、ひとりで犯人を見つけるなんて無理でしょう。それとも何か特別な能力でもお持ちですか？」

超能力があればこんな生活はしていない。檜山がその理由にいくつかあげていたことを説明した。中でも一番気になったのは「有野川事件」だ。

飲酒運転で、車ごと橋から落ちて死んだ男がいた。落ちた川の名が有野川だ。保険にも入っていたが、保険金はわずかな金額で怪しいところはなかった。みんなが事故だと思った。当然本部も立たなかった。だが、私には何かがひっかかった。係長にかけあって、私ひとり専従にしてもらった。

半年たっても何も出なかった。専従をとかれたが、他の事件の合間に、聞き込みは続けた。二年後、事故と思われたのは、実は死んだ男の妻とその愛人が結託して起こした偽装殺人であったことを突き止めた。浮気がばれて夫に強請《ゆす》られたためというのが動機だった。事件後、二人は全く会うことすらせず、ほとぼりが冷めるのをまった。二年経って、そろそろ大丈夫だろうと考えた彼らが密会した現場を押さえた。

車に残った小さな証拠をつきつけると、あっさり吐いた。

それ自体は、派手さのない事件だったかもしれない。多少事情が込み入っていたのは、その愛人、高松智彦《ともひこ》という男が、檜山組お抱えの税理士だったことだ。

県警は色めきたった。裏金の流れを吐かせれば、檜山組を追い込める。私自身は、高松という男、責めれば落ちると見ていた。檜山組はやり手の弁護士を三人つぎ込んで、なんとか高松を取り返そうとした。検察はがんとして応じなかった。綱引きが続いたが、高松自身の身柄引取が無理とわかると、やつらは方向を転換した。

残された高松の家族に脅しがはじまった。

小学生の登校の列に車が突っ込んだ事故、子供が旅行先で行方不明になり三年たっても見つからない事件、原因不明の火事で家が全焼し家族五人が焼け死んだ事件、それらの新聞記事が切り抜かれて郵送されてくる。脅しの文句どころか、ひと言の文字もない。巧妙な脅迫だった。

結局高松は拘置所内で、入手先不明のヒモで首をくくって死んだ。檜山組に関してはひと言もしゃべらなかった。

高松の妻は、書類上は離婚していたが、家を手放すこともなく二人の男の子は大学に進んだ。

檜山組の肝を冷やした事件のきっかけを作った刑事を顎《あご》で使うことは、復讐心《ふくしゅうしん》を満足させることでもあり、当時の事件を知る内輪の人間に対するアピールでもあるのだろう。

事情を聞いた石渡はちいさくうなずいただけだった。私は続けた。

「無理なのはやつらも半分承知でしょう。だが、昔煮え湯を飲ませた私を顎で使って仕返しでもしているつもりなのでしょう。他の組へのパフォーマンスにもなる。あのときの刑事を使って捜索したぞ、とね。おそらくやつらはやつらなりに探っていると思う」

「あなた、それでいいんですか？」

「よくはないが……」

「もし仮に」

石渡が他人の話の腰を折って発言するとはめずらしいことだった。

「もし仮に、犯人を見つけるなり、高瀬さんの無実が証明されたとして、そのあとはどうするんです？」

「本ボシをあげることと、彼女の無実を証明することは、イコールではないかもしれんと思う」

「というと？」

誰かに聞かれる恐れはなかったが、私はさらに声を落とした。

「もしも、久保を殺ったのがやつらのお仲間だとしたら、とても危険な綱渡りです。中でも一番まずいのは内輪の揉《も》め事です。気づいたと知られた時点で、たぶん私の命はない」

「その可能性があると」

「わかりません。警察に泣きつくわけにもいかない。どうせ不自由な動きしかできないのだとしたら、高瀬早希の濡《ぬ》れ衣《ぎぬ》を晴らしてやりたい」

「それでタイムリミットになった場合は？」

「犯人をほじくりだしてしまうより、檜山に泣きを入れて、大切なところだけは勘弁してもらうほうが被害は少なくて済むかもしれない。それとも……」

できるだけ笑顔になるよう努力した。

「いっそ、予定を早めて夜逃げでもするか」

石渡は、二、三度頭を振ってから、電池の切れかけたおもちゃのように突然寡黙になった。黙って苦い顔をして飲んでいる表情は、そのまま酒のコマーシャルに使えそうだ。私も考え事をしたくて、壁にかかったモノクロームの写真をつまみに飲むことにした。

それから仕舞いまで、二人ともほとんど口も開かずにグラスを空けた。気づいたときには石渡が支払いを済ませていた。これほど飲んでもそつがない。この男はいったい、何が楽しくて私の家に居候しているのか。そんなことを考えていたら、帰り支度をはじめた石渡がぽつりと言った。

「ま、そんなことはどうでもいい」

「え?」

「あなたの口癖ですよ」

ふっ、と軽く笑った。

帰り道、いつものようによれよれになって歩いていた気がするが、あまりよく覚えていない。

20

翌日の捜査活動も似たようなものだった。

途中、花房弁護士に電話で確認したところ、早希はまだ送検はされていないらしい。久保裕也殺しの物証が出ていないということか。光宮署の連中も今ごろは、勇み足を悔やんでいるか、恐喝単発で送検するか決めかねているところだろう。

こっちの成果もさっぱりだった。二宮里奈のマンションで住人をひとりだけ捕まえたが、他人の居所はおろか、自分の鼻のありかさえ興味のない様子だった。次の獲物を探していたところ、むこうから目つきの悪いのが現れた。といっても元同業者なのだが。やつらに捕まると、へたなやくざより始末が悪いので退散することにした。こんなハンデを背負って真犯人を見つけるなど、ディック・トレーシーだってお手上げだろう。

あちらこちら廻《まわ》って、昨日と似たりよったりの聞き込みをした。最後にもう一度だけ二宮里奈のマンションに寄った。買い物帰りの主婦がぽつりぽつりと通る。早希のマンションの住人より警戒心が強いように感じる。着ているものの値段があがると、その分だけ警戒心も強くなる、ということか。

「さあ、よくわかりません」という返事を三人からもらって、引き上げることにした。時計を見ると、あと十分弱で新藤に連絡する時刻だ。

電話ボックスを探して、歩き出しかけた足を止めた。

急ぐ必要はなくなった。見覚えのある黒いシーマが停まっていた。反射的にうしろの逃げ道を探したが、こそこそするいわれがないことに気づいて思い直した。踏みとどまるのに、少しばかり奥歯に力が入った。

助手席から馬鹿力の木村が降りてきた。目の前に立たれると顎《あご》しか見えない。その顎を振って車に乗るよう命じた。私は素直に従った。

うしろのシートで陰気な目を光らせていたのは新藤だった。

「こんなところで何をしている？」

胸ポケットからラークマイルドを取り出し、口にくわえた。すかさず運転席の若造が振り向いて火をつけようとライターを差し出した。新藤は若造のライターをすっと抜き取り、ウィンドーを半分ほど下げ、当たり前のようにそれを投げ捨てた。そのまま流れるような仕種《しぐさ》で、胸ポケットから出した自分のライターで火をつけた。

「お前、初めて見る顔だな」

今、初めて気づいたような口調で、新藤が運転手の若造に話しかけた。

「あ、はい」

ライターを捨てられてあっけに取られていた若造が、あわてて返事をした。

「そういや、さっきから気になってた。新人か？　高橋はどうした」

しどろもどろの若造に代わって木村が答えた。

「事故って入院中です。会長の命令で若いもんの中から、運転のうまいやつを代わりに使っています」

この前の「久保を預けた」という檜山のせりふや、今の話の流れからして、どうやら新藤は自分の事務所を構えているようだ。

新藤は木村から若造に視線を戻した。

「二度と使い捨てライターで俺の煙草に火をつけようとするな」

若造は、さっきとは打って変わって聞き取れないほどの小声で返事をした。新藤が手のひらで弄《もてあそ》んでいたライターをぱちんとしめた。高級品にはうとい私でも十万円近くするしろものというのはわかった。

かしこまっている若造を見ていたら、目があった。どこかで見かけた気がして、思い出そうとしたが、新藤に邪魔をされた。

「あまり真剣に仕事をしていないらしいと聞いて様子を見に来た」

誰に聞いたのか気になったが、たずねたとしても教えてはくれないだろう。

「やっぱり、だめだな」

私は首を振った。

「早希と一緒にいたらしい女が行方不明だ。聞き込んだが摑《つか》めない。警察がうろうろしていて動きづらい。金がない。車もない。誰かさんに殴られた肋骨《ろっこつ》が痛い」

思いつく限りの言いわけをした。新藤は、物わかりの悪い人間に言って聞かせるようにしゃべった。

「いいか、よく聞け尾木の旦那《だんな》。あんたの役目はその高瀬とかいう女の無実を証明することじゃねえ。その女がホシじゃねえなら、本当にやったやつを捜すのが仕事だ。会長にあれほど言われただろうが。こんなところで油を売ってる暇があるのか」

「その女が犯行を、つまりホシを目撃しているかもしれない」

そう言い返そうとして、木村の肩に力が入っているのに気づいた。口答えが嫌いな連中だ。思わず腹に力を込めた。

「木村だって、たまには殴る以外の気の利いた仕事がしてみたいだろう」

殴り専門業にとってはその言葉がいやみだったらしく、木村は顔を赤くゆがめた。

殴られたくないのはこっちも同様だった。何しろ私の腹だ。

もし、木村が自分の仕事に誇りをもっていて、今、私の折れかけた肋骨にとどめをさす気なら、一か八《ばち》か反撃に出ようかと本気で考えた。左で気を利かせているつもりの木村の顔にヒジ打ちを喰《く》らわせ、やつがひるんだ隙に新藤に襲いかかれば勝機がまったくないわけではない。運転席の若造は問題外だ。痛む腹にそっと力を込め、ぶっこわれ具合を確かめようとしたとき、新藤が口を開いた。

「あと四日しかないのはよく覚えておくんだな。何しろ霧駒山のコオロギだからな」

鼻だけで、ふんと笑った。

私を解放すると、シーマはなめらかに走り去った。

どうして新藤と話をすると、これほど喉《のど》が渇くのか。

新藤の車を見送ったあと、すっかりなまった脳細胞を酷使した。昔、使っていたあたりの兵隊たちが飯も食わずに働いているはずだった。

私は悩んだ挙げ句、奇手を打つことにした。簡単にいえば一か八かのヤケクソだ。刑事の近川と連絡をとることにした。

署の代表番号に偽名で電話を掛け、本人が出たところで名乗った。

「なんだ、あんたか」

「切らないでくれ」

ここは下手に出るよりしかたがない。

「なんの用だ？」

「会って話したいことがある」

「こまるな、そういうのは」

「五分聞いてつまらなければ帰ってもらって構わない」

「それなら、今ここで言ったらどうだ」

「電話では言えない」

「電話で言えないようなことにおれを巻き込まないでくれ。はっきり言うが、あんたから電話が来ただけで迷惑だ。悪いが他をあたってくれ」

「まて、頼む。この借りは忘れない」

近川が沈黙した。考えている。

「それに、あんたにとっても割の悪い話じゃない」

「……………」

切れたのかと思い、「もしもし」と話しかけようとしたとき、近川の声が流れた。

「明日の夕方なら時間を作ってみる。二十時」

夜の八時は世間一般には夕方とは言わない。私にはその感覚がわかって、懐かしかった。

「いつかの店でいいか」

「わかった」

ぶつっと切れた。

近川とは現役時代、三度ほど相方として組んだことがある。

もちろん、その前から顔は見知っていた。

どの事件だったのか、今では覚えていないが、一度だけ打ち上げ代わりに「志むら」で飲んだ記憶がある。もちろん当時は、今のような最悪の人間関係ではなかった。私は腹の底に漬け物石を呑《の》み込んだような気分で、電話ボックスを出た。

21

大捜査網も三日目となった。新藤にどやされなくとも、そろそろガッツを見せようか。

近川がどのくらい協力してくれるのか、今は読めない。こちらはこちらで、独自の道を行かなければならない。

ジュンペイが、「今日は非番なので手伝う」と言ってくれた。断ったのだが、どうしてもきかない。

「早希さんが無実だっていう証人捜しでしょう?」

と、しつこく食い下がる。一時は憎みかけた反動で、余計に親愛の情が増したのかもしれない。美人局《つつもたせ》の嫌疑もまとめて濡《ぬ》れ衣《ぎぬ》だと思いこんでいるようだった。

しかたなく、聞き込みを手伝ってもらうことにした。二宮里奈のマンション近辺の店で、彼女を見かけた人間がいないか。話した人間がいないか。そのほかにどんな情報でもいいので、とにかく犬っころのように嗅《か》いで廻《まわ》れと指示した。喫茶店、パスタ屋、美容院、花屋。あとは自分で適当に考えろ。本当に、ボールを投げられた仔犬のように、はりきって出かけていった。

さて私はといえば、二十年も前の刑事ドラマみたいな聞き込みはやめることにした。考えてみれば、私はもともと頭脳労働が得意だった。意気揚々とバスに乗って市役所へ向かった。

市役所の市民課窓口には、絵に描いたように陰険そうな女が座っていた。たとえ、申請書の文字の書き順が違っていても見逃さない、といった顔つきをしている。私が近づく途中から、汚れ物でも見るような目つきでこちらを見ていた。人を見る目もあるようだ。

実は、どういう手段で調べるかは、迷った。住民台帳という手もある。しかしあれは身分証明書を提示しなければならない。そこへいくと住民票は、うまくすれば単なる申請だけで通る。万一怪しまれたらしかたない、急な腹痛でも起こすしかない。

私はなるべく堂々と二宮里奈の住民票の写しを請求した。ここ数日の捜査で、初めておどおどせずに相手の目を見ていた。ところが、返ってきた答えは意外なものだった。

「この名前で、この住所には登録されていません。間違いなくこちらにお住まいですか？」

女性職員は、訝《いぶか》しげな表情を浮かべている。密出国者を見つけた某国公安のような冷酷な表情だ。彼女の言葉遣いが変なのを突っ込んでいるひまはない。本当に腹が痛くなってきた。大汗をかきながら、私は理屈にならない言い訳をし、ほとんど逃げるようにして帰った。通路の角を曲がるとき、ちらと振り返ると女がまだこちらを目で追っていた。真剣に警察へ通報することを考えていそうだ。

ますますやりづらくなった。

それでなくとも、私がこそこそ嗅ぎまわっていることは、室戸あたりはとっくに承知だろう。

途方に暮れて、線路脇の公園のベンチに座っていた。

住民登録していないとは計算外だった。これが安アパートならわかる。不動産屋で仕入れた話では、あのマンションの五〇二号タイプは中古で四千万円を少し超えるそうだ。二年前の分譲時なら五千万円を超えていたらしい。買うにしろ、賃貸にしろ、住民票を移さずに住むことは考えにくい。

空を見上げて、大きなため息をつく。子連れの母親が、不審者を見る目つきでこちらを睨《にら》んでいる。当然だ。私が現役だったら、まちがいなく職務質問しているところだ。

次は法務局だ。現役時代ならこちらを先にしたはずだが、すっかりカンは鈍っている。台帳閲覧の申請を出して、さっそく二宮里奈が住む部屋の権利関係を調べた。森田誠一という人物から小宮山久夫という人物に所有権が移転していた。半年前のことだ。わずか一年半で手放したことになる。そこから先は想像するしかない。

今夜の晩酌をかけてもいい。表も裏も含めて、このあたりの金融会社をしらみつぶしに調べれば、おそらく小宮山という社員が発見できるだろう。森田誠一なる人物は一旦《いったん》どこかへ住民票を移しただろうが、すでにそこには住んでいない可能性が高い。ひと言で説明するなら夜逃げだ。借金のかたにマンションを明け渡したのだろう。

これで、公的な記録から二宮里奈に迫る道も見失った。

近川と約束した時刻までのあいだ、花房弁護士と打ち合わせをすることになっていた。節約のため、電車と歩きで事務所に向かった。

普段は気にしたことのない通行人に目がいく。何気ない表情のその裏に、他人からは想像のつかない面倒を抱えているのだろうか。

今の私のように。

白髪が見事な初老の男と、二十代の娘が仲良さそうに笑っている。娘の手には買い物袋が提げられている。何かの祝いに買ってもらったのだろうか。それとも見立ててただけだろうか。二人でこっそり、母親へ贈り物でも買ったのか。

とりとめもなく、そんなことを考えているうちに、父親らしい男と、花房弁護士がだぶって見えた。

花房弁護士には、二人の娘がいた。

どちらかに事務所のあとを継いでもらいたいと考えていた。

上の娘は、期待に反して音楽家になった。なんとかいうオーケストラでヴィオラを弾いているそうだ。同じ楽団の男と結婚し、しょっちゅう演奏旅行にいくらしい。子供はいない。

「孫はあきらめました」

今は笑って話す。

花房氏の妻は、アルツハイマー病を患っている。幸い進行はそれほど急ではないらしい。

「今年いっぱいで、引退しようと考えとります。あれの気持ちがまだたしかなうちに、少しばかり楽しませてやろうと思います」

気負いもなければ悲壮感も感じさせない。静かな口調の中に、進むべき道を歩むだけという意志の強さが秘められている。

しかし、大樹のような精神力を持つ彼でも、笑って話すどころか、口に出すことすらできない思い出があった。

あれは十四年前のことになる。下の娘さん——名を麻梨子《まりこ》といった——の身に起きた事件だ。当時私は防犯課、今でいう生活安全課にいた。

二十歳の娘が大学から帰ってこない、という一一〇番通報が県警本部の通信司令室を経由して管轄署にあったとき、誰も本気で取りあおうとはしなかった。

今日日、帰宅が遅い大学生を捜索していては、警官の数を倍に増やしても手が回らない。私が相談を受けたとしても、「もう一日様子を見てください」と答えただろう。

ところが、花房氏は引き下がらなかった。

「娘はなんの連絡もせず、八時を過ぎて帰宅しなかったことはない。それが、いまや十一時になろうとしている。事件か事故に巻き込まれたことは間違いない」と言ってきかない。

そして、所轄署では埒《らち》があかないとみて、直接県警の幹部に話を通してきた。この花房氏というのは、警務部長の個人的な知り合いで、しかもなにがしかの借りのある人物らしかった。

「形だけでも話を聞いてやってくれ」

そういう依頼が、県警内部と所轄の署長に届いたらしい。

急遽《きゅうきょ》、県警から人を出して、所轄署と共同で捜索をすることになった。

殺人、強盗、誘拐の可能性があるなら、それは一課の仕事である。しかし、当時未解決の重大事件をいくつも抱えていた県警は、一課から割ける人数がいなかった。ましてや、今のところ家出や夜遊びではないと断言できない。そこで、当時私が所属していた防犯課に話が回ってきた。

「ひとりでいいから、出してくれ」

私が行くことになった。

所轄では誰も乗り気ではなかった。そもそも、一週間前の通り魔事件の帳場がたっているのだ。犯人の目星もたっていないのに、女子大生の家出にかまっている余裕はなかった。相方がつくことになったが、断った。異例のことだが、私ひとりで捜査を進めることにした。

麻梨子が大学を出たあとの足取りを徹底的に探った。同時に交友関係を洗った。校門に立ち、ひとりひとりに麻梨子の顔写真を見せ、「当日見かけなかったか」「親しい友人、とくに男の友人はいなかったか」とひたすら聞き廻った。

三日目、さすがに署内にもただの無断外泊とは違う、という空気が流れていた。それでも、「家出」説が圧倒的に強かった。署を出ようとしたとき、聞き慣れない声を聞いた。怒鳴るというほどの大声ではなかったが、部屋の隅まで通る声だった。私はとっさにこれが花房氏だと理解した。

応対していた刑事が根負けして、私のところへやってきた。

「尾木さん。ちょこっと話を聞いてやってもらえませんか。このままだと、帰ってくれそうにないんですわ」

私は簡素な応接セットに彼を座らせた。

「尾木といいます。お嬢さんの件で、専任で捜索しています」

「専任で？」

「はい」

「他には何名くらいが？」

嘘はつきたくなかった。

「専任は私ひとりです」

「ひとり？」

「はい。今、例の通り魔事件をかかえていて人がまわせないんです。理解してください」

納得はできないものの、とりあえずは了解したようだった。藁《わら》にもすがるとはああいう気持ちなのかもしれない。

「実は、今日にもお宅に伺ってお話を聞こうと思っていたところでした。ちょうどよいので、娘さんのことでいくつか聞かせてください」

「なんでしょう」

やや気を取り直した花房氏から、麻梨子の交友関係や日ごろの行動傾向などを聞き出した。

話が長くなるので、結論を言おう。

麻梨子は殺され、埋められていた。

大学のゼミの先輩にあたる、藤木という二十三歳の四年生が犯人だった。日ごろ、麻梨子に一方的に思いを寄せていた藤木はあの日、「これで最後だから」と強引に喫茶店に誘った。つきまとわれてうんざりしていた麻梨子は、本当にあきらめてくれるならと、一度だけつきあうことにした。

喫茶店でコーヒーを飲んだ麻梨子は、急に体調がおかしくなった。汗を浮かべたかと思うと、意識が朦朧《もうろう》となった。藤木は店の人間に「持病の発作だから」と説明して裏に停めておいた自分の車で麻梨子を運んだ。自白と解剖の結果、ケタミンという薬物が使われたことがわかった。後の取り調べで、開業医の伯母から入手したものと自白した。

麻梨子にとって不幸だったのは、様子がおかしいことに気づいて通報してくれる気の利いた店員がいなかったことだが、藤木はそれさえも事前に調べ、計算の上であった。

麻梨子を車に乗せ、これも下見済みの、夜間には人の絶える河原まで運んだ。藤木は、ほとんど昏睡状態の麻梨子を相手に思いを遂げた。

沸騰していた血が醒《さ》めてくると、急に恐ろしくなった。もしも麻梨子が意識を取り戻せば、自分の身は破滅である。このまま、麻梨子が目覚めなければ誰にも知られない。

これほど用意周到だった藤木が、その場になって殺意を抱いたというのは信じがたいが、後の裁判では認められたようだ。

意識のない麻梨子の首を絞めて殺すことは簡単だった。藤木は麻梨子の持ち物から身分を証明するものを奪い、服も全て剝《は》ぎ、白倉岳山中に運びその夜のうちに埋めた。

持ち物は切り刻み、三重にビニールにくるみ、十箇所以上のゴミ捨て場に分けて捨てた。目撃者の話と、交友関係から藤木を呼んで少し脅したら、あっけないくらい簡単に落ちた。泣いて謝りながら呼んだ名は母親のものだった。私はやつの髪を摑《つか》んで、額をテーブルに挨拶《あいさつ》させてから、じっくり話を聞き出した。

翌日、本人を連れて現場へ向かった。藤木の額にうっすら血が滲《にじ》んでいることに所轄署の刑事課長は気づいたようだったが、何も言わなかった。

掘り出し作業がはじまって間もなく、立ち入り禁止のロープ際で揉《も》める声を聞いた。どこで情報を仕入れたのか、花房伊佐夫が現場に入ろうとしていた。遠ざけようとする署員と揉みあいになっている。すでに県警から刑事官や一課長が来て立ち会っている。鑑識やらその他の刑事でごったがえしている中での騒ぎだった。

私は、幹部が追い返す命令を出す前に駆けつけた。

「まあ、ちょっとまって」

両者を引き離し、署員に言った。

「どのみち、遺族には確認してもらうんでしょう。じゃまにならない場所で立ち会わせてあげてください」

署員は、上司である刑事課長の顔色を見た。刑事課長は、県警一課長の顔を見た。一課長は私に視線を戻した。

「尾木の言うとおりだ。どのみち確認していただくことになる。作業のじゃまにならないところで待機していただくように」

一課長のひと声で決まった。初動捜査のまずさに対する引け目があったのかもしれない。

掘り出された、麻梨子の遺体は痛々しかった。

子供がいないことは、あるいは幸せなのかもしれない。

立ち会うものに、そんな気持ちを抱かせる瞬間だった。神も仏もないと言いながら、なにものかに祈りたくなる刹那《せつな》だった。

藤木が泣く声を聞いた。

「お母さん」

私は逆上した。

藤木の髪を鷲摑《わしづか》みにして、乱暴にゆすった。

「ふざけるなこの野郎。貴様、泣くんだったら、被害者のために泣け。遺族に詫《わ》びて泣けよ。貴様みたいなクズに人生を踏みにじられた悔しさがわかるか。え、さあ、謝れよ」

髪を摑んだまま、今は横たえられ、毛布をかぶせられている被害者の側まで引きずっていった。誰もとめようとしなかった。

「さあ、謝れ。地べたに頭こすりつけて謝れ、この野郎」

地面にめり込むほど藤木の顔を押しつけた。

そのとき、ようやく私の腕を引くものがあった。払いのけるつもりでふりむくと、幾度も世話になっているベテランの刑事官だった。

「もういい」その目は語っていた。

その後、茫然《ぼうぜん》自失の花房氏によって身元の確認がなされた。

「娘です」

そのひと言を漏らすのが、精一杯のようだった。


ほどなく、私は県警一課に転属になった。この事件の影響があったかもしれない。

一年ほどして、花房弁護士の訪問を受けた。

二つの点で礼を言いに来た、ということだった。

ひとつは、ほかの警官が「家出だろう」と言って相手にしなかった中、私ひとりが真剣に捜査をしたこと。それによって、傷みの少ないうちに遺体が発見できたこと。

「当日のうちに殺されたとなれば、救うことはむりだったでしょう。遺体がほとんど綺麗《きれい》な状態で還《かえ》ったことは救いでした」

そう語った。

もう一点は私が、現場で逆上したことだった。

「私らのために泣いて怒鳴ってくれる刑事さんがいたことに感動しました。初動捜査の遅れについて、訴訟も考えましたが、警察に尾木さんひとりがいらっしゃることで、思いとどまりました。ありがとうございました」

深々と頭を下げた。

まだ、完全には立ち直れないが、いずれ弁護士としてお役に立てるときがくるよう祈っております。

そう言って帰った。

暑中見舞いと年賀状は欠かさずに貰《もら》った。私からは出したり出さなかったりだったが。

こんなに義理堅い男がまだ存在したのかと思わせる人物だった。

義理堅さが尋常でなかった証拠には、今こうして空っぽのゴミバケツ並みの価値しかない男に親身に相談にのってくれている。

この世に生きている人間の中で、最も頭の上がらない存在だった。

22

約束の五分前に、「志むら」のガラガラ鳴る引き戸を開けた。

ウーロン茶を頼むと、無愛想《ぶあいそ》な親爺《おやじ》が欠けた前歯を見せて笑った。私がアルコール以外のものを飲むのがそんなに愉快なのだろうか。だが、少なくとも近川が現れるまで赤い顔をして待っているわけにはいかない。

混んでいるようなら、場所を替えようかと思ったが、カウンターに座っていた二人連れが帰ったあとは私ひとりになった。

「久しぶりに顔出したと思えば酒も飲まねえ。どこか身体の具合でも悪いのか？」

めずらしく親爺が聞いた。私が酒も飲まずに待つ相手に興味があるようだ。

「昔の知り合いと待ち合わせなんだ。ついでに言っとくが、残念ながら女じゃない」

「酒の嫌いなやつなのかい」

「そうじゃない。酔って台無しにしたくない。もう、いろんなもんをいくつも台無しにした」

親爺は、そりゃそうだろう、などと言いながら板場の仕事をはじめた。

枝豆をひと粒、二粒口へ運んでいると、やがて引き戸を開けて、近川が入ってきた。私を認め、無言のままテーブルの向かい側に座った。

「忙しいところをすまない。ビールでいいか？」

「話を聞くまでは、水もいらん」

無愛想に言って、胸ポケットから出したセブンスターに火をつけた。

「久保裕也殺し、高瀬はホシじゃない」

結論を口にした。

近川はぷわっと煙を吐いた。言葉はない。横目で親爺にチラリと視線を向ける。私は安心させてやった。

「大丈夫だ。日本語が話せない」

「相変わらずだな」

友情と呼ぶにはほど遠い目つきで私を見た。誰にであれ、軽蔑《けいべつ》されるというのは晴れがましいとは言い難い。だが、今はそんなことは気にしていられない。

「なぜ？」

「なぜ、とは？」

逆に聞いた。

「なぜ、あの女のことにそう熱心なんだ。前からの知り合いか？ 寝たのか？」

どうしてこう、どいつもこいつも同じ質問をするのか。この分だと、あの世に行ったとき、母親にまで同じことを聞かれるに違いない。

「いや、偶然三泊させた以外の関係はない」

「なら、ほっときゃいいだろう。むしろ、あんたも迷惑したほうだろうが。なぜ、首を突っ込む。室戸さんが面白くないだろう。不愉快な事態を招くんじゃないか」

親爺に、身振りでビールを頼んだ。

「その室戸だが、どう思う」

「どういう意味だ」

「警察官としてどう思うか、という意味だ。信用しているのか」

「大胆なことを聞くもんだな。むろん信用しているさ。あんたにそんなこと言われたんじゃ、室戸さんも立つ瀬がないってもんだろう」

「厳しいな」

めずらしく親爺がビールをテーブルまで運んでくれた。さっきの話を聞いていたのか、ひと言も口をきかない。私は噴き出しそうになるのをこらえ、近川のグラスに注いでやってから、自分でも満たした。喉《のど》を湿したかった。近川はまだ手をつけようとしなかった。

「久保殺しの件。何かおかしくないか？」

近川は直接それには答えず、再び親爺に視線を走らせた。落ち着かないようだ。

「親爺、煙草あるかい」

「ないよ」

あっさり返事をした。近川が私を睨《にら》んだ。

「やはり、場所を替えよう」

「そんなに気になるなら、奥の間を借りればいい」

苦笑いを浮かべる親爺に、「ちょっと借りるよ」と声を掛け、奥の引き戸を顎《あご》でしゃくった。親爺はだまってうなずいた。

店の突き当たりに、貧相な引き戸がある。ここを開けると五畳の汚い部屋がある。調味料のストックだとか、割り箸《ばし》だとか、使わない鍋《なべ》だとかで、部屋の半分が埋まっている。要するに物置だ。普段、客には使わせない。ただ、部屋に見合った汚さのちゃぶ台が置いてあって、二、三人が飲むくらいのスペースはある。

現役時代もたまに使わせてもらった秘密のルームだ。

ビールだけ抱え、焼き鳥の盛り合わせを頼んで部屋にあがった。

「ここなら、聞こえない。少なくとも機密漏洩《ろうえい》に関してなら、ホワイトハウスよりクリーンだ」

部屋をぐるりと見回して、近川がやっとビールのグラスに口をつけた。彼もこの程度の部屋の汚さで食欲を落としたりはしないだろう。

「もう一度聞くが、久保殺し、本当に高瀬一本でいくのか？」

「いくも何も、明日にも再逮捕だろう。俺たちがどうこういう段階じゃない。それとも何か、室戸さんが言うようにあんたも手を出したのか？」

「冗談じゃない。俺は本気で言ってる。すぐに釈放しろとは言わない。もう少し延ばせないか。いや、高瀬のためだけじゃない。泥かぶるぞ」

「どういう意味だ」

「高瀬をホシにしたがったのは誰だ？」

「したがったわけじゃない。正当な捜査の結果だ」

「証人は誰だ？」

「それは言えない」

私はなおも食い下がった。

「事件の直前に揉めてるところを見た主婦がひとりいるだけだろう」

近川は何かしゃべりかけて、私を睨んだ。

「なんと言われようと、そんなことに答えられない」

もう一手駒を進めることにした。

「彼女の友人の二宮里奈という女が一緒にいた。無実を証明できると思うんだが、見つける方法がない」

近川は少し驚いたような表情を浮かべた。

「捜査の秘密は話せない」

こうなれば根比べだ。

「事件以来、消息がふっつり消えた。死んだか、逃げたか。俺はおそらく隠れたんだと思う。それにしても、こうきれいさっぱり足跡が消えるのは何かある。いっとき、お前さんのところでも捜したようだが見つからなかった。今じゃ見つからないほうがいいと思っているやつもいるかもしれん」

「なんのことか、わからない」

「高瀬早希の線でいきたがったのは、室戸じゃなかったか?」

近川は黙っている。

「取り調べは?」

近川は返事をせず、グラスに残ったビールを呷《あお》った。ビンからついでやった。

ちょうど親爺が不愛想に焼き鳥の皿を持って来たので、ビールの追加を頼んだ。

「ま、つまんでくれよ。あのころと変わらない味だ」

近川はねぎまに一味唐辛子《とうがらし》をひと振りして口に運んだ。熱かったらしく、ふうふういって嚙《か》んでいた。

「五分で帰ると言いながら、こうしてつきあってくれているのは、どこかで引っ掛かっているからじゃないのか。君のことだ、もしかしたら納得していないんじゃないか」

「めったなことは言わないでくれ。あんたもよく知っているだろう。俺はあんたみたいに嫌われて去りたくない」

串の残りの肉をビールで流し込みながら、近川は立ち上がろうとした。

「やはり来たのはまずかった」

「ちょっと待ってくれ。こういうのはどうだ。本ボシを用意する」

一世一代の大博打《ばくち》だ。しかも、元手のないハッタリだけであることを悟られてはいけない。

「本ボシ？」

中腰になっていた近川が、座りなおした。

「ああ、本ボシに多少心当たりがある。どうだ、二宮里奈の居所を教えてくれないか。そして、できれば会うお膳立《ぜんだ》てをしてくれないか。ムシのいい話なのはわかっている。だから、見返りに近いうち本ボシを提供する」

「あんた自分で何を言ってるか、わかってるのか」

「わかってる。署内じゃ課長あたりまで泥をかぶるだろう。ひっくり返すのに君が関わったということが知れたら、やりづらくなるだろう。だが、高瀬だけの問題じゃない。その他の膿《うみ》も出る可能性がある。この際、出さないか」

「巻き込むのはやめてくれ」

「俺はな、実は刑務所《ムシヨ》の中で悪い噂を聞いた。警察《サツ》の中、それも刑事《デカ》からときどきネタがもれてるらしい。最近まで信用していなかった。俺みたいなばかはいても、腐っているとは思いたくなかった。というより、もうそんなことには関わりたくなかった」

近川の目をじっと見た。

「だが、どういうめぐり合わせか顔を突き合わせることになった」

近川の目がこちらの真意をさぐろうとしていた。私はさぐらせてやった。

「檜山に脅されている。初七日の法要までに本ボシを見つけないとコオロギの餌《えさ》にされる」

「コオロギ？」

「いや、そんなことはどうでもいいんだ。問題なのは、檜山が本ボシがほかにいるとうすうす知ってることだ」

さらにもう一手駒を進めた。

「室戸は警部の昇進試験は何度目だ？」

近川は少し考えてから、ちゃぶ台に水滴を三つたらした。

「検挙率をあげたいんじゃないか。一家三人放火殺人のヤマも進展がないんで、マスコミがつきはじめただろう。署内に焦りがあるんで、課長あたりも室戸の勇み足を見て見ぬふりしてるんじゃないか。美人局《つつもたせ》の仲間割れでさっさと片づけようという雰囲気があったんだろう、署内に。違うか？」

思いつくままにべらべらとしゃべっていた。図星のようだった。

「頼む、二宮里奈の居所に心当たりがあるなら教えてくれ」

近川が血走った目で私を見た。

「なぜ、俺が？」

「駆け引きはやめよう。二宮里奈は堅気じゃないという話を聞いた。たしかにこう綺麗《きれい》に消えたのは誰か手助けしたやつがいるはずだ。堅気でない連中がからんでいるかもしれない。二課のやつらなら居場所とまではいかなくとも、からみぐらいは知っているんじゃないか。そいつを聞き出してくれないか」

「無理だな。だいたい二課のやつらがこっちにネタを廻《まわ》すわけないだろう」

「たしか、あそこに岩村という刑事がいただろう。同期じゃなかったか。……頼む」

テーブルに手をついて頭を下げた。頭上から近川の声が降る。

「昔、あんたを尊敬していた。今じゃ、そのことを最高に後悔している。裏切られるのは一度でたくさんだ」

「過去のことを弁解はしない。今だって自慢できるような生活はしていない。せっかくの仕事も二日酔いで休んだりしている。親からもらった家は離婚の慰謝料で消える。わずかに手元に残る金もおそらく全部飲んじまうだろう。そしていつか路地裏でくたばる。だけどな、おれも二十年も警察にいたんだ。愛情はある。今度だけ信じてくれないか」

熱演が行き過ぎて、自分でもどこまでが本気なのかわからなくなってきた。

「ちょっとまってくれ」

近川がわずかに身を乗り出した。

「あんたがどこでくたばろうと興味はない。それより、さっきからの話だと、室戸さんがそのどこかの堅気じゃない連中と繋《つな》がっていると?」

「可能性はある。そして……」

「そして、なんだ?」

近川の顔つきを見ていて、ひらめいたことがあった。

「その相手というのは、実は檜山のところじゃないか。この狭い土地だ。二宮の失踪《しっそう》にもからんでいないとは言い切れない」

近川が深く吸った煙草の煙を吐いた。

「ばかな」

「昨日、俺が二宮のマンションで聞き込みをしていたら、檜山組の新藤が現れた。そんな偶然があるわけない。それじゃあいったい誰に聞いた? 俺が二宮里奈に固執しているのを一番知っていたのは室戸だ」

「ちょっとまて、こう言いたいのか? 檜山と室戸さんはなんらかの繋がりがある。二宮という女が高瀬早希のアリバイを握っている。そして二宮の失踪には檜山がからんでいる可能性がある」

「そうだ」

「それは話が合わないんじゃないか」

煙草を挟んだままグラスを摑《つか》んで、ビールをすすった。

「いいか、檜山が高瀬早希のアリバイを知っていて、室戸さんと檜山組に繫がりがあるんだとしたら、どうして檜山はそのことを室戸さんに言わないんだ」

「もう、言っただろう」

「え？」

「おそらく、檜山も、警察がこんなに早く逮捕するとは思わなかったんじゃないか。二宮から、無実だと聞いていたから。ところがよりによって室戸が突っかけた。あわてて、檜山は誤認逮捕だと教えてやった。今さら証人を出せないんで、二宮を本格的に隠した」

「まあ、たしかにそこだけをとれば、辻褄《つじつま》は合う」

私もビールで喉《のど》を湿した。

「それにな、思い出したくない噂を思い出すハメになった」

「どんな噂だ」

「やつはムシが好かない野郎だが、刑事としちゃ有能だった。そんな人間を変えるのはいくつかしかない。……室戸はギャンブルが好きだろう」

近川の目が一瞬光ったように見えた。黙っているということは、認めたことと同じだろう。

「競輪か、ボートか？」

身を乗り出した私に、ちらりと視線を向け、すぐにそらせた。

「たしか、競輪じゃないか」

「ギャンブルが好きで借金のないやつの話を聞いたことがあるか」

「いくらでもいる」

「俺がいうのは、たまの休みにレース見ながら、なけなしの小遣いはたいてビール飲んで、幸せ感じてる連中のことじゃない」

「かりに競輪が好きでそれとこのヤマと何が関係ある？」

「俺たちの……、いや、そうじゃないな、悪かった。あんたらの給料で、ノミ屋に電話で買いをいれる余裕があるか。女房子供持ちで」

近川は黙ってセブンスターを一本灰にした。空になったビール瓶を見つめていた近川が顔を上げた。

「この店にはもっと強い酒はないのか」

「あるさ」

引き戸をあけ、酒瓶の並ぶ小汚い棚から一本を手にとった。親爺にひとつうなずき、ロックグラスもかってに二つ抱えて部屋に戻った。並べたグラスにそれぞれ半分ほど液体を満たした。

古酒《くうすう》の三十五度だ。名の通ったブランドではないが、喉の焼き加減は性に合ってる。グラスに口を近づけると、やさしい香りが鼻の粘膜を刺激する。

「さ、やってくれ。天国に行けるぞ。ただし、行っちまう前に、さっきのことを約束してくれ」

近川がグラスの液体を口に含んで、流し込んだ。最後に咳《せ》き込んで少しむせた。チェイサー代わりにビールを呷《あお》った。

私は思わず笑った。近川も苦笑いを浮かべた。むせたせいか目元にはうっすら涙が滲《にじ》んでいた。

「なぜ、あんなことをしたんだ」

近川がぶっきらぼうに聞いた。

「あの事件のことか?」

近川はこくりとうなずいた。

「ずるい言いかただと思うだろうが。わからない、というのが正直な気持ちなんだ。ただ、人には魔が差す瞬間がある。まるで夢見るように、魅入られたように、行き止まりの道に進んじまうんだ。君も見てきただろう? 室戸だって、気づかないうちにいつのまにか一歩足を踏み外しただけかもしれない」

近川は火をつけた煙草を吸いもせず、じっと見ていた。

「……室戸さんの昇格は見送りだな」

ぼそりとつぶやいてから、私を見た。

「携帯電話は？」

私は首を横に振った。

「ない。ついでにパソコンもない」

そういう答えを予想していたらしく、あきれた顔もしなかった。古酒をもうひと口流し込み、ほーっと息を吐いた。

「明日昼前に一度、電話をくれないか」

手帳の端を破り、携帯電話の番号を書き留め、私のほうへよこした。

「ありがとう」

そんなセリフは失礼だと思ったが、つい口をついて出てしまった。照れ隠しに泡盛を流し込んだ。喉を焼いたが酒に罪はない。

23

近川と店にいたのは、一時間足らずだった。

飲み足りなかった私は、グズグズと腰をあげずにいた。意地汚く飲んで、いいことのあったためしがない。あまり度を超すと明日の大捜索に影響が出るので、そこそこに切り上げることにした。

いつもと同じ道を、いつもと同じようによれよれになって歩いていた。

どこかで見たような人相風体の男が三人、私に近づいてくる。以前何かで読んだ、外国の諺《ことわざ》を思い出した。

『降る時はいつも土砂降り』

この一週間ほど、毎日バケツでぶちまけたようなトラブルの土砂降り続きだ。

彼らに見覚えがあった。

早希と出会ったきっかけの夜のちんぴら三人組だった。すっかり忘れていたが、顔を見たところで、一部記憶が蘇《よみがえ》った。しかも、そのうちのひとりにはつい最近会った。檜山組の新しい運転手にとりたててもらった若造だ。昨日会ったばかりだ。なぜあのとき、思い出せなかったのか。

気づいていないふりをして脇道を探し、記憶では抜けられたはずの路地を目指して、いきなり突進した。あとわずかのところで捕まった。運転手役が振り下ろした光る棒をよけた隙に、もうひとりが伸ばした足にひっかけられ転んでしまった。すぐに一番重そうなやつが馬乗りになった。足をひっかけた男がすかさず蹴《け》りを入れてきた。

私の上に乗った男は一番体重がありそうで、その上力も強かった。よくは覚えていないが、早希の話からすると、私が馬乗りになって殴りつけた相手らしい。今夜は、すっかり逆だった。私はどうにか身体をねじって仰向けになり、またがっている男の下から腕を抜こうとしたが、こいつが重かった。猛烈に肋骨《ろっこつ》が痛んだ。頭を五分刈りにした金髪男は薄笑いを浮かべて、私の横っ面を殴った。

「クソオヤジ、この前の借りを返すからな」

頭の芯《しん》が「じん」と痺《しび》れた。陰に隠れて見えない男は、さっきから猛烈に膝《ひざ》や向こうずねを蹴っている。

「ふざけんな、この野郎」

声がうわずっている。そうとう興奮しているらしい。

どうにか右腕を引き抜いて、二度目の拳《こぶし》を腕で受け止めた。

「やめろ!」

ようやくそれだけ叫んだ。

「うるせえ。このゲロじじい」

その得意の武器は、今回は鳴りをひそめていた。

今度は左がきまった。

頭がぼうっとなった。一瞬、何が起きているのか、よく把握できなかった。口の中に少し塩味のある鉄臭《くさ》いものが染みわたった。切れたのか、折れたのか、考えようとしたとき、左頰に三発目を喰らった。今度こそ、意識が闇に沈んだ。

アスファルトに当たった右の頰が痛かった。失神していたのはほんのわずかの時間だったらしい。横向きに去っていく、三人のうしろ姿が見えた。もっとも横向きになっているのは私のほうだったが。

この短い時間に、伸びている私を好きにしたらしい。顔も腹も手足も、痛くないところはなかった。唾《つば》を吐くと血で赤い。右上の奥から二、三本目の歯がぐらぐらしていた。身を起こそうとして、再び失神しそうな激痛が走った。折れかけていた肋骨がとうとう音をあげたらしい。この痛み具合は完全に骨折したようだ。

起き上がるのをあきらめて、しばらく寝ていることにした。寝ているついでに尻《しり》のポケットを探った。かすかな期待は裏切られた。半月分の給料が入った、つまり全財産が入った財布がなくなっていた。

私には、起き上がってやつらを追いかける体力も残っていなかった。

道の端まで這《は》っていって、ごろりと寝転んだ。起き上がれそうになかった。

時折、酔っぱらいか水商売関係の人間が通るが、飲んだくれが寝ているとしか見えないのだろう。関わりをさけて声もかけない。根掘り葉掘り聞かれるよりはましかもしれない。

それに引き替え、あの夜の早希の行動は、今にして思えば英雄的だった。

あまりいつまでも寝転がっているので、とうとう近所の人間が通報したらしい。派出所の警官が二名近づいてくるのが見えた。このタイミングの遅さからして、殴られている私を救おうとしたとは思えない。猫の死骸《しがい》を引き取ってもらうのと同じ感覚かもしれない。

「あんた、大丈夫か。酔ったのか」

心配している声には聞こえない。初めから酔っぱらいが管をまいていると決めこんでいる。たしかに、それほど見当違いなわけでもない。

「酔ってはいるが、起きられないのはそのせいじゃない」

精いっぱいやせ我慢して声を出した。本当はしゃべるのも億劫《おっくう》だった。

二人顔を見合わせて苦笑いしている。どうせ、酔っぱらい特有の屁理屈《へりくつ》だと受け取ったらしい。

「ほら、こんなところに寝てちゃしょうがないだろ。家《うち》どこ?」

などと言いながら二人で私を立ち上がらせようとした。無神経に腕を引っ張られたり、腰に手をまわされたりして、激痛が走った。

「ぐぐ」

再びしゃがみ込んだ私の様子を、さすがに変だと思ったのか、二人は怪訝《けげん》な顔つきでのぞき込んだ。

「あんた、口から血が出てるぞ」

「どうしたんだ。服もえらく汚れてる」

下手な漫才のようなとぼけた二人の掛け合いに応《こた》える気もなくなった。

塀に寄りかかったままの私の身体をあちこち点検しては、今さらのように、「こりゃひどい」などと言っている。

痛いのと、酔ったのと、面倒くさいのとで、彼らに何を聞かれてもいい加減に答えた。若いほうの警官はそれでも無線機を使って救急車を手配してくれた。更には、自宅に電話がないと言うと、同居人に直接伝えてくれるという。

私が出会った警官の中で三本の指に入るくらい親切な若者だ。

二度ほど救急車に同乗したことはあった。自分が主役として乗るのは生まれて初めての体験だ。

寝心地の悪いベッドでゆられながら、病院に着くまでの間、ずっと同じことを考えていた。あの三人とこんな場所で出会ったのは偶然だろうか。それともやつらは私がここにいることを知って、待ち伏せしたのだろうか。だが、なんのために。

頭の打ちどころが悪かったのか、いくら考えても明快な答えは浮かばなかった。

24

左頰が切れていて、縫うことになった。

医者が、釣り針のチャンピオンみたいなものを取り出すのを見て、都合のいいときだけ拝む自分専用の神様に思わず祈った。もちろん、聞き届けてもらえなかった。

三度目に針を刺されたとき、来週生きていたら絶対に献血に行くから今すぐこいつを止めてくれ、ともう一度祈った。今度はどうやら祈りがきいて、結局四針で済んだ。

肋骨は骨折していた。今度はサポーターの親玉のようなしろものを胸に巻かれるはめになり、仮面ライダーの悪役みたいな動きしかできなくなった。

抗議しようと思ったそばから、

「あんた、手術しないで済んだのは運がよかったんだよ。あんまり無茶すると死ぬよ」

と医者に脅され、引き下がった。

ひととおり、傷の手当てを終え、ベッドで寝ていると人相の悪い男が二人入ってきた。知らない顔だった。最近再びお近づきになった対極にあるはずの二つの世界は、どうも人相だけでは見分けることが難しい。この二人は膝《ひざ》が出たスラックスをはき、装飾品といえばひとりがごくありきたりの結婚指輪をはめているだけだ。刑事に違いない。

身元だけは正直に告げたが、怪我の原因は「転んだ」としか言わなかった。手を焼いた刑事が、私が被害者であることを忘れて脅しはじめたとき、連絡が入った。

連絡を受けたひとりが相棒にぼそぼそと何か告げた。二人の態度は急変し、示し合わせたかのように同じ視線を私に向けた。そのまま、口をきくのもけがらわしいといった感じで出て行ってしまった。

入れ替わるようにして、石渡氏が入ってきた。

私のありさまを見て、驚いたように言った。

「顔を合わせる度に、痣《あざ》だの傷だの増えるような気がしますね。来週あたりはＩＣＵですか」

「あまり、冗談には聞こえない」

情けない声になった。

石渡は、なぜか悲しそうな目をしていた。

「室戸という名の刑事が来ました。貴方《あなた》のことを色々聞いていきました。差しさわりのなさそうなことは正直に話しました」

私は軽く瞬《まばた》いて、了解の意を表した。

石渡はもう一度私の顔をのぞき、ケットをはいだ。病院お仕着せの寝巻きの中は、母親にも見せたくないようなみっともない姿だ。肋骨《ろっこつ》が一本折れ、さらに二本折れかけているとはいえ、こうあちこち包帯だの湿布だらけなのは、在庫が余っていたとしか思えない。まるでコメディ映画に出てくる怪人のような恰好《かっこう》を見ても、くすりとも笑わなかったのはさすが石渡だ。

彼は、ケットをもとどおりにしながら、ぽつりと言った。

「私にも責任はあります」

「責任？　どんな」

「少し長くなりますが」

そう前置きして話しはじめた。

今夜は身動きがとれない。私は楽な姿勢をとってから、言った。

「その前に、ちょっと喉《のど》が渇いた。ビールか水か、どっちか手に入りやすいほうを一杯もらえないだろうか」

25

「私はバルビツール系睡眠薬の依存症でした」

私に水を飲ませてくれたあと、石渡氏が、今日の平均株価でも伝えるような口調で言った。私は黙ってうなずいた。感づいていたと言葉にしなくても、石渡は察しているだろう。

「今はやめています」

先を促す意味で、もう一度軽くうなずく。

「ご存じだと思いますが、あれも耐性があって、だんだん量をふやさないと効かなくなってくるんです」

「そうらしいね」

「酒の量も増えました」

アルコールやある種の薬物には交叉《こうさ》耐性といって、ほかの物質にまで耐性ができる性質がある。よく、『酒飲みには麻酔が効かない』というあれだ。石渡がいくら飲んでも酔わないのは知っていた。

「最近では処方してくれる病院は減りました。大きいところはまず無理です。それに、一度に処方してくれる量や種類では足りない。ダブって処方させるため、いくつもの病院を回るのも手間と時間がかかる。多少ワリ高でも、簡単に買える方法を選びたくなる」

　黙ってうなずく。

「境南市にある『ブルーノート』というジャズ喫茶はご存じですか?」

　私は知らなかった。少なくとも私が現役だったころには捜査の対象になった記憶がない。そのままを伝えた。

「わりと新しいのかもしれません。私自身は五年ほど前、この市に越してきてからのメンツですから」

「なるほど」

「その店では、バルビツールからマリファナあたりまでは手に入りました。シャブやコカインはなかったですね。もっとも私はミン剤専門でしたが。――その店には、手入れの情報が漏れていました。危険な日は一日中ヴォーカルがかかるんです。普段はインストゥルメンタルといって楽器の演奏だけです。店の前まで行ってダイアン・リーヴスがかかってる日は寄らずに帰りました。ま、私の場合見つかってもほとんど罪にはならなかったでしょうが、面倒は嫌いだった」

薬の話は理解できるが、ジャズはわからない。なんとかリーブスというのは男の四人組じゃないかと思ったが、話題に出すほどのこともないだろう。

「売り手も客として先に店に入り、隅のカウンターに座っている。あとから、運び屋の若いのが入れ替わりで荷物を届けにくる。だから、知った人間が見ればウリがはじまるときがわかる。まあ、そんなことはどうでもいいですね。ともかく、その運び屋の中に女がひとりいて、わりと目鼻立ちがはっきりした、男の目を引きそうな女でした。ミン剤専門に運んでいるようでした。なぜ、こんな目立つ運び屋を使うのか、不思議に思って、少しばかり観察した覚えがあります。まあ、そのときは別段、だからどうということもなかったのですが、それから三年くらい経って、つまり一昨年《おととし》ごろですね。偶然、道端《みちばた》でその女を見かけました。同年代の女の友人としゃべりながら歩いていました。二人とも目を引くタイプだったので、すぐに気づきました。もちろん、向こうは気づかなかったと思いますが。その運び屋の女と一緒に歩いていた女性に、先日偶然にも会いました」

　私に視線を落とした。

「誰だと思いますか」

「運び屋の友人？」

「ええ」

　そう聞かれるからには、想像はついた。

「高瀬早希？」

「そうです」

「最初の日から気づいてた?」

「ええ、あなたが連れてきた——というのかな、最初の晩から。でも、知ってる理由が理由ですから、自分から言う気にはなれませんでした」

「どうも、あなたにしては珍しくみんなと談笑したりしてると思った」

「向こうでも覚えているか、たしかめたかったんです。それと、いったい何をしに来たのか」

「知らなかった?」

「ええ、そぶりも見せなかったですね。芝居ではないと思いました。本当に偶然だったんでしょう。まあ、繁華街といってもしょせんは地方都市です。尾木さんみたいに毎晩飲み歩いていれば、堅気じゃない人間には、あらかた出会う機会はあるでしょう」

今夜の彼は妙に饒舌《じょうぜつ》だった。私に何を告げに来たのか。話の内容にも興味はあるが、同時にそちらが気になった。

「彼女が逃げていると聞いたとき、当然ながら相手は堅気じゃないだろうし、場合によっては薬がらみかな、と感じました。そのときに私が話していれば、尾木さんも巻き込まれずに済んだ可能性が大きい筈《はず》です。そのことで責任は感じています」

「そういう発想は石渡さんらしくない。私は偏屈だから第三者から聞いた身の上話で、態度を変えたりしませんよ。だいたい、昔のことなど言えない身体ですから。それより、その『運び屋』というのが二宮里奈でしょうか」

「人相を聞いたかぎりでは、そうだと思います」

「なるほど」

「ついでに言うと、あなたを殴ったという木村という名の大きな男に心当たりがあります。人相風体を聞くと、その『ブルーノート』で売買がある日によく見かけた男だと思います。いざこざがおきたときの収め役だったんでしょう。そして、その女が二宮里奈だとすると、二人は顔見知りのようでした。男と女の仲というのではなく、仕事の上のパートナーに見えました」

「なるほど」

ぼんやりとした想像にすぎなかったことが裏づけられた。人間関係も次第にはっきりしてきた。近川にかましたはったりも間違っていなかった。

「黙っていたことをお詫《わ》びします」

私は笑って首を横に振った。これでお詫び問題は終了だ。もう、石渡も口にすることはないだろう。私は独り言のように続けた。

「二宮里奈と木村が顔見知りだった、ということになると少し面白くなってきた。でも、里奈と木村が今でも仕事だけの仲とはいえないかもしれない。何年もパートナーを組めば、深い仲にならないほうが不自然だ。まして、そんなにいい女なら。……こういうのはどうです。自分の女と早希が友人だった。その早希が会長の甥《おい》っ子を殺した可能性がある。あわてて、里奈を会長の目の届かないところに隠した」

「隠したかもしれません。しかし、深い仲ではないでしょう。たぶん今でも」

今でも?……私は、歯切れの悪い言い回しにひっかかった。石渡の目を見た。悲しい色をたたえていた。

我が家の居候全員に共通しているのは、この目の色だ。彼ら自身は気づいていないかもしれない。自分たちにどういう共通項があるのかと不思議に思っているかもしれない。共通しているのは、この沈んだ黒い目だった。あの、能天気にしか見えないジュンペイでさえ五月晴れのような瞳に影のさすことがある。

その目を見て、私は理解した。

おそらく木村は石渡と同じ習癖をもつのだ。私が理解したことを石渡も察知したようだった。ちいさくうなずいて言った。

「二、三度しつこく誘われたことがあります。もちろん、相手にしませんでしたが」

私は話題を変えた。

「売人の用心棒から、組長のボディガードとは、随分出世したもんだな」

石渡は嘆息して、中空を見ている。二枚目というのは、どんな表情も絵になる。絵になりすぎて、真剣みが足りないような気がするときもある。それはそれで損をしているのかもしれない。

私は、ふざけた調子で言った。

「実際はボディガードなんて呼ぶほど恰好《かっこう》のいいもんじゃないが……。弾よけと力仕事専用の兵隊といったところだ。土佐犬の代わりに人間連れて歩いてるみたいなもんです」

石渡は私のその言葉には答えず、じっと何か考えていた。

「教えてもらえませんか」

私は右の眉《まゆ》を上げた。

「誰がなんのために、こんなことをしたんでしょう」

私の身体のことだ。

「私を襲ったのは、高瀬のお嬢さんと出会いのきっかけになったちんぴらです」

「それは聞きました。偶然の再会でしょうか」

「今のところはそう考えるしかない」

石渡が腕を組んで苦笑いを浮かべている。しかたなく、自分の考えを少しばかり披露することにした。

「実は、その中のひとりは檜山組の若造です。昨日木村たちを乗せていた運転手です。一軍のレギュラーが故障したので、急遽《きゅうきょ》リトルリーグから昇格したひよっこです。わからないのは、やつの個人的な判断なのか、誰かの命令なのか」

「あなたが気づいたということは、向こうでも気づいていた可能性はあります。あなたが、あの辺で調べものをしているのを嗅《か》ぎつけるのは簡単でしょう」

「しかし、昨日あの場で気づいたなら、私が組の仕事をしていることはわかったはずだ。

顔も知れている。自分たちの勝手で私に怪我をさせれば、あとでばれたらお目玉くらいじゃすまない。落とし前をつけるはめになる。構成員でもない彼らにそんな度胸があるだろうか」

「ということは、組の公認？」

「命令だとすると理由がわからない。調べろと言ったり、痛めつけたり。おかしなやつらだ」

腕を組んだ石渡の眉間《みけん》に、また皺《しわ》がよった。

「それだけ？」

石渡が不服そうに聞く。

「それだけ、とは」

石渡を見返す。

「犯人を捜せと命じられて捜した。進展がないからという理由なのか、脅し程度じゃすまない怪我をさせられた。いくら理不尽といっても、限度がある。それなのに、尾木さんは『おかしなやつらだ』で済ませるんですか？　どうしてそんなにあっさりしているんです」

「たしかに。おかしい」

石渡はあきらめたように、かるく左右に首を振った。

「その身体じゃ、もう無理ですね」

「そんなことはない。今夜寝たら、明日から再開だ。何しろ日当三万円だからな」

そういえば、三日分の日当を払ってもらいにいく必要があるかもしれない。

「二宮里奈の居所を探ってみます」

石渡が突然言った。

「どうやって？」

石渡の目は笑っているように見えた。

「心当たりがあります。店のマスターが今も替わらなければ顔見知りですから」

「それは、その……」

私が言いよどんだ質問を、石渡は察して答えた。

「ええ、そうです。『ブルーノート』に集まるのは、薬の売買が目的の人間だけじゃないんです。木村より、彼のほうが先に誘いをかけてきていました。木村の登場でやめたようですが」

石渡を止めるべきだったかもしれない。だが、私は何も言わなかった。人の心も果実と同じだ。腐りはじめると、加速度がついていく。石渡の横顔から視線をそらして、天井の無愛想《ぶあいそ》な蛍光灯を見つめた。

ときどき不整脈のようにまたたくほかは、何も語りかけてはこなかった。

26

石渡が部屋を出ていったあと、寝つけずにちかちか瞬く蛍光灯を見ていた。

あれはひと月程前のことだ。石渡が、仕事の区切りがついたとかで彼にしては極めて上機嫌のときに、「志むら」で飲む機会があった。

「私が外国の出版物に興味を持つようになった理由を聞いてもらえますか」

こちらが聞きもしないのにそんなことを言い出した。

「古酒《くうすう》一杯で聞き役をしましょう」

石渡の頬がゆるんだ。

「いいでしょう。家主さんだし。……しかし、人に酒をせびって美味《うま》いですか？」

「自分のフォークでも他人のフォークでも、食べ物の味は同じ。とかいう諺《ことわざ》がありましたね」

苦笑いが続いた。

「ま、わかりました」

私は、親爺《おやじ》に泡盛を頼んでから、代わり映えのしないツマミを口に運んだ。

「高校一年生のとき、英語の授業で翻訳という課題が出ました。英字新聞のコラムでもいい。ペーパーバックの一章でもいい。五百語以上の文章を自分で翻訳するという夏休みの宿題でした」

たった一杯のために、ふむふむ言いながら聞いていた。

「私は洋書店に行って絵本を買いました。比較的文字量が少ないけど、一冊全部翻訳した気分になれると思ったからです」

親爺が置いた泡盛をひと口ふくんだ。水と見分けのつかない液体が、喉《のど》を焼きながら落ちて行く。

「私はなんだか、その話が妙に気に入ってしまって、自分なりの絵本を作りました。それ以来外国の物語を翻訳して日本人に紹介する仕事がしたいと思うようになりました」

「なるほど。それが翻訳家になったきっかけですか」

「結果的に、そういうことになります」

ご馳走《ちそう》になった以上、もう少し聞かねばならない。

「どんな話ですか」

「『虹《にじ》売り』の話です」

「虹？　空にかかるあの七色の虹？」

「そうです」

「あんなモノが売れるのかねえ」

「まあ、絵本の話ですから」

「今度是非読ませてください」

最後に社交辞令を言った。

「いいですよ、部屋にありますから」

この話はこれで済んだと思ったが、石渡氏は真面目に受け取ったようだった。

「志むら」を切り上げて家に戻ると、彼は早速絵本を持ってきた。大事そうに抱えてきた、角や縁《へり》がだいぶすり切れている絵本を、私もうやうやしく受け取った。たいした文字数ではないので、我慢して読むことにした。

次からは、ご馳走になるのは二杯にしようと思った。

虹の話だというので、能天気に明るいハッピーエンドだと決めつけていたが、思い違いしていたようだ。彼が自分で描いたという絵も、どこか暗い感じだった。意外なことに、読みはじめると次第に引き込まれていった。

ある日、『虹売り』が町にやってきた。見たことのない変わった幌馬車《ほろばしゃ》に乗ったその男は、頑丈できらびやかな箱に『虹の種』をいっぱいに詰めていた。しかし彼は『虹の種』を売るのではなく、あるものと交換するために町を訪れたのだ。その『虹の種』というのは、土に埋めると、最初の雨が降った翌日、その場所から本物の虹が立つ。

とてもめずらしい種なので、みんななんとか売ってもらおうとする。しかし、男は金では売らない。男は種をもらいに来た人を馬車の中に招き入れて、ささやくようにこう言う。

『あなたが今までで一番悲しかった話を聞かせてください』

実は虹の種の材料は、人の悲しみでできていた。

だから話の中身が悲しいほど大きな虹ができる。男は、その悲しみの材料の中から、二割をもらってためておく。やがてそれをひとつにまとめて大きな大きな虹をつくり、お城でお祝いごとのあるときに売って金を稼ぐのが商売だった。

そして残りの八割を虹の種に変えて、話をしてくれた人に返す。

男は一週間ほど滞在した。みんな次々に悲しい話をしては、自分の土地に虹をつくってみた。

仲のよさそうな新婚夫婦の家から大きな虹が立ち上ったり、いつも泣いて愚痴をこぼしている老婆が、にんじんくらいしかない虹しかつくれなかったり、いろいろだった。

ある日、ひとりの少女が虹売りの幌馬車を訪れた。

『わたしにも虹の種をください』

両親を亡くして、親戚《しんせき》の家で育てられている少女だった。彼女はとても朗らかで、誰にも親切にして、皆から好かれていた。育てられている家の主人は町で大きな店を経営している金持ちで、やさしくていい人だという評判だった。少女はとても恵まれて幸せそうに思われていた。

だから、少女が虹の種をもらいに来たとき、みんなこう思った。

『今夜は雨だから、明日はきっと虹が見られる。あの子の腕くらいしかないかわいらしい次の朝、窓を開けた町の人々はとても驚いた。今まで見たこともないほど巨大な虹が町の空にかかっていたのだった。そしてその虹は、なんとあの少女の住む家の庭から立っていた。

人々はその意味を悟った。

それほどりっぱな虹を見たというのに、町中がまるでお通夜のように沈んだ空気に包まれた。

そしてその日以来、少女の姿が消えた。

町中の人間が総出で、森も草原も川も捜したが、どこにも少女はいなかった。

少女を育てていた金持ちの夫婦は、それ以来、店番を使用人にまかせて、ほとんど人前に出なくなった。教会にたくさん寄付をして、とても長い懺悔《ざんげ》を聞いてもらったという噂がたった。

実は、あの大きな虹ができた朝、牧場で家畜にエサをやる下働きをしている、町で一番の早起きの少年だけは、小さな女の子が、大きな虹をかけのぼっていくところを見た。ところがそれを旦那《だんな》さんに話すと、『でたらめを言うな』とモップで叩《たた》かれて信用してもらえなかった。その旦那さんは、あの金持ち夫婦の友達だった。

少年は一番なかよしの雌牛にこう話しかけた。

『そうさ、僕は知ってるぞ。あの子はお母さんとお父さんのところへ行ったんだよ。だってあんなに嬉《うれ》しそうに笑っていたもの』」

　焼酎《しょうちゅう》で焼けた胸に、別な痛みが湧いた。

　私はとっておきのカップ酒を二つぶら下げて石渡氏の部屋を訪れた。

「これ、絵本のお礼代わり」

「いや、読んでいただいて、お礼するのは私のほうです」

　ま、いいから、と言いながら、部屋に座ってカップのふたを開けた。

「悲しみでできた虹というのは意外だね」

　石渡氏は手にした酒をながめている。返事がなかったので、続けた。

「私にはどのくらいの虹ができるだろうか」

「太いかもしれませんね」

「灰色だったりして」

　石渡の目元が微笑んだ。そのまま、視線を宙に向けた。天井からぶら下がったカバーのひび割れた電灯を見たわけではなさそうだった。

「あのときの新鮮な気持ちは、どこかへ消えました」

　今度は私が答えをしなかった。

「さて」

　私は「よいしょ」と気合いを入れて立ち上がった。

「明日も仕事だ」

そう言い残して、照れ隠しにポケットに手を突っ込んで部屋を出た。

明日は、どんな虹が立つか——。

石渡には恥ずかしくて言えないが、なんとなく虹売りの話を信じたくなっていた。『虹の種』というものが、どこかに本当にありそうな気がした。しかし、手に触れたのは小銭が二、三枚だけだった。

急に気恥ずかしい気持ちがして、小銭をジャラジャラ鳴らしながら階段を降りた。

27

人の気配に目覚めた。看護師が、ぶら下がった点滴液を取り替えている。虹の話を思い出しながら、いつのまにか寝てしまったようだ。外はうすぼんやりと明るい。もう夜明けだろうか。

「今何時ですか？」

看護師に聞く。壁の時計を見るには寝返りを打たなければならない。そんなことも億劫《おっくう》だった。

「そろそろ六時です。食事はどうします？　お腹空《す》いたんじゃありません？」

たしかに、腹がへっていた。呑気《のんき》な話だ。

枕元のワゴンに載った花束が目にとまった。

「これは？」

「昼間、女の方が見えて活《い》けていかれましたけど」

誰だろう。恭子か。

何を思って花束など買ってきたのか。そういう感情があるとは意外だった。一見豪華な感じはしたが、二、三本元気のない花がある。少ない手持ちの中から見切り品を値切って買ったのかもしれない。恭子にはふさわしくない行動だが、私を思ってしてくれたことだ。

猛烈な尿意を感じて我に返った。動きたくない気分だが、これぱかりは他人には頼めない。やむを得ず身を起こしながら尋ねた。

「今日、退院できますか」

「さあ、私にはわかりませんけど、今日はもう無理でしょうねえ。この時間だと」

彼女は内向きにはめた腕時計に目をやりながら答えた。

「もう？」

もう、とはなんだ。そういえばさっきは「昼間来た」などと言っていた気もする。

窓の外をもう一度よく見る。夜明けではなかった、夕暮れだったのだ。一日中寝ていたことになる。なんてことだ。丸一日無駄にした。だるいなどとは言っていられない。あわてて起き上がり、ベッドから足を投げ出した。

「いや、困る。今すぐ退院させてくれ。手続きなんか明日だっていいだろう。とにかく……」

私の態度の豹変《ひょうへん》ぶりに、ぽかんと口を開けている看護師をあとにして部屋を出ようとした。

「あ、ちょっと待ってください。いくらなんでもそんな急に……」

看護師があわてて引き止める。私は振り向いて答えた。

「違う。まずはトイレだ」

ようやく人心地がついて部屋にもどると、来訪者が待っていた。この忙しいときにあまり歓迎したい顔ではなかった。

「随分派手にやってるな」

室戸がかすかに笑った。

「最初に言っとくが、ここは禁煙だ」

「大人しくしていられんなら、こっちにも考えがある」

聞き飽きた脅しは無視した。

「おたくの若いのに言ってくれ、被害者にはもう少し丁寧な応対をするように」

「何が被害者だ。ふざけるな。昨日寄った二人が、『ばかにしたような態度をとって非協力的だった』と言ってる」

「歯が折れたんで、よくしゃべれないんだ」

「残りの歯も折ってやろうか」

愛嬌《あいきょう》のある顔を近づけてきた。仰《の》け反ろうとしたら、ベッドのパイプに頭が当たって大げさに痛がるはめになった。

「遠慮しとく。俺は八十歳まで自分の歯でかめるよう気を遣っている」

室戸の顔つきを見ると、唾《つば》でも吐きそうなので私はあわてた。ここは病室だ。さっき煙草と一緒に注意しておけばよかった。

「お前、高瀬のマンションだの、その友人とかいう女のマンションのあたりを嗅《か》ぎまわっているらしいな。なんのつもりだ」

「彼女がホシではないことを、たしかめようとしている」

「余計な真似をするな」

脅すたびに息がかかる。

「あの女の代わりに、お前をしょっぴいてもいいんだぞ。誰も反対はしないだろう。いいか、スピード解決のおかげで、帳場もたたずに済んだ。本部ができりゃ、お前の元のお仲間がやってくる。恥の上塗りをしなくて済んだんだ。感謝して欲しいくらいだ」

あの夜、自分が考えたとおりのことを室戸が言った。他人の口から聞かされると、新しい考えが浮かぶこともある。

「なるほど、それも理由か」

「県警の連中が乗り込んできて主導権を奪われる前にホシをあげたかった」

室戸の左の眉《まゆ》がぴくりとあがった。そのままにやりと笑った。笑顔がさわやか過ぎて、本心がつかめない。

「どういう意味だ」

「つまらんことを考えてると、また転ぶぞ。こんどはそのよく回る頭を割らないように気をつけろ」

もう一度笑みを浮かべ、出て行った。

28

医者は止めたが、強引に退院手続きを迫った。最後に、「二泊以上しても金は払えない、踏み倒すしかない」と言うと、しぶしぶ認めた。

昨日、石渡が「返すのはあとでいいから」と置いていった金で支払いを済ませた。夜間の窓口に「精算は明日です」などと言われて、有り金のほとんどをむしりとられた。犯罪被害者といえども、とりあえずは自分で病院代を支払わなければならない。

身体と相談して、タクシーを呼んだ。このところすっかり浪費癖がついてしまった。石油王ではないのだから、明日からは倹約しよう。

家に着いたのは午後の八時半だった。

恭子が無表情な顔を見せた。ジュンペイはすでに仕事に出かけたのだろう。今日はたしか遅番で夜中の帰宅のはずだ。

「おかえりなさい」

恭子が事務的に言った。私は努めて明るく応《こた》えた。

「大丈夫。かるい怪我です。病院も金をとろうとして無理にひと晩泊めたんですよ」

「そうですか」

それ以上追及して聞かないのが恭子のよいところだ。最近、そのクールさに磨きがかかって、石渡氏を凌《しの》いでいるような気さえする。

さて、その石渡だ。恭子に様子を尋ねると、

「昨夜遅くに帰られて、今日はほとんどお部屋に籠《こも》ったきりです」

再び事務的に言う。

「恭子さん」

「はい?」

洗い物をはじめていた恭子が顔を半分こちらに向けた。

「いや。なんでもないです」

この先どうするつもりだ? などと聞いてみても、意味がないかもしれない。

蛇口からひねり出した水を一杯飲んで、階段を昇った。

昨夜、石渡の身の上に起きたかもしれないことを、私の中では察している部分があった。階段を昇るとき、とても息苦しかったのは怪我のせいばかりではないだろう。

彼は床に座り、壁に背をもたせかけていた。

やや顔をあげ、目を閉じ、何かの考えをまとめているようだった。

ほんの一日前とは別人のように無表情な顔の、目と頬骨のあいだに浅黒い影を作っていた。

それは修行者が瞑想《めいそう》している光景を連想させた。私はひと言も口を開かずに、壁際の床に座り、待った。

空気は痛みに満ちていた。

ずいぶん長く感じられたが、おそらくは数分ほど経って、石渡が言葉を発した。瞼《まぶた》は開いたが、視線はいまだ上空にあった。

「二宮里奈のことが少しわかりました」

軽々しく「それで、どうなんだ?」とは聞けなかった。彼がしゃべるにまかせた。話すからには、必要なことはもれなく話す男だ。

「彼女は檜山景太郎の女です。つまり、愛人という意味です。運び屋のアルバイトはとっくにやめて本多町のクラブのママに納まっています。姿を消しているのは警察に呼ばれて余計なことをしゃべられてはまずいので、どこかに隠したのでしょう」

私はただうなずいた。石渡が続ける。

「組長の愛人を、殺人事件の証人なんかで出頭させるのは、みすみす警察に獲物を差し出すようなものですからね」

ようやく視線を私に向け、私が想像もしていなかった事実を口にした。

「二宮里奈は、少なくとも四年前までは木村里奈という名だったそうです」

石渡も私もしばらく、口を開かなかった。私の崩れかけた脳細胞が懸命に活動している。あちこち霞《かすみ》がかかっていた事実関係に日が射してきた。

「あまり役にたてませんでした」

私が黙っていることを、誤解して受け止めたのだろうか。

「とんでもない。大変な進展です」

石渡の頬のあたりを見ながら、「どうしてそんなことをした」というせりふが、何度も喉《のど》まで出かかった。努力して、どうにか呑《の》み込んだ。私にその言葉を発する資格はない。

「ありがとう」

出たのは、それだけだった。もう、充分だ。彼をひとりにしてやるため、部屋を出ることにした。だが、ひとつだけ確認しておかなければならないことがあった。

「その情報の出どころは、例のジャズ喫茶のマスターですか」

石渡が二度瞬いた。

私も無言でうなずいて部屋を出た。

石渡氏が「ブルーノート」のマスターと関係を持ったことは明白だった。初めから肉体を代償に与えるつもりだったのか、話の流れでそうなったのか、あるいは完全に暴力的に制圧され逆らう余地もなかったのか。そのマスターと面識さえない私には想像することもかなわない。

いずれにしても、本意でなかったことは間違いない。石渡は、自分が黙っていたことで招いた事態を悔いていた。私は気にするなと言い、彼も納得したと思っていた。だが、彼の行動をまったく予想していなかったと言えば嘘だ。

わずかばかりの情報と引き替えに、あの端然とした男の誇りが汚れたかと思うと胸の締めつけられる思いだった。

もう、終わりにしよう――。

自分の気まぐれを通すために、最後の家族をこれ以上傷つけるわけにはいかない。早希を早く出してやることと同時に、石渡の無念をも晴らしてやろう。

早希にアリバイがあることはほぼはっきりした。二宮里奈の行方がようとして摑めなかったのは、やはり檜山が隠していたからだった。檜山のもってまわったような口調もこれで納得がいく。

やつらは、いや少なくとも檜山は、早希が犯人ではないことは知っているが真犯人が誰かまでは摑《つか》んでいない。そういうことなのだ。

何はともあれ、その二宮という女に会うことだ。会って、早希のアリバイを証言してもらう。私は、木村に会いに行くことにした。古くさい言いかただが、虎の子供はやはり虎の穴に入らなければ捕まえることはできないのだろう。

もう、自分以外の人間が汚れ悲しむのはたくさんだ。

29

檜山興業の所在地、すなわち、檜山組長の自宅は現役のころから知っていた。

県下でも指折りの住宅一等地に、三百坪ほどの邸宅を構える。

敷地の奥まったところに三階建ての住居用建物。周りをぐるりと高い塀が囲み、通りに面して形ばかりの檜山興業の事務所用建物がある。ここを通り抜けないと、住居へはたどりつけない構造になっている。つまり、事務所は番人のいるちょっとばかり大きめな門といったところだ。

今日会いにきたのは会長自身にではなく、やさしげな顔つきのわりに人をいたぶるのが仕事のでかい坊やにだった。木村が詰めていることは確認してあった。

近川とは連絡がとれていない。その後、二度ほど教えられた携帯の番号にかけたが、繋《つな》がらなかった。生まれて初めて、伝言というものを吹き込んだが返事はない。よほど急がしいのかもしれない。初七日の法要はすでに明日に迫っている。どういう決着にしろ、そろそろ肚《はら》をくくらなければならない。

私はひとりぼっちだった。都合よく、昔押収して隠しておいた拳銃《けんじゅう》が簞笥《たんす》の奥から出てきたりもしない。凶器の類《たぐい》は何も身につけていない。半端なものを隠し持ったところで意味がない。

「檜山興業」とシール印刷の入った重いサッシのドアを開けた。願わくは、ここから自分の足で歩いて出たいものだ。

「ごめんください」

事務用の机が三つ。応接セット。テレビ。神棚。冷蔵庫。キャビネットに洋酒。応接セットに身を投げ出してテレビを眺める若いのが二人。とっさにそれだけを見て取った。

「どちらさん？」

襟のながい、シルクのようにてかる真っ赤なシャツを着た、頭を刈り込んだ男がじろりと睨んだ。眉毛《まゆげ》がほとんどない。目つきも確かに悪いが、今ひとつ迫力に欠ける。

「木村さんに会いたい。尾木といえばわかる」

二人は一瞬顔を見合わせた。下手を打って木村の兄貴にどやされないようにしないと、二人の顔にそう書いてあった。

「約束あるんすか」

さっきとは別の、Tシャツの上からスーツを着込んだ、金髪オールバックの男が聞いた。こちらの正体が不明なので、言葉遣いがやや丁寧だ。

「いや。ないが、是非会いたい。尾木が大事な用件だと言ってると伝えてもらえないか」

「大事ってのは、どんな用件で？」

オールバックが組んでいた足をほどいて、やや身を乗り出した。

つけっぱなしのテレビでは、ワイドショーらしきものをやっていた。司会をするお笑い二人組が、ゲストのタレントと掛け合いをしている。さかんに観客席から爆笑がおきる。笑い声しか理解できない。脇見をしたのは一瞬で、すぐに我に返った。

「内容は本人でなければ言えない」

本来なら、「舐《な》めたこと言ってるんじゃねえ」という展開になるのだろうが、木村の客と名乗ったことで、迷いがあるようだ。二人で顔を見合わせている。追い返してあとで叱られるのと、取り次いでどやされるのと、どちらが被害が少なそうか、必死に計算しているようだった。

正直言えば、あまり長い時間立っているのはつらい。助け船を出してやることにした。

「大丈夫だ。取り次いでもあんたらを殴ったりはしない。何しろ、俺をいたぶるのが趣味なんだから。喜んで来るさ」

また、顔を見合わせている。そうしているあいだに自分で行くぞ、と言いかけたとき、ようやく赤シャツが立ち上がった。

「とにかく、話だけはしてくる」

最後に、眉毛のない目で私をじろりと睨《にら》んでから、ドアの奥へ消えた。

五分と経たないうちに、勢いよくドアが開いて木村とさっきの若造が入ってきた。

「何しに来た」

木村が二歩で私の前にそびえた。いつ見ても、私の身長より少なくとも十五センチは背が高い。

「誰も来いとは言ってない」

私の目を見下ろして言った。髪は短く刈りあげ、染めてはいない。眉毛もしっかりある。キングサイズという点を除けばどこにでも売っていそうなコットンのシャツをごく普通に着ている。両脇で突っ立っているチンピラよりよほど堅気に見える。それでも、二人合わせたより存在感があった。

「聞きたいことがあって来た。ちょっと話できないか」

「なんの用だ。報告は新藤さんにすることになってるんだろう?」

「折り入ってあんたに聞きたいことがある。新藤がいないほうがいいこともあるだろう?」

いきなり、ボディブローをくらった。サポーターを身につけていても関係なかった。息が止まった。肋骨《ろっこつ》にも響いた。私はホコリだらけの床に、身体を二つに折って転がった。しばらく、声も出なかった。出すつもりもなかったが……。

呼吸を整えることに精神を集中した。顔の縫い傷までずきずきしてきた。

「だせえ。なんだぁこのオヤジ」

若造のどちらかが、茶化したように言った。

「連れてこい」

へらへら笑っている二人に言い残して、木村が部屋を出ていった。私は、ようやく息が吸えるようになったところだった。

「立てよ、オラ!」

我に返った赤シャツが私の背中を蹴《け》った。さっき、私に丁寧な口をきいてしまったのが、口惜《くや》しいのかもしれない。

蹴られなくとも、いつまでもこんな汚い床に寝そべっているつもりはない。むせながら、膝《ひざ》立ちになった。

「さっさと立てよ。グズグズしてんじゃねえよ」

金髪が私の太股《ふともも》のあたりを蹴った。二人とも、早くつれていかないと木村に殴られる、それだけを心配しているようだった。

私もどうにか自力で立ち上がり、両腕を二人に握られて部屋を出た。似たような光景を昔見たと思った。ああ、そうだ。逆だった。相棒の刑事と二人で容疑者をがっちり摑んで何度も搬送した。その記憶が蘇《よみがえ》ったのだった。

ドアの向こうは廊下だった。これも防衛の意味だろうか、随分狭い廊下だ。右と左に分かれている。左を見ると出入り口のようだ。はめ込んだガラスが明るい。それとは逆の右に曲がるよう指示された。突き当たりにひとつのドア。右手にもドア。突き当たりのドアの前までつれて行かれた。オールバックがノックする。

「連れてきました」

「そいつだけ入れて、お前らは戻れ」

「うっす」

「失礼します」

元気良く返事をして帰っていった。私はドアノブをまわして部屋に入った。

これもどこかで見た部屋だった。

懐かしいような息苦しいような感覚が一度に湧いた。ひとつ深呼吸して、ぐるりと見回した。灰皿しか載っていない事務机。パイプ椅子が四脚。格子の塡《はま》った窓。一切調度品や装飾などない。

そうだ。かつての勤務場所。ここは取調室によく似ていた。

窓を背にして、木村が座っていた。

「座れよ」

私はパイプ椅子をひとつ、机の前に引き寄せて腰をおろした。どうやらただの土佐犬代わりではなさそうだった。

「それで、もう一度用件を聞こうか」

「その前に……」

それを言っただけで、息が切れた。

「俺はばかじゃない。……いや、違った。ばかかもしれないが話は通じる。何かというと腹を殴るのはやめてくれ」

木村の唇がニヤリとゆがんだ。

「俺だって、殴る趣味はない。仕事でやってる。さっきは若いモンの前で舐めた口をきくからだ。舐められたままにしては示しがつかない。目下の人間の前で、俺たちに生意気な口はきかないほうがいい。痛い思いが嫌ならな。それに」

蔑《さげす》むように笑った。

「そうとう手加減してやった」

たしかに、手心はくわえてくれたようだ。だがそれでも普通の人間の力任せとかわらない。

「道理でしょんべんみたいなパンチだと思った」

「ふざけたことを言ってると、マジで生ゴミにするぞ」

「新藤は、いちいち殴らない」

木村の笑いが消えた。

「あの人のことはほっとけ」

おしゃべりを楽しみに来たわけではない。本題に入ることにした。

「二宮里奈のことだ」

木村の目が無表情になった。ただ、じっと視線を合わせている。

「彼女と話がしたい」

なんのことかわからないという問答が二度続いた。

「時間がもったいない。大事なことなんだ」

「むりだ」

吐き捨てるように言った。手は出なかった。趣味で殴っているわけではない、というのはまんざらうそではないのかもしれない。

「なぜ？ どうして隠す。彼女の証言があれば、高瀬という女の子の無実が証明される。あんたらが興味あるのは本ボシだろう。彼女を出してやってもいいじゃないか」

「お前、あの高瀬とかいう女のなんだ？」

お前こそ、二宮里奈とどういう関係だ。と言ってやりたかったが、今はまだ切るべきカードではない。

「特別な関係はない。なりゆきで、三日ばかり泊めることになっただけの清い間柄だ。もう五百回も同じことをしゃべっている。そろそろ、うんざりしてきたから、全国紙に広告を打とうと思ってる」

木村は睨んでいたが、しつこく追及はしなかった。

「あの高瀬とかいう女がホシじゃねえなら、余計にそんなわけにはいかない。サツはあの女がやったと思っている。その間に本ボシがふらふら出てくるかもしれねえじゃねえか。第一、里奈を証人としてサツにあずけるわけにはいかない」

木村の答えは、想像していたとおりの理屈だった。だが、どうしてもいまだに腑《ふ》に落ちないことがある。

「しかし檜山も、俺ひとりで犯人をあげられるなんて正気で考えているのか？」

「これは本当は秘密だが、教えといてやる。あんまりヤケクソになられても困るからな。新藤さんが、別に興信所を雇って調べている。今、五人くらいはりついている。聞くところじゃ使える連中らしい」

なるほど、そういう裏もあったのか。

「それで少し安心した。ところで、最初の話にもどるが、二宮里奈の居どころを教えてくれないか。もしくは会えるようお膳立《ぜんだ》てしてくれないか」

「むりだな」

「なぜ？」

「命令だ」

「誰の？」

木村が無表情に言った。

「言えるか」

「新藤か？」

自分でも懲りない男だと思う。あちらこちらで殴られているうちに、そういう趣味が身についたとしか思えない。案の定、木村が目を細めた。

「死にたくなかったら、それ以上はやめとけ。新藤さんは会長とは違う。霧駒山なんて呑《のん》気《き》なことは言わねえ。二時間後にはコンクリ着てどっかの埋め立て地の土の中だ」

「覚えとく」

「今日来たことは新藤さんにはだまっといてやる。さっさと仕事に戻れ。ぐだぐだ言ってると、お前が何か余計なことを嗅《か》ぎ回っていると報告する」

坊やと呼んだのは悪かった。図体《ずうたい》だけのごろつきとは違った。しくじらなければ、将来幹部に昇れるかもしれない。よほど運が良くて、怪我もしないで、妬《ねた》まれず、綱が渡れたらの話だが。

「わかった。もう一度話を戻すが、何なら檜山会長に話してもいい。今から話を通してくれ」

「お前も相当しつこいな。俺もさすがに殴るのに飽きた。もうあきらめろ。代わりにひとつ教えてやる。組のモンのあいだじゃ秘密でもないからな……」

にやりと笑った。

「二宮里奈は会長のコレだ。お前みたいな薄汚い男に会わすわけにはいかない」

そう言って、小指を立てて見せた。

これ以上は無理だろう。あと一発脇腹を殴られたら、本格的な入院になってしまうかもしれない。手を変えて出直すことにした。石渡が誇りと引き替えに手に入れてくれた札は、まだ切らずにおくことにした。

「帰ってもいいか？」

「好きにしろ」

帰りかけて振り返った。

「たった四、五年で、薬売りのボディガードからえらい出世だな」

顔色がずっと変わったが、立ち上がって殴ってはこなかった。今日は誰か身内の命日なのかもしれない。


出入り口の事務所には、さっきのちんぴらがまだテレビを見ながらソファに身を投げ出していた。

私が入っていくと二人の目つきが陰険になった。私はかまわず、どっかとソファに腰をおろした。

「木村さんとは、ちょっとした行き違いがあったが、理解しあえた。俺たちはパートナーなんだ。なんなら、聞いてみるといい」

そう言って、木村のいた部屋のほうを顎《あご》でしゃくった。二人は、無理矢理ピーマンを茶《ちゃ》碗《わん》に載せられた子供のような顔をした。

「これからも、仕事の件で何度か顔を出すことになると思うがよろしく」

二人は顔を見合わせるだけで返事はしない。

「しかし、二宮里奈ってのはいい女だよな。会長のナニじゃ、手出したら命ないけどな」

こんどは何を言い出すか、という表情で私を見る。

「お互い、はやく金でも貯めてあやかりたいもんだよな。俺なんかたまに安ソープ行くらいでせがれがかわいそうでしょうがない」

「くだらねえこと言ってんじゃねえよ」

眉のない赤シャツがようやく苦笑いした。それを待っていた。

「そうだな。つまらんこと言った」

立ち上がり帰りかけて、思い出したように振り返った。赤シャツに五千円札を出した。

「そうそう……」

ある名前を口にした。

「あの旦那《だんな》に小銭借りたんだ。今度来たときでいいから、この中から三千円返しておいてくれないかな。のこりは手間賃だ」

赤シャツがしかめっ面をしながら、手を伸ばした。

「このばか」

金髪スーツが横から止めた。

「待ってろ、木村さんに相談してくる」

金髪が席を立とうとした。
「ま、そうだな。自分で返す。聞かなかったことにしてくれ」
手を出しかけてぽかんとした赤シャツと、中腰でこちらを睨《にら》んでいる金髪を残して、さっさと事務所をあとにした。

30

檜山の事務所から帰る途中、電車の窓ごしに例の陸橋が見えた。私はひとつ手前の駅で下車することにした。リミットの初七日は明日に迫ったが、もう聞き込みなどする気にはなれない。ただ、この騒動のはじまりになった陸橋に、もう一度行ってみたい気がしただけだ。

通行禁止のロープははずされ、時折自転車に乗った主婦や小学生が通っていく。久保が地面と衝突した場所にあった花束は何者かに荒らされていた。酔っぱらいのいたずらか、学生の悪ふざけか、それとも生前恨みを買った女か。豪勢だった花束は、折れたりちぎれたりした無残な残骸《ざんがい》をさらしていた。

やはりこんな場所に用はなかった。久保の魂でさえ、今さらこのあたりに漂泊などしていないだろう。早く帰って、皆の顔を見たい。めずらしくそんな感傷的な気分になりかけたとき、歩き出した足がとまった。

ジュンペイは、今日は非番のはずだった。

昨夜の夜勤が最後で、二日ほど仕事にあぶれる、そう言っていた。そのときは深い意味を持たなかったが、今は違う。ジュンペイに、二宮里奈を捜すのはもうやめろと、はっきり釘《くぎ》をさすのを忘れていた。今朝、私が家を出るときはまだ寝ていたが、起きればじっとしていないだろう。おそらく昨日の続きの探偵ごっこに出かけるに違いない。私は数秒間、立ち尽くしていた。自分のばかさ加減に、我を忘れていたのだ。

とにかく、一刻も早くジュンペイを捕まえなければならない。しかし、どうやって連絡する。家に電話はない。石渡が携帯を持ってるが、番号を暗記しているわけではない。そもそも、すでに家にいない可能性が強いのだ。里奈のマンション近辺に直接行くのが確実かもしれない。あのあたりをうろちょろしているはずだ。やつが元気にしていて、無駄足になったらそれでいい。ポケットには石渡に借りた治療費の残りがまだ数千円入っている。私は、最初に通りかかったタクシーを呼び止め、里奈のマンションの場所を告げた。

近くを探すといっても、当てはない。とりあえず、警察が来るような傷害沙汰《ざた》が起きていないかを見回ることにした。

マンションの敷地をぐるりと廻《まわ》る。ここは静かなものだった。次に北へ延びるこぢんまりした商店街に向かった。コンビニ、スーパー、花屋、パスタ屋、そんなものが並ぶ。通りを歩きながら交差する道もたしかめる。一ブロック歩いて、反対側を戻った。異常は認められない。

次に西の道路だ。商店街はないが三百メートルほど先に全国チェーンの大型スーパーがある。小走りでその方角へ向かう。途中の道に異常はない。スーパーをひと回りしてみたら、一旦《いったん》家に帰ろうか。そんなことを考えた。

小走りの足が止まった。おそらくは、スーパーを建てたときの区画整理でできた公園だろう。新しい感じでこざっぱりしている。公園の脇を通りながらのぞいて、顔から血の気が引くのを感じた。

険しい顔つきをした主婦が公園の隅で立ち話をしている。どうみてもバーゲン情報の交換には見えない。しかし、さらに私の動悸《どうき》が速くなったのは、ひと仕事終えてあと片づけをしている二人の制服警官の姿を見たためだった。

「何かあったんですか?」

警官に走り寄りながらたずねる。

「おたくは?」

ブロンズ色の縁をした眼鏡をかけた警官が、作業の手を止めて逆に聞いてきた。

「身内のものを捜しているんですが。ここで何か事故でも?」

私の剣幕に圧《お》されたのか、私と同年輩らしきもうひとりの警官が、意外に素直に答えた。

「喧嘩《けんか》だよ。若いのが、二、三人でひとりを袋だたきにしたらしい」

「それで……襲われたほうは？」

足元の力が抜けていくようだった。どうにか踏ん張りながら、相手の答えが返ってくる一瞬の間に、今度こそとっておきの自分の神に祈った。もし、命に別状でもあろうときには、正気を保てる自信がなかった。

「あんた、身内のかた？」

多少心配そうな表情を浮かべて、年上の警官が聞く。

「被害者の名前は？　怪我の具合は」

矢継ぎ早に言葉が出る。

「名前は……聞いてるか？」

年上が眼鏡のほうに顔を振った。手帳を取り出しかけた若い警官は、見る前に思い出したようだった。

「たしか、柳原潤」

警官の顔がぼやけた。

「怪我は、命は」

年上のほうが答える。

「命に別状はないと聞いてる。市立中央病院……に搬送された。……あんた大丈夫か。怪我してるみたいだし、顔色悪いよ」

私の顔をのぞくように聞く。答える余裕はなかった。

「市立中央病院」

それだけ復誦《ふくしょう》するのがやっとだった。

タクシーを拾おうと駅に向かって歩いた。こんなときにかぎって空車が通らない。駅の建物が見えるほどに近づいてようやく流しのタクシーを捕まえることができた。病院の名を告げた。

「できるだけ急いでくれ」

シートに身を投げ出す。

目を閉じ、意識を集中する。なぜ、このような事態を招いたのか。もちろん、自分の愚かさが原因なのはわかっている。しかし、自己批判ならあとでいくらでもできる。これから自分は何をすべきなのか。ジュンペイの身を案じながら、ただその一点を考えていた。

31

精算している女を押しのけるようにして、受付で大声を上げた。

「二時間ほど前、急患で入った柳原ジュンペイ、いや潤はどこですか」

「いやだ、何」

脇へ押され財布を開いたままの女が、聞こえよがしに文句を言っている。申しわけないと思うが、待てない。

「入院患者さんのことは、あちらの受付で……」

制服を着た病院職員が、左手の窓口を手で示した。すぐに移動したものの、入院患者用の窓口は無人だった。一番近くで書類を作成している事務員に同じことを聞いた。

「お待ちください……その患者さんは、ええと、四一二号室……」

慌てた事務員がノートに指を這《は》わせるようにして読み上げる。最後まで言い終える前に歩き始めた。

「あの、面会時間は……」

背中に声をかけられたが、振り向くつもりもなかった。

入院病棟のエレベーターの前に立て札があった。面会時間の注意書きがあるが、これも読むつもりはない。上階へのボタンを、せわしなく幾度も押し続ける。歩行器を押した初老の男が暴漢でも見るような目つきで脇をとおり過ぎた。

中に入って四階のボタンを押し、今度は『閉まる』を力まかせに押した。

エレベーターの扉が開くなり、小走りで四一二号室を探す。途中、女の看護師が私を見とがめた。

「あの、面会ですか?」

「わかっている」というふうに手をあげて、廊下を進む。

「あの、ちょっと」

看護師が追いかけてくる気配を感じた。廊下の突き当たりがそうらしい、病院には不似合いな恰好《かっこう》をした二人の男が看護師と立ち話をしている。

ちいさな揉《も》め事が近づいてくる気配に、二人の刑事はこちらを見た。ひとりは知った顔だった。一緒に組んだことがある。あのころはまだ三十前だったはずだが、今は四十に手が届く年だろう。たしか平田という名だった。

「あんた……」

平田は、不審者をとがめるというよりは、見知った顔であることに驚いたようだった。

「柳原潤の身内のものです。会わせてください」

「面会は、今はちょっと……」

バインダーを抱えた看護師が顔を曇らせる。押しのけて進もうとしたら、顔を知らない刑事が私の腕を摑《つか》んだ。

「ちょっとあんた」

「身内だって言ってるだろう」

握られた手を振りほどいた。刑事の顔色が変わった。こんなところで揉めている暇はない。

「いいぞ。とおしてやれ」

平田が相棒に言った。

「え、だって……」

「この人は知ってる。大丈夫だ。ただし」

後半は私に言った。

「離れたところで見るだけにしてください。命に別状はありませんから」

「ありがとう」

平田の目を見返して、部屋に入った。

そこは個室だった。ベッドの上でジュンペイは目を閉じていた。よそよそしさを感じるほど真っ白なシーツにくるまって。

起こさないよう、そっとベッドに近寄った。額に包帯をまいている。薄い上掛けのうえに出した左手に包帯がぐるぐる巻きにされている。見える傷痕《きずあと》はそれくらいだった。

もっと怒りが湧くと思っていた。激情にかられて、とんでもないことをしでかしてしまうのではないか、と不安だった。

ところが、湧いてきた感情のほとんどは悲しみだった。ジュンペイをこんな目に遭わせたのは、自分のばかさ加減にほかならない。誰かをうらむ前に自分を責めるべきだった。

ジュンペイの寝顔に「すまん」と小さく謝った。もう少しだけ寝顔を見てから、部屋を出ようと思った。ジュンペイが目を開いた。あわてて目をぬぐった。

「起こしたか？」

一瞬、宙をさまよった視線が私に向けられた。

「ううん。起きてた。考えごとしてた」

意外にしっかりした声だった。腰から下の力が抜けた。

「どうせ、今度の現場の側にある女子校のことでも考えてたんだろう」

「ひどいな、怪我人に」

二人で笑って、二人でそれぞれの傷にしっぺ返しをされた。

「いてて」

顔をしかめるジュンペイに頭を下げた。

「すまない。申しわけない。本当に」

「別におっちゃんのせいじゃないでしょ」

「いや、おれのせいなんだ。おれが人並みの頭を持ってたら、防げたんだ」

「相変わらず大げさだな。気にしないでよ」

どうやら取り返しのつかない大怪我ではなさそうで、心の底からほっとした。

「具合はどうだ、ジュンペイ」

「なんとか」

休みたいのを承知で、少しばかり取調べをさせてもらうことにした。

「やったのはどんなやつらだった？」

「刑事さんにも言ったけど、よく覚えてないんだ。公園をとおりかかったら、いきなり頭殴られて、しゃがんだところをメチャクチャ蹴《け》られたから」

「何人いた？」

「たぶん三人」

「デブひとりに痩《や》せ二人か」

「わからないけど、一番蹴ってたやつはたしかに太ってたかも」

私に馬乗りになったあいつだ。今度見つけたら、腹の脂肪を抜きとって、けつの穴から流し込んでやる。いやいかん、そんなことを口にしては恭子に叱られる。

「何か言ってなかったか」

「『この野郎』ぐらいしか聞こえなかった」

「襲われたのは何時ごろだ」

「昼前、十一時くらいかな」

誰かの指図だとすれば、既に昨日のうちに命じられたはずだ。

「昨日、どこで何を聞いたか。思い出してくれ」

ジュンペイがいくつかあげた店の名前の中に、知ったものがあった。やはり、そういうことだった。

「尾木さん……」

ここ数日、人のことを『おっちゃん』などというふざけた名称で呼んでいたジュンペイが、真面目な声で話しかけてきた。いい予感はしなかった。

「なんだ。若い女に見舞いに来てほしいか」

「違うよ。だいたいそんな知り合いいないくせに。……そんなことじゃないんだけどさ、なんで俺のこと『ジュンペイ』って呼ぶのか教えてよ。この前、恭子さんが注意してくれたときもとぼけてたじゃない。ちゃんと『潤』ていう名前があるのにさ」

いやな予感は当たった。

「別に理由なんかない」

「おっちゃん、ホントに刑事だったのか？　めっちゃくちゃウソが下手だよね」

「刑事は嘘がうまいのか？」

「この前、石渡さんが言ってた。尾木さんは刑事のくせにウソが下手だって」

言いそうなことだ。それだけ元気なら、私のほうでも言いたいことがあった。

「それよりな、その『おっちゃん』ていうのやめてくれないか。もうこれ以上、何もなくす物はないと思ってたが、その呼び名を聞くと、ホントの最後の最後の糸くずみたいな心のはりがふっとんでいくような気がする」

ジュンペイは、三回クシャクシャと強く目を閉じた。うれしくてたまらないときの癖だった。

「じゃあ、ジュンペイって呼ぶわけを教えてよ」

「ないない。わけなんかない」

手を振って腰を上げた。

「そんなことより、もう寝ろ。そして早く身体を治すんだな。元気になったら教えてやる」

「うん」

疲れたのか、再び目を閉じ頭を枕に預けたジュンペイに、別れを告げて部屋を出た。

「仇《かたき》をとってやる」というようなせりふを、ジュンペイは好きじゃないだろう。私が自分の腹のなかで決めればよいことだ。

ドアの外に、まだ刑事たちが立っていた。

平田と目が合ったので、話しかけた。

「ホシの目星は？」

平田は、駆け出しのころ合同捜査で、私と組んだことがあった。

何をどう勘違いしたのか、本部が解散になる日、私と飲みに行きたいと言い出した。酒を飲みながら、こちらの尻《しり》がこそばゆくなるようなことをいろいろ言っていた。そのときは、どうせ奢《おご》ってもらいたくてお世辞を言ってるんだろう、程度に思っていた。それはそれで可愛いものだ。

ところが、後に知ったのだが、私が逮捕され裁判がはじまると、減刑嘆願の署名を署内で集めようとしたらしい。係長あたりに窘《たしな》められてやめたらしいが、単細胞な男であることは間違いない。

その平田が、私に声をかけられて、どう対応していいか迷っているのがよくわかった。

平田は正直に答えた。

「いや、まだです。目撃者がいなくて」

「ちょっと」

目配せをして、平田を相棒から引きはなした。

「なんです？」

「あっちの石頭にしゃべったら、騒ぎだすからな。ジュンペイ、いや柳原を襲ったホシに心当たりがある」

「えっ」

平田の両方の眉《まゆ》が近づいた。

「近いうちにネタを渡す。かわいがってやってくれ」

「ネタって、心当たりがあるんですか？」

私はシャツをめくって少しだけ中を見せた。

「これをプレゼントしてくれたガキどもだ。絶対に顔は忘れない。居所の見当もつく。だが、今は優先事項がある」

「よくわからないが、見当がつくなら警察にまかせたらどうですか」

「そうもいかない」

警察の一部がからんでいることを、かなりぼかして伝えた。平田は、私の怪我を見たときより目を見開いて聞いていた。

「まだ、聞かなかったことにしてくれ。三人組のやつらは、叩《たた》けばほかにもいろいろ出るだろう。今月の表彰は決まったようなもんだ」

「表彰なんて……」

「それより、見張りをつけてやってくれないか。まさかここまで襲うことはないと思うが、万一のことがあると大変だ」

ジュンペイの部屋を顎《あご》で指した。平田は当たり前であるように軽くうなずいた。

「係長にもそう言って、了解とってます」

くれぐれもと頼んで、病室をあとにした。

ときおりすれ違う看護師に軽く頭を下げながら、廊下を歩く。入院病棟特有の匂い、音、目につく器具。ジュンペイという呼び名の由来を聞かれたこともあって、かつて幾度か通った小児病棟の情景を思い出した。


純平は生後まもなく、先天性心疾患であることがわかった。

私が三十二歳のとき、結婚して三年目に生まれた初めての子供だった。

今では、正式な病名は忘れてしまったが、心臓から出る動脈のあるべき場所が普通の人と違っているということだった。その他にも、中隔という名の心臓の壁に穴があいているなど、合併症を起こしていて、重症と診断された。

「なぜ我が子が」と酒を飲んで恨みの言葉を吐くのは私だけだった。妻は泣き言を言う代わりに、総合病院、大学病院のハシゴをした。しかしそれも五つ目であきらめたようだった。

手術して成功する可能性は二十パーセント程度。それよりも、生活習慣に注意して暮らすほうが延命の可能性が高いと言われた。

私は仕事で帰りが遅いことを、いつも妻に詫《わ》びていた。妻はひとりで重荷を受け止めていた。私もつらい顔をしていたが、正直に告白すれば、仕事のあいだは忘れることができた。妻は、私には気づかせぬようにして自分の両親にも助けてもらっていたようだ。

食べ物、運動、その他日常生活に神経を遣いながら、純平も成長していった。一歳を過ぎれば片言を話すようになったし、二歳を過ぎると意思の疎通ができるようになった。日ごと可愛さを増していく我が子に、私は恐怖を感じるようになった。あまりに愛情を注いでは、失ったときの喪失感を埋めることができないのではないか。それゆえに、私は余計に仕事に没頭した。

三歳と三ヵ月目に突然それはやってきた。

意識不明の重篤な状態が三日間続いて、純平は死んだ。

営利目的の誘拐が結果的に殺人に至った事件が山場を迎えた時期だった。事情を話せば、課長ははずしてくれたかもしれないが、我が子が最期のときを迎えようとしていることを、私は誰にも言わなかった。

結果、危篤の純平にも、最期の瞬間にも立ち会えなかった。

病院からの伝言を聞いて初めて事情を知った課長が、私に帰宅するよう命じた。私が病院に駆けつけたとき、人形のような顔をして眠る純平の脇で妻は声を立てずに泣いていた。

「遅れてすまない」

私は謝った。妻は責めもしなかったが、許しの言葉もなかった。妻はただ、純平だった身体に、何かを謝り続けていた。


私は、けっして純平の代わりにならないことは知っていたが、二人目を作ろうとした。妻は気が乗らない様子だったが、私が半ば強引に行うと抵抗はしなかった。愛情というより、義務感、使命感のようなもので関係を持った。なかなか二人目は授からなかった。

二年後のある日、妻がひどく青白い顔をしていることに気づいた。

「大丈夫か」と声をかけて、背中に触れようとした私の手を、妻の手が払いのけた。私は瞬間何が起きたのか理解できなかった。私に向けられた涙が一杯に溜《た》まった妻の瞳《ひとみ》に、憎しみと悲しみが半々に満ちているのを見たとき、私はすべてを理解した。

やがて、妻の口から吐き出された言葉で、それは裏づけられた。

妻は妊娠し、堕胎してきたのだった。しかもそれは二度目だった。

その日以来、私たちはお互いに指先すら相手に触れることがなくなった。

私が潤をジュンペイと呼ぶのは、死んだ我が子を懐かしがってではない。日々反省するためでもない。妻に対する贖罪《しょくざい》でもない。そしてたぶん、頭がいかれたわけでもない。それはただ、純平の名を口にするたびに、かつて自分が最低のクズ人間だったことを忘れずにいることができるからだった。

ジュンペイには、さぞ迷惑な話だろう。

32

病院の外で探した公衆電話ボックスに入った。

テレホンカードを差し込み、頭を打っても忘れなかった番号をプッシュした。

「もしもし」

新藤の声が聞こえた。

「尾木だ」

「昨日は連絡してこなかったな」

「ちょっと取り込み中で電話ができなかった」

「怪我したそうじゃないか」

「誰に聞いた」

派手にやらかしはしたが、組関係の連中は知らないはずだ。新藤はそれには答えなかった。これでほぼ確信することができた。

「それに、今日はまだ約束の時間じゃない」

こちらも無視することにした。

「あれはお前の指図か」

「なんのことだ」

「なぜ、関係のない人間にまで手を出した。まだ、子供じゃないか」

「さあ、俺は知らん。だが、噂は聞いた」

「どんな噂だ」

「お前たちがうろちょろしてることを、気にいらねえ人間がいるってことだ。しばらくおとなしくしててもらいたいんじゃないのか」

「だったら、そう言えばいいだろうが。何も知らない子供に手をかけることはないだろう」

「言えば聞くのか？　俺の想像だが、お前さんにはそのほうが効き目があると考えたんじゃないか。我が身のことより、他人の心配をするそうじゃないか」

「理由くらい説明しろ。なんならこれから聞きに行く」

「そんなことより」

私の質問になどまったく答える気もなく、新藤は言いたいことだけを言う。

「そろそろ自分の身体のことも考えたほうがいいんじゃないか。行方不明になっても、昔のお仲間に捜索してもらえるのか？　いいか、一度だけ忠告しておく。これ以上いろいろ嗅《か》ぎ回るのはやめておけ。会長には俺から報告しておく。適当に入院を延ばして養生してろ」

私は尚《なお》、食い下がった。

「どういうことだ、調べろといったのは檜山会長だぞ。これはお前の一存か」

「あのな、尾木さんよ」

新藤の声が一段低くなった。

「勘違いもいいかげんにしておけよ。お前はもうデカでもなんでもねえ、ただのくたびれたオヤジだ。道を歩けるのは明日の初七日が終わるまでだと思え。会長の気まぐれが済むまで、生かしておいてやる」

大声で怒鳴るより凄《すご》みがきいていた。伊達《だて》に県下指折りのやくざ組織の幹部はしていない。あの木村が、新藤の名を出すと借りてきた猫みたいにおとなしくなる理由がわかった気がした。それでも怖《お》じ気づいてるわけにはいかない。

私は、通話状態になっていることを確認して、ゆっくり言った。

「償いはさせる。覚えておけ。七年前のこともあわせてだ」

「ふん」

もうひと言かけたとき、ツーツーという信号音が流れた。

新藤を怒らせた行為は、ひとつしかない。二宮里奈の探索だ。

気になるのは、怒っているのが新藤であって、檜山ではない、ということだ。いや、私とジュンペイに対する暴行の事実すらも檜山は知らない可能性が高い。新藤の脅しの文句が証明している。

これほどぷっつり姿を消したことといい、新藤が血を上らせたことといい、二宮里奈には檜山も知らない何かがある。単に早希のアリバイをしゃべりたくないだけではないようだ。

大きく深呼吸をして、勤務先に電話を入れた。葬式の後始末で、もう二日ばかり仕事に出られないと告げた。

「わかりました」

いつもは機械より事務的に聞こえるその担当者の声が、ひどく人間的に感じられた。

33

七年前の夏のことだった。

村下恭子には、二つ年上の夫と一歳になったばかりの男の子がいた。

その日はお盆休みを利用して、車で一時間ほどの夫の実家へ泊まりに行くところだった。渋滞と暑さを避けるために、一家は朝の五時に家を出た。比較的道は空《す》いていたし、ドライブは順調に思えた。インターチェンジすぐ手前の交差点で、信号待ちのために停まった。そこへ、北川貴弘《たかひろ》の運転するジープのグランドチェロキーが通りかかった。北川は朝まで飲んだ帰りで、右側の助手席には愛人同然のホステスが乗っていた。酩酊《めいてい》の上に、ホステスとじゃれあいながら運転していた北川は、赤信号で停まっている村下家のミニバンに気づかなかった。チェロキーは時速七、八十キロのスピードを出したまま、ほとんどノーブレーキで追突した。追突の勢いでミニバンはその前のトラックに玉突きで追突。二台の車に挟まれる形になった村下家の車はぐしゃぐしゃにつぶれた。

後部シートに座っていた恭子は、シートベルトをしていなかったこともあり、座席から転がり落ち、前後のシートの隙間の空間におさまった。バスケット形のベビーシートに寝かされていた長男諒一《りょういち》と運転席の夫雅明《まさあき》は、シートや車体に挟まれて身動きのとれない状態だった。

押しつぶされる形となったミニバンの満タンだったガソリンが漏れ、何かの火が引火した。

通行人に、よじれたドアの隙間から引っ張りだされ、介抱をうけた恭子が意識を取り戻したときには、ミニバンは元の色もわからないほどの炎に包まれていた。半狂乱になって、車へ飛びつこうとする恭子を押しとどめるのに、大人の男が三人必要だった。

解剖の結果、夫の雅明は生きたまま焼かれ、赤ん坊は炎に包まれたときには既に心肺停止の状態だったことがわかった。

窓から半分ほど顔を出していたホステスは、頬骨から顎《あご》にかけて十二針縫う大怪我を負った。運転していた北川は背筋を痛めた程度の軽傷で済んだ。裁判の結果、北川には禁固一年六月、執行猶予二年の判決が下った。検察も控訴しなかった。

半年後、家族や支援者の励ましもあり、恭子は相手の北川貴弘を民事で訴えると同時に、検察に対し量刑不当で控訴するよう署名運動をはじめた。

北川貴弘の実家は、全国展開する量販店を除けば、県内トップの店数をほこるスーパーマーケットチェーンを経営していた。

北川一族は、金銭補償で恭子側の動きを止めようとしたが、恭子側は受け入れなかった。弁護士を通じた交渉のテーブルに恭子がつくことがないと確信した北川側は、方針を転換した。

即日、嫌がらせがはじまった。

玄関の前に猫の死体が置かれた。いずこからか飛んできた石で窓ガラスが割れた。放置自転車が、庭に捨てられた。無言電話、脅しの電話、どちらもひっきりなしにかかるようになった。

当然、警察に訴えたが、どこで情報が漏れるのか、警察が調べにくる日はふっつりと嫌がらせがなくなる。

ただ、ゴミや通話記録などの証拠は残るので、これをもとに相手不詳で恭子が——実際は両親が——告訴した。

そして、あれが起こった。

当時、恭子は家族と住んでいた家を売り、両親と実家で暮らしていた。

恭子がひとりで家にいるところを狙われた。いとも簡単に鍵《かぎ》をこじ開けて、三人の男が乱入してきた。生まれてこのかた、殴り合いの喧嘩すらしたことのない恭子には、護身の術《すべ》はなかった。

あっという間に裸にむかれ、三人に交互に犯され、写真を撮られた。

「自分たちは北川とは全く関係ない人間だ。お前らが死んだ人間をダシにして、補償金をつり上げようとしているのに義憤を感じて、天誅《てんちゅう》を加えにきた。即刻、署名運動その他あらゆる嫌がらせをやめないと、写真を大量にばらまく」

男たちはそう脅して帰った。

帰宅した恭子の両親は、半裸のまま抜け殻のように座り込んでいる恭子を発見して、あわてて警察に通報し、救急車を呼んだ。

三人の犯人は捕まらず、当然北川との関係も立証できなかった。恭子の関係者は涙を呑《の》んだ。近所の電柱に引き伸ばした写真を貼られても、恭子本人だけが、ほとんど表情を変えなかった。

治療をうけて、恭子の身体に傷痕《きずあと》は残らなかったが、心は元へ戻らなかった。

恭子は、ふらふらと町中を歩き回り、スーパーで万引きをするようになった。北川家が経営するスーパー以外でも、似たような店構えのスーパーでは万引き騒ぎを起こした。幾度か警察にも通報されたが、さすがに事情を知る警察側は穏便に済ませるように計らったらしい。

その一年後、光宮の繁華街を歩いていた恭子は、襲った三人組のうちのひとりを偶然見かけた。男は跡をつけられていることに気づかないまま、パチンコ店に入っていった。男が入った店を確かめた恭子は、金物店で包丁を買い、パチンコ店にもどった。男の隣の席が空いていたので、そこに座った。恭子が包装を解き、箱から静かに包丁を取り出したとき、初めて男は異変に気づいた。

悲鳴をあげて、腰をうかしかけた男の脇腹に、恭子の持った包丁が刺さった。

盛り場の事件でもあり、派手に血が流れたので、大さわぎになった。男は一命をとりとめた。

当時県警にいた私は、事件の担当者として現場に向かった。

これが、恭子との初対面だった。ほとんど興奮する様子もなく、幾人もの男たちに取り押さえられて座っている、血まみれの彼女を見たとき、すぐに精神が病んでいるとわかった。

刺された男は私が事情聴取をした。

一連のできごとの中で唯一恭子に幸いだったのは、刺した相手が一番根性のないちんぴらだったことかもしれない。最初は恭子を襲った事実を否認していたが、「正直に吐かなければ、今後何年経とうとお前の居場所をあの女に教える」と脅したところ、あっさり吐いた。

二週間後の退院を待って、逮捕した。

他の二人も身元が割れ、相次いで逮捕された。

しかし、なんとしても北川との関係は認めようとしなかった。

北川貴弘は恭子の錯乱に恐れをなしたのか、『留学』と称してアメリカへ逃げた。

私も含め、村下一家にまつわる経緯を知る刑事は悔しがった。

それにしても、北川貴弘より先に私が刑務所に入ることになったのは皮肉なものだ。その後の様子も、刑務所の中で人づてに聞いた。

跡継ぎとされていた貴弘がアメリカで遊び回ったためか、事件の与えたイメージが多少は影響したのか、北川のチェーンは売り上げが落ちつづけた。ついに、会社更生法の適用を申請したが、もともと、乱暴な同族経営をしていた北川チェーンは、ほどなく倒産が確定した。

北川貴弘自身の消息を知ったのは、出所後のことだ。

実家が倒産したあともアメリカに残った貴弘は、麻薬売人逮捕劇の現場に居合わせて、一緒に逮捕された。私選弁護人を雇う金はなく、裁判で十二年の実刑をくらった。とばっちりとも言えるが、それこそ自業自得だろう。アメリカの刑務所の中で、尻《しり》が痛むことでもあれば恭子のことを思い出すよう、願った。

恭子が警備員と悶着《もんちゃく》をおこしている現場にでくわしたのは、そのニュースを聞いてまもなくのことだ。心神耗弱《こうじゃく》が認められ、一年ほどの入院だけで実生活に戻ったあとも、北川のスーパーを連想させる構えの店を見ると、万引きしてしまう衝動が抑えられないようだった。

物陰に腰掛け、身の上を聞き出すと、恭子の実家が悲惨な状態に陥っていることもわかった。

心労から、父親が脳梗塞《のうこうそく》で倒れ、しかし命はとりとめた。中途半端な悲劇には救いがない。看病で疲労困憊《こんぱい》し、次に母親が倒れるのも時間の問題である家を出て、恭子はひとり暮らしをしていた。

父親を施設に入れる手続きをしてやり、恭子を引き取ることにした。我が家には、当時すでに二人の居候がいた。もうひとりぐらいふえてもどうということはない。

四人で暮らすうちに、能面のようだった恭子の顔つきが、次第にほぐれてきた。軽口もきくようになった。万引きもしなくなったようだ。意外なことに、早希が現れてからの三日ほどは、驚くほど饒舌《じょうぜつ》になっていた。

決して食べる人のいないご飯茶碗《ぢゃわん》を二つ、テーブルに並べる習慣は直らなかったにしてもだ。

ところが、久保の事件が起きて早希が逮捕された日から、夏の日の残照が一気に燃え尽きるように、いつのまにか恭子の顔から明るさが消えた。ことに破れたバイエルの教本は痛ましかった。以前恭子にいきさつは聞いたことがある。

恭子が普通に幸せだったころ、気の早い夫がまだ出産する前から「子供にピアノを習わせるんだ」と言って買って来たのだそうだ。夫の親ばかぶりにあきれて大笑いしたと語っていた。

恭子の数少ない宝物のひとつだったはずだ。

恭子の笑顔を取り戻すために、昔のことは封印して二度と日のあたるところへ持ち出さないつもりでいた。だが、私のていたらくのせいで最後の家族が次々と傷ついていく。

当時事件に直接関わった人間たちのほとんどは、なんらかの形で罪を償うことになった。その中にひとりだけ、涼しい顔をして切り抜けた男がいた。

証拠不十分で、起訴はおろか逮捕状さえ執行されなかったが、北川に頼まれ恭子を襲った連中を操っていたのは、あの新藤拓郎だった。

当時からすでに中堅幹部だった新藤は、二つ返事で引き受けると組の若いものを使って襲わせた。檜山に話せば上納金を取られるので独断で動いた。私は別な証人からその事実を摑《つか》んでいたが、証拠がなかった。実行した三人も新藤を恐れて、幾ら責めてもその名は口に出さなかった。まもなく、新藤のしっぽを捕まえる前に、こちらが塀の中へはいるはめになった。

恭子の心の病には、事件を思い出させないことが一番よいと思っていた。私も当時のことを、口に出した覚えはない。新藤と再会したあとも、七年前の出来事を極力考えないようにしていた。新藤の目に浮かぶ「腰抜け」という蔑視《べっし》にも耐えた。それももう、限界かもしれない。

家に戻ってリビングに顔を出したとき、恭子と目があった。すでにジュンペイの怪我のことは聞いているようだ。石渡の事件と続けて起きたのでショックだったのかもしれない。すっかり、初めて出会ったころの表情に戻ってしまっている。私を責めるなと願うことは勝手すぎるだろう。私は、無感動にこちらをじっと見つめる恭子の存在に、立っていられないほどの脱力感に襲われた。

許してくれ。だが、もうすぐケリがつく。ほんとうだ。そのときこそ、自分の思いを伝えよう。

34

どうしても近川に連絡をとりたかったので、しかたなく署に電話を入れた。一度だけ「もう少し待ってくれ」という伝言をもらったきり、話が進んでいない。放火殺人のヤマが忙しいのかもしれない。署内の電話口に出た男から「近川は不在」という素っ気ない返事が返ってきたので、電話のあったことを伝えてくれるよう頼んだ。折り返しの電話を頼めない生活が不便だった。

空を仰いだ。

ずいぶん久しぶりのことだ。悲しみの虹《にじ》を探したわけではないが、何かましな道標が見つかりそうな気がした。晴れ渡ったとは言いがたい空に、うす寝ぼけた雲が浮いていた。しかたなく、その雲に相談してみた。自分がしようとしていることを、純平はどう思うだろう。『好きにやればいいだろう。どうせぬかるみの道だ』純平の代わりに雲がそう答えたような気がした。

時計を見る。午後四時を十分まわったところだ。もうひと仕事やっつけるには充分すぎる時間がある。その男に会うための回りくどい方法を使うのはやめた。NTTの番号案内に掛ける。―およその所番地と名前を告げる。「ご利用ありがとうございました」のあとに続く機械音が番号をはき出した。

「もしもし」

やや警戒心を含んだ声の主が出た。間違いないようだ。

「尾木といいます。菊池隆一郎《りゅういちろう》さんはご在宅でしょうか」

「どういったご用件でしょう」

「会って話したいことがあります」

「用件は？」

「それは、本人に」

「もう一度お名前を」

「尾木遼平。以前お世話になりました」

いきなり保留音が流れた。一分ほど待たされて相手が戻った。

「五時半に来られますか」

時計を見る。まだ一時間以上ある。まにあうだろう。

「わかりました。うかがいます」

二つとなりの市まで電車に乗り、駅前の案内所で聞いてバスに乗った。

テレビのドラマに出てくる、腹黒い政治家の住む屋敷のようだった。力強い文字で『菊池』と書かれた表札で確かめる。家は見間違えようがない。住人が替わっていないかだけ確かめたかった。

「はい」

インターホンを鳴らす。

割れた男の声が流れた。

「先ほど電話した、尾木というものです」

少しの沈黙。

「お待ちください」

　ぶつっと回線の切れる音がした。門の上部に目をやると、太い旧式の梁《はり》に不釣り合いな監視カメラが据えつけられていた。こちらを確認しているのだろう。随分待たされた気がしたが、煙草でも吸っていれば一本分くらいの時間だったかもしれない。唐突に通用門があいた。

　出てきた男は、意外にもダークグレーのスーツを着込んでいた。ここ数日見飽きたような、原色のシャツの胸元から金の鎖がのぞいてるスタイルを想像していたので、いくらか拍子抜けした。「まさか堅気になったんじゃないだろうな」そんな考えが浮かんだ。

「おひとりですか」

　男が軽く会釈して聞いた。電話の声の主らしい。顔つきも普通のビジネスマンのように平凡だったが、目光は隠しようがない。心配はいらないようだ。

　その鋭い目をあえて見返しながら、答えた。

「そうです」

「こちらからどうぞ」

　男は頭をかるく振って、通用門から入るよう促した。門をくぐるときに、筋肉が強張《こわば》った。しかし、今さら引き返せるものでもない。誰かに殴られることもなく、羽交い締めにされることもなく、中に入ることができた。案内役の男がうしろから入ってきて、門を閉めたとき、汗がひと筋背中を伝った。

「それで、ご用件は」

「本人直接でなければ話せない」

電話と同じことを繰り返した。男は私の顔をちらりと見て、ひとわたり身体を目で舐《な》めた。私のカンでは、中に通すかどうかの判断を一任されているようだ。物腰といい、使い走りではあるまい。見たところ三十を少し超えたくらいだ。よほど信頼されているのか。

「調べてもらっていいが、何も持っていない。できるだけ早く話がしたい」

男はうなずいて、歩きかけた。

「こちらへ」

私は男のあとをついて小石を敷き詰めた道を歩いた。柘植《つげ》や椿、楠《くすのき》などが鬱蒼《うっそう》と茂っている。手入れは行き届いていた。

玄関の引き戸を開けると、土間に三人の男が立っていた。三十歳前後が二人、私と同年代がひとり。いずれも、ひと目でそれとわかる堅気ではない身なりをしていた。私が入った瞬間は、彼らの緊張が伝わってくるようだったが、私のうしろから案内役の男が顔をのぞかせると、三人は半歩ずつ身体を引いた。

ぴかぴかに磨き上げられた廊下を進んで、案内された部屋は十畳ほどの応接間だった。建物に似合わず、フローリングにソファセットがおいてある。

そこに菊池隆一郎は座っていた。

険がとれたように感じたほかは、七年前とあまり変わっていない。和服を着て夕刊を読んでいる。目の前には灰皿とコーヒーがあった。

菊池は新聞から目をあげ、私に続いて案内役の男に座るよう手で示した。私は向かいのソファに腰をおろし、男は菊池の右脇にある腰掛けに座った。すぐに立ち上がれるような背の高い簡素な椅子だった。

「久しぶりです」

軽く頭を下げた。やくざといえども向こうが紳士的に振る舞う限り、こちらも礼儀はわきまえないとならない。無駄に粋《いき》がってみても何も生まれない。

菊池は相変わらずのかすれ声をしていた。若いころ、喧嘩《けんか》で声帯を傷めたと聞いた。

「これはめずらしい。ほんとに尾木の旦那《だんな》だ。いや、何かの間違いかと思いましたな」

最後に、ははあ、と独特の笑い声をあげた。

「それで、どんなご用で？」

すっかり気のいい爺《じい》さん風だが、やはり目つきはごまかせない。檜山組と拮抗《きっこう》する県下有数のやくざの組長だ。菊池組は、硬派で鳴っている。檜山のように、儲《もう》かることは何にでも手を出すという主義ではないので、シノギは厳しいと以前聞いた。懐具合の割りに、躾《しつけ》が厳しいので構成員数も右肩下がりらしい。

「ちょっと、込み入った話なので」

ちらりと視線を脇の男に向けた。男は別段怒る風でもなく、座っていた。自分を軽く見られて、怒りを表に出さないやくざはめずらしい。

「これは心配ない。というより……」

菊池が、どっこいしょ、と声をあげて、埋もれていたソファから半分身を起こした。

「俺も最近ぼけてきたんで、これがいないと困るありさまだ。義理の弟の甥《おい》っ子なんだが、東京の大学出たのにこんなところで働いている。なんでも俺が死んだあと、組を乗っ取って近代化するのが狙いらしい」

「私はそんな……」

初めて男の顔色がかわった。

「ははあ。ごまかさんでいいよ。顔にそう書いてある。俺もそれでいい。もともと俺一代で終《しま》いにしようと思っていた。こんなにしんどい商売はないからな。いつでもお前にくれてやる。それよりな、そんな簡単に顔色変えてちゃ舐められるぞ」

「申しわけありません」

男が頭を下げた。菊池が顔を私に向けて続けた。

「ま、そういうことだ。名前は辻隆介《つじりゅうすけ》。隆の字は俺の一字を継いでくれたんだ。オシメしてたガキのころから、可愛がってる。俺には娘が二人いたが、堅気に嫁いでいる。今も言ったように、この組も俺の代で終わりだと思ったが、この若い物好きが現れたもんでな。以後ひいきにしてやってください」

最後に菊池が頭を下げた。

「お見知りおきを」

と口の端に苦い笑いを浮かべた辻も頭を下げた。時間がないので、適当に挨拶《あいさつ》を済ませて話を進めることにした。

「前置き抜きでいきます。檜山組長の甥っ子が死んだのはご存じですか」

「ああ、知ってるよ。葬式にも出た。明日は初七日だろう。少しぐらいは包まんとならん。金がかかってしょうがない」

菊池が、参った、という表情を浮かべた。強面《こわもて》だが、どことなく愛嬌《あいきょう》もある。

「その久保を殺した犯人として警察が高瀬早希という女を逮捕しました」

菊池は黙って聞いている。

「この高瀬という女は無実です。それを証明できるのが、そのとき一緒にいた二宮里奈という友人です。檜山会長の女です」

「それで？」

既に、すべて知っているようだった。

「二宮を捜しているのですが、見つからない。どうも、組ぐるみで隠しているらしい。特に幹部の新藤がムキになっている」

新藤という言葉が出たとき、辻の表情が硬くなった。菊池が言うように、そこだけは修行が足りない。

「それで。俺に用とは」

菊池が煙草に火をつけた。辻は、ライターを差し出すどころか、ちらりと煙草を睨《にら》んだ。

喫煙に反対なようだ。私は次第にこの辻という男が好きになった。

「二宮里奈の居所を教えてください」

菊池と辻が顔を見合わせた。辻の表情は硬かったが、菊池の顔がほころんでいた。

「こりゃ面白い」

やや身を乗り出して、菊池が言った。

「檜山の女の居所を、俺に教えろと?」

「はい」

「檜山に直接聞いたらどうだ」

「私は今、檜山に雇われています。金と命が代償です。檜山にはわからないように会いたい」

「無茶苦茶だな」

ここ数日の間に、何度その言葉を聞いただろう。

「無茶は承知です。しかし、檜山の女の居所くらいはお宅でも摑《つか》んでいるでしょう」

相変わらず菊池はニヤニヤ笑っている。

「そりゃ知らんこともないが、なぜおれがあんたに教える義理がある」

「いや、義理はない。だからお願いしてます。家の整理がついたら、多少は礼も払えるでしょう」

ははあ、とますます愉快そうな菊池のかすれ声が響いた。辻は無表情に聞いている。

「金なんかいらない。なぜ知りたい？　それに、仮に教えたとして、どうなる？　ウチにどんな得がある？」

「二宮と話ができたら、ひとつにはさっき話した高瀬という女の無実を証言してくれるよう頼みます。もうひとつは、新藤がなぜそこまでムキになって二宮を隠したがるのか探ります」

「ほお」

煙をふーっと吹き上げた。不機嫌そうだった辻が口を挟んだ。

「社長、一日五本までの約束です」

「いいじゃないか。なんだか面白くなってきやがってな。明日一本減らしゃいいだろう」

辻はあきらめたように首を振った。菊池はお構いなしに煙を吐きながら話の続きをした。

「あとで、お前さんに手引きをしたのがウチだとばれたら、抗争になるぞ。うまみはひとつもないな」

「もし二宮の存在が新藤の弱みだとしたら、あんたたちにも面白いんじゃないですか」

「弱み。どんな弱みだ」

「それはまだわからない。だいたい想像はつくが……それについてはあなた方のほうが詳しいでしょう」

菊池は返事をしなかった。辻の瞳《ひとみ》が興味の色を帯びたように見えた。辻が菊池の耳元に顔を寄せて何か話した。菊池の表情からは内容は読みとれない。さすがに狸オヤジだ。

菊池が短く言葉を返す。辻がそれについて説明する。そんな会話のようだった。二分ほど会話は続いた。

「わかった。まかせる」

最後に菊池が言った。

「この先は、俺は知らんことになってるほうがいいそうだ。新聞の続き読んでるから、二人で話してくれ。いいか、俺は聞いていないからな」

「結構」

私は辻に顔を向けた。菊池に代わって辻が話しかけてきた。

「居場所がわかったら、どういう手を使って会うつもりですか」

「いくつか考えはある」

嘘だった。なんとかひとつひねり出すのが精一杯だ。

辻は軽くうなずいただけで、それ以上追及しなかった。彼の問題ではなく、私の問題だからだろう。

「こちらの条件を言います。ウチは表に出ない。場所を教えるだけです。そちらは、女に会って何か摑んだら、ウチにも情報をまわしてください。もしくは、できるなら檜山組をかき回してもらいたい。混乱するほどいい。警察にタレ込んでもこちらはかまいません」

「かき回す?」

「そう、しばらく統制が乱れるくらいに。その材料も今から話します」

「ちょっと待った。俺をそんなに買い被《かぶ》らないでくれ。小説に出てくるようなハードボイルド探偵じゃないんだ。新藤の顔色を窺《うかが》いながら、ゴキブリみたいにこそこそ逃げ回るのが関の山なんだぞ」

「ひとりでこんなところまで乗り込んでくる図々《ずうずう》しさがあったら、大丈夫でしょう。それに、取引というのはお互いに給付しあうものではありませんか？」

面白い男だ。石渡と三人で飲んでみたい、と思ったが口には出さなかった。余計なことを言っている場合ではない。私の沈黙を、辻は承諾と受け取ったようだ。

「新藤は、最近気になる動きをしています。それも檜山会長に隠れての活動らしい。先日、嫌な噂を聞きました。広域指定西南会系の高端組の幹部と会ったという情報です。その一週間後、出所の不明なシャブやコカが流れはじめました。今まで、他から流れてきていたのとは別なルートです。まだ量が少ないので、警察も感づいていないはずですが」

私は口を挟まず聞いていた。

「もともとは、街金《まちきん》で流れた車や、抵当でがちがちの不動産をさばくのが新藤の商売です。二宮という女は、新藤がいくつか押さえているマンションのひとつにいます。表にはほとんど出ません。玄関先に組の若いものが貼りついていますが、目立ちすぎても困るので、夜中の十二時ごろには引き上げます。そのマンションまでお連れします。こちらができるのはそこまでです」

至れり尽くせりじゃないか。眉《まゆ》を少しあげて先を促した。

「先ほども言いましたが、何があっても絶対に菊池の名前は出さないでください。抗争は好むところではありません。仕掛けるなら圧倒的に有利になってからです」

「わかった。何があろうとしゃべらない」

どんな拷問にも音をあげたことはない、と言ってやろうかと思ったが、余計なことはやめておいた。

「もうひとつ。薬の件で何か摑んだら、教えてください。警察より先に」

「できるだけ、そうしよう」

辻は私の表情を見て何か計算しているようだったが、それ以上は条件を出さなかった。この男が、本格的に菊池組を切り盛りするようになれば、いずれ檜山組を凌《しの》ぐこともあるかもしれない。願わくは、女子供を泣かすようなシノギには手を出さないで欲しい。

「おう、話は終わったか？」

菊池が新聞から目をあげた。

「どうだ。ビールでも持ってこさせようか？」

普通の爺様然としている。

「せっかくだが」

私は自制心を総動員して断った。

「ちょっと待っていてください」

辻が、部屋を出ていった。

手持ち無沙汰《ぶさた》になった菊池が、新聞を置いて世間話のように聞いてきた。

「今は何を?」

「交通整理や、檜山の雇われ探偵など」

はははあ、と笑う。

「どうだい。ウチで働く気はないか。少しはいい目を見させるが」

有り難いが断った。

昔、駅前でやくざ同士の喧嘩《けんか》があった。交番の警官が割って入って、逮捕しようとした。当夜、たまたま地取りの途中で、私もその交番に立ち寄ったところだった。

「この程度で逮捕してみてもしかたない。説諭して帰してやれ」と指示した。警官にしてみれば面白くないだろう。「横から口を出すな」と言いたいところだ。私はかまわず、「今度この辺りで騒いだら、ぶち込むぞ」と脅して帰した。深い理由はない。そのときはそんな気分だった。疲れていたのかもしれない。

数日後、何処で調べたのか自宅に高級ウィスキーが届いた。菊池の組の人間からだった。私は、貰《もら》ったのよりも少しだけ高いブランデーを送り返した。あとになって事情を知った。追い返した若造の中にひとり、堅気がいた。県議の倅《せがれ》は、県会議員の道楽息子だ。

菊池組幹部の息子と同窓生だった県議の倅は、時折受ける接待に、舞い上がってしまった。自分が大物であるかのように錯覚した。父親とのつきあいの手前、菊池組の若い衆に酒と女を適当にあてがわれ遊興が身についてしまったらしい。その夜もご乱行の帰り道、すっかり気の大きくなった倅が他所《よそ》の組の若いものに因縁をつけた。留置場《トラバコ》にでもお泊まりになれば、大変なスキャンダルだ。預かっていた菊池の面目は丸つぶれだ。組長もあとで聞いて、さぞ肝を冷やしたことだろう。

後日、その一件とは別に本格的な出入りがあった。参考人として菊池本人も署へ呼ばれた。私が彼と顔を合わせたのはこのときが初めてだった。

初対面の菊池が、私を見つけて深々とお辞儀したのを覚えている。

勘違いも甚だしい。もし、県議の倅がまじっていると知っていたら、警官の尻《しり》を叩《たた》いてでも、ぶち込んだものを。思い起こすも腹の立つできごとだった。

しかし、恭子一家の事件の折、数少ない情報源のひとつは菊池だった。檜山のところの新藤が絡んでいると知って、日ごろ多少はつきあいのあった連中もすっかり口を閉ざした中で、皮肉なものだった。

間もなく、辻がスーツケースを持って戻った。中から携帯電話をひとつ取り出した。

「使い方は？」

首を振った。

辻はうなずいて、しばらくボタンをカチカチ押していた。

「このまま持っていてください。万一、新藤がやつのマンションを出たら合図します。新藤のマンションから二宮のところまでは車で十二、三分。深夜だと十分そこそこかもしれない。そのときは至急退去してください」

私は携帯電話を受け取り、秘境に向かう冒険家が発信機を仕舞うように、胸ポケットにそっと入れた。

35

黒いブルーバードに乗せられて、菊池邸の門を出たのは十二時五分前だった。

「十分もあれば着きます。見張りの連中も飽きてきて、近ごろじゃ早めにあがるようになりました。おそらくもういないでしょう」

「本人が寝てることは？」

「絶対ないとは言えませんが、何度か見張ったウチのものの話では、部屋のライトが消えるのは二時ごろだそうです」

今は信用するしかない。

「あれです」ほどなく道路の前方に見えたマンションを、辻が示した。

念のため、一度前を通り過ぎひと回り廻《まわ》って、手前で車を停めた。

「私のお手伝いはここまでです。あとはお手並み拝見です」

「いろいろとありがとう」

多少は感情を込めたつもりだったが、辻は表情を変えず、走り去った。

その建物は、蔵元町にある二宮が住んでいるマンションに劣らず高価な感じの造りだった。エントランスには当然のごとくオートロックが掛かっている。事実を話すしかない、と初めから決めていた。

聞いていた部屋番号三〇八のインターホンボタンを押す。

ゆっくり十秒待った。返事がないのでもう一度押そうとしたとき、さーっという雑音が流れて、回線が繋《つな》がったのがわかった。

「はい」

気だるそうな声が返ってきた。しかし反応の時間からすると寝ていたわけではなさそうだ。

「夜分すみません。高瀬といいます。高瀬早希の父です」

家族は遠くにいる、とだけ聞いていた。生死もたしかめておけばよかったと後悔したが、今さらしかたがない。

「ほんの少しでいいので、お会いして話を聞いていただけませんか」

インターホンに向かってそれだけ言うと顔をあげた。カメラで見ているだろう。人畜無害のお人好《ひとよ》しに見えることを祈った。

「ちょっと待って」

声の主がそう言うと、ぷつっと回線がきれた。非常に永い五分だったように思う。もしかすると新藤に連絡しているのではないか。そう思うと、胸の携帯電話がビリビリ震えているような気がした。辻の配下の人間が見張っているはずだ。それを信じるしかない。

「どうぞ」という声に続いて、小さな音を立ててロックがはずれた。

36

部屋に漂っているのは香の匂いだろうか。彼女は話に聞いていた以上に、人目を引く女だった。身長も一七〇センチ近くあるかもしれない。

ガラスのテーブルを挟んだ向かい側のソファに座り、スリットの入った黒いタイトスカートをはいた長い脚を組んだとき、二宮里奈自身からもきつい香水の匂いが流れた。一度見てしまうと、視線を引き剝《は》がせそうにない脚だった。

短く切った髪。瞬《まばた》きのときに音を立てそうな大きな目。薄く長い唇。鼻だけはおまけのように顔の中心に小さく収まっている。透き通るように白い耳には小ぶりのピアスが揺れている。

白地に派手な花柄をプリントしたシャツをラフに羽織っている。下に着けている黒いシャツがだぶだぶな割りに丈が短く、可愛いへそが見える。胸元も開いているので、前かがみになったときにあまり大きくない胸の膨らみが見えかけた。すぐに視線をそむけたので、それ以上のことはわからない。

気をまぎらわせようと、しばらく壁のリトグラフを見ていた。

「それで。なんです？」

「こんな非常識な時刻に申し訳ありません」

「まだ、寝る時間じゃないから、いいわ」

投げやりというのか、無関心というべきか、他人《ひと》ごとのように言う。

「何か飲む？」

同じ調子で聞いてくれた。見た目の怜悧《れいり》さとは違った、やや間延びしたようなしゃべり方だ。

「とんでもない。どうぞ、お構いなく」

女は安心したようにうなずいて、煙草を取り出した。緑色と銀のパッケージのフィリップモリスだった。光っている薄い唇のあいだに煙草が心地よく収まった。

見とれてばかりいないで用件をきり出すことにした。

「随分捜しました」

「それで、何の用でしたっけ？」

ふーっと天井に煙を吐く。その視線は私を見ているようでもあり、身体を突き抜けてずっとうしろの亡霊を見ているようでもあった。

「久保裕也が陸橋から落ちた時間に、早希と一緒にいたことを証言していただけませんか。

「どうして？」

当然、彼女が突き落としたんじゃないことを警察に証明してください」

　どうして、と聞かれて返答に困った。

　どうして盗んではいけないの。どうして殺してはいけないの。どうして助けなくてはいけないの。どうしてどうして。ここで逆上しては苦労が台無しだ。しかたがないので、ありのままに答えた。

「早希が、久保を突き落とした容疑者として逮捕されました。あなたが証言してくれれば、釈放してもらえます」

　眉間《みけん》に皺《しわ》を寄せて考えている。私は石渡の言葉を思い返しながら女の顔を観察した。

「警察に行くの？」

　お茶を飲むか、と聞くのと変わらない口調だ。もし、目の前に銃があれば、顔色を変えずに引き金が絞れるかもしれない。

「娘の友人じゃなかったんでしょうか」

「そりゃ友達だけど、警察はいやよ」

　抑揚のない間延びした喋《しゃべ》りが、次第に私をいらいらさせた。

「別に証言したからといって、あなたが困るものではないんじゃないですか」

「だって、やなんだもん」

　投げやりに言う。さっきから、時折咳《せ》き込んでいる。

「風邪ですか？」

間を置くために聞いてみた。女は、返事の代わりに面倒くさそうに首を横に振った。

「喉《のど》のためには煙草はやめたほうがいいですよ」

目で、二宮の指先の煙草を示した。

「癖なの。それよりなんの話だっけ？」

刑事時代を思い出した。完全黙秘《カンモク》はいつか落ちるときがくるが、のらりくらりピントがずれているのは、話しているだけで体力を消耗する。しかも、そのずれが意図的でない場合はかなりの忍耐力を要求される。

「警察で証言しても、二宮さんに不利はないでしょう」

「あなた、早希のお父さんじゃないでしょ」

比較的落ち着いて聞くことができた。最後まで騙《だま》せるとは思っていなかった。父親と名乗ったのは、まずは部屋に入ることが目的だったからだ。

「嘘をついてすまなかった。正直に言う。私は、早希が転がり込んで三泊した家の主で尾木というものだ」

「やっぱり、そうじゃないかと思った。早希からハナシ聞いてたから。あの子、ファザコンなのよね。恐い顔してるのにほんとはやさしい、とかいうおじさんが好きなのよ。かなり歪《ゆが》んでるわよね」

君ほどには歪んでいないだろう、という言葉は呑《の》み込んだ。

「正体を暴露したところで、もう一度頼む。証言してくれないか」

「『行くな』って言われてるの」

「会長に？」

「それもあるけど」

「新藤？」

「まあ、そんなとこ」

私は、なんとなく落ち着きのない里奈の瞳《ひとみ》に視線を据えたまま言った。

「留置場か刑務所に入ったことは？」

「あるわ。サツのなんとかカンゴクってとこ。最低。暑いし」

「彼女はもう五日もあの中にいる。出してやろうと思わないか。友達なんだろう？」

再び同じことを繰り返した。彼女は自分の膝《ひざ》のあたりに視線をおとしたまま、考え込んだ。スカートの上についたゴミが気になるのか、しきりにつまんで捨てている。

「そりゃ友達だけど、……でも、私が怒られるし。恐いのよあの人。それにね、ほっといてもそのうち釈放されるから心配ないって……」

「それも新藤さんか？」

里奈はあいまいにうなずいた。否定とも肯定ともとれる仕種《しぐさ》だった。

突然、ぷいっと立ち上がり、長身をわずかにゆらしながらキッチンのほうへ歩いていった。日本語の書いてないミネラルウォーターのペットボトルを二本ぶら下げて戻った。一本を私の前に置き、もう一本のキャップを開けるやいなやごくごくと飲んだ。白い喉が動くのを見ていた。五百ミリリットルボトルの半分近くを空にしてようやく落ち着いたようなので、私は続けることにした。

「君たちはどういうきっかけで檜山や新藤とつきあいができたんだ」

「そんなことしゃべっていいのかな……。まあ、早希が信用してた人だし……」

斜めの視線を私に向けた。これに参った男が何人いたのだろう。私も、目の前のミネラルウォーターで喉を湿した。

「あたし、ある仕事の手伝いをしてたの。薬をね、運んだの。麻薬とかじゃなくて、ちゃんと医者でくれる薬だって聞いてたから、悪いことだって知らなかった。そしたら、警察に捕まって、カンゴク入れられたの。初めてだからって起訴されなかった。出てきたあと、知らない人が来て、『迷惑かけましたね』って食事おごってくれたの。それが新藤さん。そのあと、新藤さんに社長さん紹介してもらって、お店もたせてもらった。その代わり……」

二宮が言いよどんだ。

「夜の相手をさせられた」

「うん。社長さんて、あんまり元気ないのにシツコイの。私ちょっとイヤ」

「それは大変だね」

話を戻すことにした。

「ところで、さっきのこと、怒られなかったら証言してくれるか？」

「そうねえ、考えてみる。……あなた！　その顔どうしたの？」

　今さら気づいたように目を見張っている。

「転んだんだ」

　里奈はあははははと口を開けて笑った。

「ドジね。死んじゃえばよかったのに」

「自分でもそう思ってる」

　あははは、と更に気分よさそうに笑った。

「それはそうと、新藤さんがうらやましいね、こんな美人と」

　普段、賞賛を受け慣れてる女は、これくらいではお世辞とは思わないらしい。あっさり白状した。

「あの人、ちょっと乱暴なの。それにすぐ怒るし。でもね、やさしいとこもあるのよ。信じられないでしょ」

「信じられないね。人が殴られるのを見るのが趣味だと思ってた」

「ホント」

　無邪気に笑っている。新藤も危ない橋を渡ったもんだ。会長に進呈した女に手を出すとは。よほど好みのタイプだったのか。いろいろ具合がよかったのか。

「薬は新藤さんがくれるのかい？」

ゆるんだ鎧《よろい》の隙間から、匕首《あいくち》をつき立ててみた。奥までは刺さらなかった。里奈が急にしかめっ面になったので、顔の下半分が笑ったままで目だけが険しい、ちぐはぐな表情になった。

「知らない。なんのことかわからない」

「ごめんごめん。タブーだった。ついうっかりした」

「あの人、怒ると恐いわ」

中空を見つめている。恐かったできごとを思い出しているのかもしれない。

「最後にひとつ教えてもらえないか」

「なあに。あたし、少し眠くなっちゃった」

「早希は、なぜ美人局《つつもたせ》なんかやる気になったんだ」

「ツツモタセ？」

「女が、行きずりの男といちゃつく。ちょうどいい場面になったところへ彼氏が現れる。『お前、俺の女に手を出したな。落とし前つけろ』と脅す。金を巻き上げる」

多少身振りもつけて言った。

「ああ、あれね。早希はすごく嫌がってた」

煙草に火をつけようとして、うまくいかなかった。どうにかついて、幸せそうに煙を吐き出した。

「それじゃなんで」

「しかたないじゃない」

「しかたない？」

「そう、実家のお父さんのお店、たしか酒屋さんだったけど、コンビニに変えたのね。それがうまくいかなくて、赤字で潰《つぶ》れそうになったんだって。早希は高校卒業するときに親と喧嘩《けんか》して東京に出たから、あとから知ったらしいけど。……実家じゃどうしても支払いの手形が落とせなくて、足りない分サラ金から借りたんだって。最初は三十万くらいだったらしいわね。少しずつ増えて、いつのまにか四百万円になったんだって。それでね、知らない間に早希の名前をつかって別なサラ金からお金借りたらしいの、その借金取りが東京まで行ったんだって。あいつらすごいのよ。知ってる？　それで早希は、東京からこの辺まで逃げてきたの。だからね、お父さんがたずねて来るはずないのよ。合わせる顔ないでしょ」

そういうことだったのか。

突然ポケットの携帯電話がビリビリ震えた。菊池のところで一度テストはしていたが、やはりどきりとなった。約束どおりきっちり三回震えて止まった。

早ければ十分――。

時計を見て時刻を頭にいれる。残された時間は少ない。

「それがどうして檜山組と？」

「彼女、仕事したくて、住民票移したの。そうしたらサラ金の取り立てにばれて……でも、そういうときって遠くまで取り立てにくるのは割にあわないんで、債権を売るんだって。早希の債権を買ったのが新藤さんが経営してる金融だったの」

「なるほどな。いつの話だ」

「三年くらい前。最初はパブで働かされてたの。そのお店であたしたち知り合ったのよ。そのあといくつか替わったみたいだったけど、裸になる仕事はどうにかして断ってたらしいわ。それが、三ヵ月くらい前、新しい仕事やるぞって言われたんだって。それが、えーと……」

「ツツモタセ」

「そう、それだったのね。詐欺みたいでイヤだって言ってた」

詐欺じゃなくて恐喝だが、この女に言ってみたところでしかたがない。

「しかし、稼ぐなら風俗のほうが効率いいだろう」

これが元警官の吐くセリフかと自分であきれた。

「風俗じゃだめなのよ。ちゃんと相手が決まってるの」

「決まってる?」

「ねえ、あたし、もうこんな話つまらないんだけど」

半分しか吸っていない煙草をもみ消した。もう少しだけ機嫌を損ねないでくれ。

「誰を相手にしているのかだけ教えてくれないか」

時計を見る。早くも残り時間は半分だ。

「公務員関係の人」

　里奈が面倒くさそうに言った。

「公務員？」

「そう、貰《もら》うのはお金じゃないんだって聞いたことがある。でも、まだたしか三人くらいしか成功してないんだって言ってた。それに、仕事で組んだだけなのに『俺の女』呼ばわりするって怒ってた。あいつ、その前まで私にしつこく言い寄ってたくせに」

「君に？」

「そうよ。しつこいの」

「寝たのか？」

「うるさいから、一回だけ」

　聞きたかったことはだいたい聞くことができた。私はそろそろ引きあげることにした。

「頼みがある」

「なあに」

　眠そうだ。

「私がここに来たことを、明日一杯まででいい、黙っていてくれないか。新藤にも」

「うーん。どうしようかな」

「早希にまだ友情があるなら、彼女のために頼む」

「おじさん。ちょっと気に入ったから、考えとくわ」

「えっ？」

立ちあがりかけた動きがとまってしまった。

「だって、イヤらしい目で見ないしね……。あたし、胸をジロジロ見られるの嫌なのよ。胸はあんまり自信がないの」

「どこなら自信があるんだい？」

いやだ、と噴き出してから、大笑いしはじめた。今度の笑い声が一番大きかった。自分で言っておきながら、何がおかしいのかわからなかった。里奈は涙を拭《ふ》きながらまだ笑っている。

「本当に頼んだぞ」

「いいわ」

私は、彼女に軽く会釈して出口に向かった。たしかに、あれでは気が変わったとしても証人の役を果たさないだろう。外からドアを閉めるとき、奥から鼻歌が聞こえていた。

体中に痣《あざ》をつくり、肋骨《ろっこつ》を一本折り畳み式に換えて、ようやく捜し当てた女は半分夢を見ている。もう、こんな猿芝居も、くだらない世の中にもうんざりだった。今度転ぶ機会があったら、本当に死んじまおう。

時計を見る。すでにロスタイムに入っている。通路のフェンス越しに下を見た。車種はわからないが、ハイビームのライトが角を曲がってくるところだった。

私は、棟の反対側の階段をそっと降りた。二階からもう一度のぞく。いた。沈んだ色のジャガーが停まって、見慣れた男がドアから出てきた。

とっさに逃げ道を計算する。踊り場に立った。エントランスからは出られない。もう半階降りて、南側の踊り場に立った。防護用のフェンスから下をのぞく。一階のサンルームのような部屋の屋根が、二メートルほど突き出している。私は手すりを乗り越え、その屋根に乗った。誰に見とがめられるかわからない。庭を見回すと、生け垣と低いフェンスで囲まれている。フェンスの一部に、鍵《かぎ》のついた扉が見えた。部屋の灯《あか》りは消えているようだ。

もう新藤は、里奈の部屋に入っただろうか。

すぐに跡を追ったとすればグズグズはしていられない。

私はうめき声を押し殺しながら、屋根の端から指先だけでぶら下がった。折れた肋骨だの打ち身の手足だの、引きつった体中が悲鳴をあげている。両腕が一杯に伸びきったところで手を離した。

地面まで一メートルもなかったと思うが、世界で初めてスカイダイビングをやった人間の勇気を称《たた》えたくなった。私はその場にうずくまり、全身を襲う激痛にしばらく動けずにいた。物音に気づいた住人がカーテンを開けないか、何かの気まぐれに庭へ出てきはしないか。窓から視線を逸《そ》らさずに何度か深い呼吸をし、ようやく自分を取り戻すことができた。ふと気づけば、芝生の上にぺったりと尻餅《しりもち》をついている。きちんと手入れされていたらしい花壇の花が台無しだ。今この時期に殺生とは幸先《さいさき》がよくない。もし三日後に生きていたら、そっと庭先に花を置きにくると約束した。

つまらないことを考えているうちに、どうにか普通の呼吸ができるようになった。私は、身を低くして庭の扉を開け、手入れの行き届いた共有の植え込みの中にまぎれた。

どこからも誰からも呼び止める声は聞こえてこなかった。

37

新藤と二宮里奈のあいだでどんな会話が交わされたのかわからない。

尻尾《しっぽ》をまいて逃げたかったが、侵入者の義務として顛末《てんまつ》をたしかめなければならない。エントランスが見える建物の陰から、しばらくのぞいていた。やはりお忍びなのか、手下は連れていないようだ。変わった動きは見られない。どうやら少なくとも、すぐに告げ口はしなかったらしい。

新藤がただ、欲望を満たすためだけに訪れたのならほとんど会話のない可能性もある。だが、里奈がひと汗かいたあとにぺらぺらしゃべっては今度こそ私の命はないかもしれない。それ以上に同居人の安全も確保しなければならない。

もう一度、辻に連絡をとることにした。

「一応、説明しておきます」と辻が説明してくれた方法で、借りた携帯電話から辻宛に掛けてみた。気の抜けたような発信音のあと、すぐに相手が出た。

「はい」

「尾木だ。今出てきた」

「それで」

「頼みがある。明日の朝までかくまって欲しい」

少しの沈黙があった。

「図々《ずうずう》しいのはわかってる。しかし二宮が新藤に話す可能性がある。俺は明日、檜山のところに乗り込むつもりだが、せめてそれまで自分で動ける状態でいたい」

「わかりました。自力で来られますか」

「行けるが、ついでにもうひとつお願いがある」

「なんですか」

「同居人も一緒にお願いしたい」

さすがの辻も怒るだろうか。

「ははは」

意に反して笑い声が聞こえてきた。

「あなたも相当なものですね。社長が仲良くしとけと言った理由が、わかったような気がします。……わかりました。引き受けましょう」

「これからタクシーで行く」

切るなり、緊急の連絡用に聞いておいた、石渡の携帯番号を押した。メモで持つことは危険なのでやっとの思いで記憶したのだ。

電源を切って寝込んでいないことを祈った。

「もしもし」

石渡の声が聞こえた。

「詳しい理由を説明している暇がない。今からある場所に移る。皆の安全のためだ。十五分で行くからそれまでに支度して待ってて欲しい」

石渡は理由は聞かなかったが行き先を聞いた。菊池の名と素性を説明すると、「私はビジネスホテルへ行きます」と断った。

ジュンペイは病院だ。さすがに新藤も病院にまで手は出さないだろう。平田にも頼んである。

タクシーで家に乗りつけると、恭子と石渡が既に支度を済ませて待っていた。

「すまんな。迷惑掛けて」

「なんですか、今さら」

石渡が答えた。別れの挨拶《あいさつ》はそれだけだった。私は恭子を連れ、タクシーに乗った。間もなく、石渡が呼んだタクシーも到着した。

「明日の夕方にはカタがつくと思う。連絡する」

それだけを言い残して、運転手に行き先を告げた。

恭子は、車の中でじっと私に身を寄せていた。「なぜ」とも、「どこへ」とも聞かなかった。

「大丈夫ですからね」

軽く恭子の手を叩《たた》く。小さくうなずくだけで、声は出さない。

菊池の屋敷に着き、客間に通されても恭子は何もしゃべらなかった。辻に人数を言ってあったので、布団が二組並べて敷いてあった。

「さ、今日はもう遅いから寝たほうがいいでしょう」

恭子は言われるままパジャマに着替えた。離れていた布団を寄せて、その一方に潜り込んだ。

「尾木さん」

少女のような声で恭子が言った。いつもの姉が諭すような調子ではなかった。

「なんです」

「何処にも行かないでください」

「わかりました。ただ、明日の朝早くに出かけます。でも必ずもどって来ます」

「きっと戻ってきてくださいね」

「約束します。寝る前にここの連中に挨拶してきますから、先に休んでいてください」

「はい」

私は応接間で寝ずに待っていた辻に簡単に顚末を説明した。

「どうしますか」

辻が聞いた。さすがに目の縁が赤い。

「明日の朝早く檜山をたずねる。そして全て暴露する。新藤ももう終わりだ」

「もし新藤が先に手を打っていたら？」

「かりに、二宮里奈がおれのことを話したとしても、まさか檜山にたれ込むつもりとは思わないだろう。そう思うしかない」

「なんだか、危ない橋ですね」

「それに、新藤が動くとしたら、おれを狙うより檜山に対して先手を打つだろう。新藤に乗っ取らせてはいけない」

「そうですね、それは最悪だ」

「明日の法要に新藤が出てきたら、こっちの勝ちだ。だめ押しで警察にもたれ込んでやる」

辻は鼻先でふんと笑った。

「ウチの出る幕がなさそうですね」

「ゴタゴタがおさまってから、ゆっくり料理方法を考えればいい」

辻はかるくお辞儀をして部屋を出ていった。私に目付役がいないのは、信用されているということなのか。部屋に戻って少しばかり寝ることにした。

まだ、起きていた恭子が布団の中から手を伸ばしてきた。私はその手を握り返した。柔らかく、ひんやりした手だった。その指先を通して血液がお互いの身体に通うような気がした。

最後の家族と思っていたものが、あっという間にバラバラになろうとしている。いっそのこと、このまま恭子と誰も知らない世界に逃げて行こうか。檜山も新藤も室戸もいない場所へ。だが、そうできないことは自分でわかっていた。私は飲み残しのぬるいビールほどの値打ちしかない人間だ。恭子のような汚れのない人間に、これ以上のことはできない。

やがて恭子の寝息が聞こえて来たあとも、その手を握り続けていた。

38

夜が明けた。いよいよ期限の日が来た。

ほとんど寝つけなかったので、五時半にタクシーを呼びさっさと出かけることにした。すでに起きていた辻が、朝食を摂《と》って行くよう言ってくれたが、固形のものは喉を通りそうになかった。恭子のことをくれぐれも頼んでひとりタクシーに乗った。

初七日の法要に出掛けるまでは、会長は在宅のはずだった。入り口のインターホンに来意を告げる。木村が出てきた。泊まり込んだのだろう。

昨日と同じ道順で、木村の部屋に入った。

「こんな朝っぱらからなんだ。くだらないことであんまり顔を出すな。報告は新藤さんにしろと言っただろう」

「報告はもういらないそうだ。寝てていいと言われた」

「だったら余計気をつけたほうがいいぞ」

私は勝手にパイプ椅子を引き寄せて座った。

顔はハリウッドの特殊メイクみたいになっているし、アクビをしただけで肋《あばら》は痛む。この数日で立派なタフガイになれたような気がして、そろそろびくついて生きるのはやめにしようと思った。

「あんたは新藤ほど気が短くないだろう。それで先に相談を持ってきた」

「お前、頭が悪いんじゃないか。そんなみっともない恰好《かっこう》になっても、懲りねえんだな。俺が手を出すのは会長がいるときだけとは限らねえぞ」

「まあ、運動は話を全部聞いてからにしてくれ。今日は法要があるんだろう。のんびりしてる暇はない」

不服そうではあるが、殴ろうともしなかった、どうやら少しは聞く気になったらしい。

「新藤はヤクに手を出してるな。コカインか？　シャブか？」

いきなり切り出した。木村は否定も肯定もしない。

「そのことを檜山会長は知らないだろう。九峰会では、今のところ建前上は御法度だ。だが、最近の不景気でシノギが厳しい。ヤクに手を染めたい組と、依然として反対する組長がいて、足並みが揃わなくなった。檜山は推進派だろう？　ひとりずつ根回しして九峰会の親分さんたちに黙認してもらう腹づもりだったんじゃないか？」

木村の沈黙が肯定していた。

「ところが、先走って新藤が手を出しちまった。これがばれたら、話は一度ご破算だ。それに、檜山の顔も丸潰れだ。あの性格からして血が流れるのは間違いない。な、どうだ、どうせなら血を流さない側につかないか」

木村は、ものすごい目で睨《にら》んでいる。私は構わず続けた。

「シャブだけじゃない。二宮里奈だ。会長の女が、配下の新藤とできてたら、潰《つぶ》れる顔がいくつあっても足りないわな。そして……」

私は一息ついて、木村を観察した。煙草をふかしているが、目はじっと私を睨んだままだ。ゲーム半ばで絵札を切ることにした。石渡が誇りと引き換えに手に入れてくれたカードだ。

「二宮里奈、もと木村里奈は、血の繋《つな》がったあんたの妹だ」

木村の顔色が、ほんの短いあいだに青く、そして赤く変わった。

「新藤の命は助けようがないとしても、会長の耳に、妹の浮気には木村が一枚噛《か》んでいるらしい、と吹き込む奴がいたら……。おっと」

身を起こしかけた木村を、手で制した。

「短気は起こさないでくれ。話し合いが台無しになる」

「てめえ、ぶっ殺すぞ」

「まあ、聞いてくれ。いい加減なカマをかけてるわけじゃない。そんな噂を聞いたんで、悪いが委任状を勝手に作って戸籍謄本とらせてもらった。日本じゃめったに名字は変えられないことになってるが、実は簡単に変えられるんだな。結婚して相手の名字に変えて、離婚する。それだけだ」

謄本で調べたなどとは全くでまかせだが、図星だったようだ。真っ赤に血を昇らせている木村が自制心をなくす前にひととおり話してしまう必要があった。

「それに俺だって、まんざらのトウシロじゃない。なんの手も打たないで、あんたのところにこんな話をしに来るわけないだろう」

一瞬驚いたようだったが、思ったほどの怒りの色は浮かんでいなかった。むしろ、哀れむような目で私を見ていた。

「お前、本当に死ぬぞ。脅しじゃない。ばかなやつだ」

しばらく睨み合いが続いた。肚《はら》をくくったらしく、木村の顔に薄笑いが浮かびはじめた。

私の頑固さに興味が湧いたのかもしれない。私には減らず口をたたく余裕ができた。

「残念だが、死神は俺から離れたみたいだ、随分しつこくしがみついていたがな」

木村はほとんど聞いていなかった。

「それで、俺にどうしろって言うんだ」

「新藤のいないところで、檜山組長と会えるよう段取りをつけてくれ。今すぐがいい」

「ばかな」

「今日はこれから親族を集めての法要だろう。そこでぶちまけてもいいんだぞ」

再び、木村の顔に朱が差した。

「ここから出さねえ」

「俺の口をふさいでも、いずればれる。ばれたらあんたも終わりだ。せっかく、妹のおかげで掃除当番からはい上がれたんじゃないか。うまく立ち回ったほうがいい」

「俺は何も関わってない」

激情がやや醒《さ》めて、我が身にふりかかるかもしれない災厄を想像したら、私に対する怒りは薄らいだようだ。

「どのくらい深く嚙んでいたかはあまり関係ない。『知ってた』というだけで充分だ。法律用語ではそれを『悪意』という。一般人の使う悪意とは多少意味合いが違うが、知ってれば悪意なんだ。あんたの親分さんが法律よりも物わかりがいいとは思えない」

木村が初めてにやりと微笑んだ。

「お前をぶっ殺す。死体を土産にして潔白を信じてもらう。裕也さん殺しもお前のせいにする」

「残念だが、そう簡単には済まなくなった。さっき、言っただろう。俺もせっぱつまってる。俺がここから戻らなかったら、今話した内容を書留で組長宛に送る手《て》筈《はず》になっている。

組長というのは檜山だけじゃない。九峰会の全ての組長だ。まあ、弁解する時間がもらえたらめっけもんだな」

木村は私のことを睨みつけていた。十秒だったか十分だったか、時間の感覚はなかった。やがて、木村の眉間《みけん》の強張《こわば》りがゆるんだ。ぎりぎりのところで自制心をはたらかせたようだ。

「わかった。会長に会えるよう話してみる。今日は機嫌が好《い》いといいんだがな。それにしても、ばかなのか、根性あんのか、わからねえ野郎だ」

何か言い返そうとしてやめておいた。まがりなりにも取引の途中だ。必要以上に感情的にさせることはない。

「それより、可愛い妹の薬はやめさせたほうがいいぞ。あれはミン剤か？」

眉間に皺《しわ》をよせていた木村の目が見開かれた。

「直接彼女と話せば、警察学校の生徒にだってわかる。今ならまだ取り返しがつきそうだ。少し入院すりゃ元にもどれる。引き返せなくなる前にやめさせてやれよ。新藤がいなくなればそれもできるだろう？　せっかくの美人が早死にしちゃもったいない」

木村は相変わらず私を睨んでいたが、殺意の色はだいぶ薄くなったようだった。

「それじゃ、会長さんに会いに行こうか。嫌なことは早く済ませたほうがいい」

39

お馴染《なじ》みになった事務所を通り抜けて、庭に通された。

ごちゃごちゃしている事務所とは裏腹に、庭は意外なほど何もなかった。菊池の屋敷とは対照的だった。ひとめで全体が見渡せる。これも防犯上の理由なのか。紅葉や松などのこざっぱりした立木が数本。手入れされた芝生。小ぶりな池。

こんな朝早くだというのに、その中を組員が忙しそうに歩き回っている。

「法要はどこでやるんだ？」

「豪徳寺だ。あと二時間でみな出かける」

「新藤は？」

「ここへは来ない。直接行くと聞いてる」

「好都合だな」

この十日ばかりで初めて拾った、ちっぽけな幸運だった。

さっき、木村が電話を入れた相手はおそらく檜山本人だろう。かしこまってしゃべっていた。口調からして、ご機嫌はそこそこらしい。

庭の奥に、鉄筋造りの三階建ての住まいがあった。こんな代物《しろもの》を百個ばかり海岸に並べたら、ノルマンディーは落ちなかったかもしれない。

我が家のリビングほどもある玄関を抜け、一番手前の部屋に応接セットがあった。家の造りのわりには、質素なセットだ。応接間にも、相手に応じてランクがあるのかもしれない。私は当然最下位だろう。

檜山はまだ、パジャマを着ていた。誰の見立てか知らないが、サイケデリックとしかいいようのない絵柄が、いっそ気持ちがいいくらいに似合っていない。よっこいしょと声をあげて檜山がソファに身を沈めるのを待って切り出した。前置きはなしで、いきなり結論をぶつけた。

「あんたの甥ごさんを殺した犯人は今日明日中には必ず警察に身柄を渡す。それで了解してもらえないだろうか」

檜山は胸ポケットから出した葉巻の端を、専用のカッターで切り落とした。口にくわえた葉巻の先に、脇から木村がライターに火をつけて差し出した。時間が止まる。ようやく火がついて、すぱすぱと二、三回煙を吐き出し、言葉が返ってきた。

「それはハナシが違うな。新藤から聞いてるぞ。お前どこかのちんぴらと喧嘩《けんか》して入院してたそうじゃないか。今日の法要が終わったら落とし前つけさせるつもりだった。身柄がどうのという前に、ホシがわかったならさっさとつれて来い」

普段から憮然《ぶぜん》とした表情なので、どの程度機嫌が悪いのか判断しかねる。だが、ここが肝心だ。この権力ぼけ爺《じい》さんを説得できないと、計画はすべて白紙に戻る。

「あんたが、出頭させたことにすればいい。噂はすぐにひろまる。警察がドジ踏んで誤認逮捕したので、前科のある元刑事を雇って本当の犯人を見つけた上に、警察に差し出した。

――あんたの度量の大きさをほめる人間はいても、笑うやつはいない」

檜山は少し考えていた。

「外にはそれでいいかもしれん。しかし、身内にどうやって納得させる？」

「檜山組、いや檜山興業の身内という意味なら、この先大きなトラブルが発生して内輪の面子《メンツ》どころの騒ぎじゃなくなるだろう」

檜山の眉間に皺がよった。煙をこちらに吹き出した。

「どういう意味だ」

「お宅の組の火種を偶然摑《つか》んだ。そいつを教える。引き替えに久保裕也殺しの犯人のことは忘れてもらえないだろうか」

「忘れる？」

「そう、それが誰であっても、司法にまかせて、あんたのところでは手を出さないと約束して欲しい」

「何寝ぼけたことを」

「くどいようだが、甥っ子殺しの犯人をサツに差し出しても笑うやつはいないだろう。しかし、今から話す不祥事を見逃したら、次の会長は回ってこないのは確実だと思うが」

「お前、よっぽどのばかか、死にたくてヤケクソなのか。それとも、脳味噌《のうみそ》の代わりにべったら漬けでも詰め込んでんのか？　おれに向かって何を言ってるかわかってるのか。おい」

最後の「おい」のところで、となりの木村の図体《ずうたい》がビクッと反応した。

皮肉なことに、檜山があげた理由は三つとも当たっていた。だが今は、檜山の慧眼《けいがん》を褒《ほ》めていてもしかたない。

「このところ、怪我のおかげで酒がほとんど飲めない。多少はものを考えることができる。考えた挙げ句に頼んでる」

檜山は、葉巻をゆっくり二回ふかすあいだ考えた。

「いいだろう。その度胸に免じて、話だけは聞いてやろう。つまらん寝言だったら、途中で木村に預ける」

私は、安堵《あんど》感をさとられないように、小さくうなずいた。

私は新藤の名前だけを伏せて、概要を語ってやった。半分も話さないうちに檜山の顔に朱が差し、女を寝取られていると匂わせたところでは、泡でも吹きそうなほど興奮していた。真っ赤に膨れた顔が、派手なパジャマに初めて似合った。

「そ、それは誰のことだ。お前……知ってるのか」

ひと重のやや垂れた瞼《まぶた》を精一杯つり上げて木村を睨《にら》んだ。

「や、違います。自分は……」

そう思って見ればどことなく二宮里奈に似た顔が引きつった。私は割って入った。

「それを全部話す。最初の条件で」

檜山はせわしなく吸っていた葉巻をもみ消した。

「見逃せと？」

うなずいた私を睨む檜山の目が細くなった。

「木村」

「はい」

檜山は、私を睨んだまま、葉巻で自分の耳をかるく叩《たた》いた。

「今、ここでですか？」

多少青ざめた木村の表情がさらにこわばった。

軽々しく「ぶっ殺す」などとさっきまで口にしていたが、さすがに腹を二、三発殴るのと、消えない傷を負わせるのとは意味合いが違う。木村のためらいに気づいたのかどうか、檜山は答える代わりに簡素なサイドボードの引き出しから何かを取り出して、ごろりとテーブルに置いた。身の細いフォールディングナイフだった。

私はとっさに計算した。檜山がどのくらい本気なのか。私の耳を殺《そ》いだくらいで寝覚めが悪くなるような人物ではないだろう。やれと言われれば、結局気の弱い木村も逆らえないに違いない。とにかく、話を聞く気にさせなければならない。

「ちょっと待ってくれ。逆にひとつ聞きたい。興信所もつかっているらしいが、裕也殺しの犯人については何か摑めたか？」

檜山の顔つきが再び険しくなった。

「あの穀潰《ごくつぶ》しどもが、金ばかりとってちっとも働かん。まったくどいつもこいつも」

「その興信所の手配をしたのは誰だ」

「そういうことは全部新藤にまかせている」

言ってから、何かに思い当たったように口を半開きにしていた。さすがに感づいたようだった。その調子で私の耳のことは忘れてくれ。

「そう、新藤だ。そして、久保は新藤のことを慕っていた」

少し引きはじめた赤みが、一気に逆流した。何も言わなかった。本当に激昂《げっこう》すると人は口がきけなくなるのかもしれない。ただ、指先が少しばかり震えている。

「会長」

木村が態度を決めかねて、檜山に指示を仰いだ。檜山が手のひらを木村にむけて「待て」の合図をした。額から噴き出した汗を、私はさりげなく袖口《そでぐち》で拭《ぬぐ》った。

「お前、そこまで言うからには、腹は括《くく》ったんだろうな」

檜山の目には、今まで見たことのない真剣な色が浮かんでいた。

やはり、身内の復讐《ふくしゅう》と組の存亡をはかりにかけて判断を誤るほど耄碌《もうろく》はしていないらしい。

「もう一回最初から話してみろ」

今度は名前を隠さずに、さっきより丁寧に話してやった。檜山はだまって聞いていた。

「新藤は、今のあんたのやりかたでは満足できなかった。実入りのいい、シャブやコカインに手を出したくなった。ところが九峰会では御法度になっている。やつは、西南会系の高端組と手を組むことにした。今はルートを作り上げているところだろう。もしかすると九峰会の他の組とも組んでるかもしれない。現に、少しずつ流し始めている。ルートを確立したところで、この組を乗っ取るつもりだったのか、独り立ちするつもりだったのか、それはわからない。久保裕也はその高端組との連絡役をしていた。ついでに奴は、あんたの女の二宮里奈も手に入れたくなった。つなぎ止めるためにシャブを使ってる」

「ばかな」

エースのカードを切った。木村の顔色が今度は赤くなった。睡眠薬と言ったのを信じていたのだろう。覚醒《かくせい》剤となれば話が違ってくる。

「俺は直接会った。顔をつき合わせて話せばシャブをやってるかどうかくらいは今でもわかる」

「畜生」

「たまには妹に会ってやれよ。兄妹だったらすぐに気づいたはずだ」

木村は怒りの矛先を何処へ向けるべきか迷っている様子だった。新藤に植えつけられた恐怖心は簡単にはとりはらえないのだろう。

「そこで問題が起きた。久保裕也殺しで捕まった高瀬早希は二宮里奈の友人で、事件の直前一緒に会っていた。久保が落ちたときも早希と一緒にいた。だから無実を証明できるはずだった。だが、のこのこ警察に出向けばシャブをやってるのは一発でばれる。そんなことになったら身の破滅だ。だから、新藤は二宮を隠した」

「証拠はあるのか？」

「新藤は、二宮を隠す理由をなんて説明した？」

「里奈も美人局《つつもたせ》に関わった。早希が吐けば呼ばれる可能性がある」

「そんな事実はない」

檜山の唇のはしがかすかに震えている。

「証明できるか」

「二宮里奈本人だ。彼女は知ってるはずだ」

檜山が木村を睨んだ。

「自分は、まったく知りません。本当です、知ってたら……」

「その男の言うことは本当だ」

助け船を出してやった。木村を追いつめすぎて寝返られては、新藤に逆転される可能性もある。

「実は、彼女と直接話してきた。彼女にも罪はない。新藤にいいようにおもちゃにされたんだろう。すっかりラリってた。あんたは気がつかなかったのか？」

檜山の眉《まゆ》がつり上がっていた。

「最近忙しくて、会ってやらなかった」

「どのくらい？」

「二カ月か、そこらだ。せいぜい店で酒を飲む程度だった」

「その間にたらしこまれたんだな」

「しかし、いずればれるだろう。新藤もそんなばかじゃあるまい」

まだ、逃げ口を探してやっている。できることなら、子飼いの裏切りを信じたくないようだった。ふんぎりがつくようにしてやった。

「ばれる前に手を打つつもりだったんじゃないか。実行力はある男らしいからな」

さすがの檜山も黙ってしまった。

「畜生……、妹に聞いてきます」

木村がぼそりと吐いた。檜山が思いついたように顔をあげた。

「いや、ここへ呼べ。話したい」

やれやれ、危なっかしくて見ていられない。

「ちょっと待ってくれ。慎重にやったほうがいい。さっきあんたが言ったとおり新藤はばかじゃない。感づかれたら先に手を打たれる。下手に追い詰めたら何をするかわからないぞ」

私を睨む目にだんだん迫力がなくなってきた。事実として受け入れたようだった。

「……田原だ、田原を呼んでこい。あいつに相談しよう」

木村がどこかへ消えた。田原のことは私も知っている。檜山組の古株だ。派手な稼ぎは新藤ら若手に奪われた形だが、組の要《かなめ》であることに違いはない。武闘派の新藤に対して、田原は派手さのない分、陰湿だ。

「久保が新藤に加担していたことを不問にすれば、あんたの妹さんに対する義理も果たせるんじゃないか」

黙っている。認めたくない気持ちはわかるが、事実は受け入れざるを得ない。

私はこれ以上内紛に関わり合いたくなかった。

「それじゃ、あとはそちらでお好きなように落とし前をつけてくれ。それから、約束を忘れないでくれ」

檜山は考え込んでいて返事をしなかったが、ダメだとも言わなかった。私はそれを了解の返事とみなして、部屋を出た。

七日分の日当を受け取っていないことは不服だったが、この際こまかいことは言っていられない。テーブルの上にはぶっそうなものが置かれたままになっている。田原が一部始終を聞き終わるまでこの場にいたら、自分の身の保証はない。

修羅場には立ち会いたくなかった。

檜山もぼけてきたとはいえ、九峰会の会長までつとめた男だ。田原もついている。ぬかることはないだろう。唯一の不安は木村だが、あえて巻き込んで話に加わらせた。いざとなれば、妹の行く末より、自分の身が可愛いだろう。

それよりも、身内のごたごたが片づいた途端に、檜山が心変わりしない保証はない。決心がついているなら、早いところ警察に身を預けたほうがいいだろう。

約束どおり、辻に電話を入れた。

「この番号は安全です」という番号に公衆電話からかけた。安全とは盗聴されていないという意味だろう。

「内輪モメは今日、カタがつく」

「なるほど」

「警察も入るだろう。証拠も押さえられる」

「しかたないですね」

抗争になるよりははるかに、辻の望んだ展開だろう。

「ひとつ二つ用事を済ませて、恭子を迎えに行く。それまで預かっていてほしい」

「わかりました」

私は、一旦《いったん》置いた受話器を取り上げた。出頭の準備と打ち合わせをするべく、花房弁護士に電話をいれた。今日、事務所に訪ねて何もかも話す約束をした。飄々《ひょうひょう》とした話し声を聞いて、何か肩の荷が下りたような気がした。

テレホンカードの度数が残り少ない。電話機の脇に設置された販売機に千円札を呑《の》み込ませて、新しいカードを買った。覚えている番号を押す。

「はい、こちら光宮警察です」

「刑事課の室戸さんをお願いします」

40

その後どうなったかは、気の弱い私には聞くのもつらかった。

結論から言えば、新藤はまだ檜山に造反するほどの力はなかった。細かいところは田原の差配だろうが、あの急場では他に手はなかったかもしれない。いろいろ集まった情報をつなぎ合わせると、こういう様子だったらしい。

それは、檜山が坊さんのお経のあと、集まった親族と飲み食いしてるあいだに起きた。アリバイとしては完璧《かんぺき》だ。檜山は会の途中で、新藤と田原、そしてついでのように木村にも、ある指示を出した。今日の期限が来て、尾木がやけくそになり、何かふざけたことを言っているらしい。お前たちで先に白黒つけておいてくれ、というものだ。新藤としては最も断りづらい、そして冷静な判断を欠くに違いない用件だっただろう。私が何か嗅《か》ぎつけたのだとしたら、檜山に会う前に始末しなければならないからだ。

三人の他に、付き添いでもう二人の組の人間が、ベンツに乗った。例の廃屋のような工場が現場に選ばれた。

車から降りるやいなや、田原の合図でいきなり木村が新藤に飛びかかろうとした。

だが、やはり新藤もうすうす感づいていたのだろう。心の構えはあったようだ。木村が動くのと同時に、新藤はシグのオートマチックを懐から出した。木村の腹に二発、田原めがけて一発ぶっ放した。

新藤が、このときピストルを持っていた本当の理由はわからない。ばれたことに本当に感づいていたのか、あるいは新藤のほうでも檜山に対してこの日にケリをつけるつもりだったのか。これは想像したくもないのだが、本当は私に会うなり頭を撃ち抜くつもりだった可能性が一番強いかもしれない。それにしても最後まで気障《きざ》なやつだ。

木村は腹に二発くらいながら、新藤に突進して押し倒した。映画やドラマでは、腹に弾をくらいながらひと仕事しでかすタフガイがいるが、そう簡単なものでもない。あの木村の暴れん坊でさえ、新藤を押し倒して重しの土嚢《どのう》代わりになるのが精一杯だった。

身動きの取れない新藤に、残りの組員が匕首《あいくち》を突き立てた。木村がのしかかっている脇から、子分その一が匕首を柄まできれいに押し込んだとき、肉塊の下からうめき声が聞こえたそうだ。

最初に田原が死の合図を送ってから一分ほどのあいだのできごとだった。田原に向かった弾はそれた。

田原は木村の身体をどけて新藤の死亡を確認すると、組員に「二十分してから通報するよう」言い置いて車にとって返した。親分のアリバイのお相伴にあずかるつもりで。

さて、腹に弾をくらってうめいているのに、田原の命令で二十分も救急車を呼んでもらえなかった木村は、いい面の皮だった。しかし、日ごろの行いがよほどよかったのか、あるいはお釈迦《しゃか》さまに顔も見たくないほど嫌われたのか、一命を取り止めることができた。罪作りな医者もいたものだ。木村は退院と同時に、殺人の共同正犯で逮捕されるだろう。先に自首した他の組員二名と一緒に裁判にかけられるはずだ。理由は喧嘩《けんか》、内輪揉《うちわも》め。上の人間の名は絶対に出ない。その代わり出所後は、さらに旨《うま》い汁が吸えるところにあがるのだろうか。

もはや私とは関係のない世界のことだった。

午後の早い時間に、菊池邸へ恭子を迎えに行った。彼女はいつでも出掛けられる支度をして、心細げに待っていた。

「さあ、帰りましょうか」

「はい」

菊池と辻に重ねて礼を言い、恭子の世話を焼いてくれた組の人間にも挨拶《あいさつ》をした。現役のころからの顔見知りは居心地が悪そうに会釈を返した。私は恭子を連れて自宅に向かった。

その日のうちに、義理堅く檜山が寄越した使いから顛末《てんまつ》を聞いた。

「犯人はまかせる」

それが、伝言だった。あんな極道さえ、約束を果たしたのだ。どんなに気が乗らなくとも、私にはもうひとつしなければならないことがある。

私は残り少ない金をはたいてスコッチを買った。明日、警察に出頭しなければならない。これが素面《しらふ》でいられるわけがない。

だが、飲む前にやるべきことがあった。

41

「ちょっと出かけてきます」

家に着くなり、靴も脱がずに再び外出することにした。

不安そうな顔を向ける恭子に、「大丈夫、すぐ戻ります」と告げてドアを閉めた。

ひとりになって考えたかった。別に個室に閉じこもる必要はない。見知らぬ人間たちとすれ違いながら、足を動かした。昔から、考えごとをするときはこれが一番効率がよかった。

気がつけば、例の陸橋の上にいた。いや、本当はここを目指して歩いていた。距離から考えて一時間ほど歩き続けたことになる。裕也が落ちたらしい場所に立って、下を見る。荒らされた花束は誰かが片づけたらしかった。時間は何も解決しない。すべてを風化させるだけだ。何を見るともなく遠くの風景に目をやった。梅雨も間近い湿った風が吹き抜ける。

死ぬのはどうだ——。

そう難しい選択肢ではないように思えた。

「久保を突き落としたのは自分です、尾木遼平」

遺書を残して久保と同じこの場所から飛び降りる。一件落着だ。丸くおさまる。このくだらないゴミバケツ人生にようやく終止符が打てるじゃないか。純平にも会える。もう虹《にじ》はいらない。

しかし……、できなかった。

そんなことをして純平のところに行っても、会ってはくれないだろう。私はうなだれて陸橋を下った。

私は水を二杯飲んでから、恭子の部屋の前に立った。

めずらしく緊張していた。二度大きく息を吐いて、ドアをノックした。

「はい」

小さな、そして冷静な声が返ってきた。

そう、恭子はいつも冷静で正しい。私なんかよりよっぽどまっとうな人間だ。

恭子は、床に座って薄い本のようなものを抱えていた。表紙には緑色の地に白い文字で

「バイエル」と書かれている。一度引き裂かれたものを丁寧に補修テープで繕ってあるのが見えた。恭子はかるく身体を揺すりながら小さな声で鼻歌をうたっていた。

「直ったみたいですね」

教本をかるく顎《あご》で示して言った。

「こんなにぼろぼろになっちゃって」

そう言いながら、ぱらぱらとめくった。目の色は冬の湖のように沈んでいた。

「入院のときには、花束をどうもありがとう」

「いいえ」

「でも、何本か萎《しお》れていた。というより傷んでいた」

「ごめんなさい」

そんな話はもういい。いつかは切り出さなければならないあのことを話そう。私はあぐらをかいて、恭子と目を合わせた。

「私が放り出しておいたポケットティッシュのメモを見たんですね」

恭子がかすかに微笑む。

「早希さんのマンション。行ってみました。あんな可愛らしい人がすんでるお部屋、のぞいてみたかったんです」

やはり、あの日恭子はメモを見て早希のマンションに出かけたのだ。これで最後の疑問も解けた。

「あの男を陸橋から突き落としたのは、あなたですね」

恭子はじっと私の目を見つめ返して、自信なさそうにうなずいた。私は、恭子の手にそっと自分のごつい手を重ねて、なるべく普通に言った。

「明日、一緒に警察に行きましょう」

恭子は不安そうな顔を私に向けた。

「大丈夫です。花房さんという弁護士も一緒です。やつらに乱暴なことはさせませんから」

恭子の顔から不安な表情が消えたわけではないが、こくりとうなずいた。

「そして、病院で診てもらいましょう。大丈夫。きっと治りますよ」

恭子は床を見つめながら何かを思い出そうとしていた。

「私、夢を見たと思っていました。あのできごと以来、たくさん嫌な夢を見たので、どれが本当かわからなくなって……」

「久保裕也、あの日この家に押し入って、私を殴りつけた男。その教本を引き裂いた男。あいつの跡をつけていったんですか」

「よく覚えていないんです。早希さんのマンションを見て帰ってきたら、変な男が家から出て行って、尾木さんが玄関に倒れているし、こんなのきっと夢だと思って部屋に行ったら、破れたこの本を見つけて。そうしたら身体が熱くなって、そのあとは……」

恭子は頭を抱えた。

「何も？」

「男の跡をついていったら、なんだか高いところにいたような気がします。尾木さんを殴った男が、いつのまにか早希さんにも乱暴をしていました。ああ、やっぱりまた夢なんだと思いました。夢に出てくる男たちはいつも、誰かを殴ったり怒鳴ったりしています。どうしていいのかわからなくて……しばらく、じっと見ていたら、逃げていった早希さんに、まだ大声で乱暴なことを言っていました。それにその場所からは、少し前に見たばかりの早希さんのマンションが見えました。怖い夢はずっと続くんです。胸がどきどきして、いけない、いけないと思って、私、夢を終わらせたくて、男を突き飛ばしたような気もします。いつもそうすると、怖くて目がさめるんです……。ひどく賑《にぎ》やかなパチンコ屋のようなところで、男に包丁を刺す夢もよく見ます。やっぱり、私の……」

すがるような目で私を見上げた。

「私があの男を突き飛ばしたのが本当で、早希さんはその身代わりで……」

呆然《ぼうぜん》とした恭子はその先の言葉が見つからないようだった。

「無理しなくていい。あとからゆっくり思い出せばいいんです。そして早希さんにもきちんと謝りましょう。そして……」

できるだけ明るく言おうと試みた。

「みんなとお別れをしないと」

「お別れ……、家がなくなるから？」

「そう、家もなくなる。でも、あなたが治って退院するころには、あたらしい棲《す》み家を探しておきます。アパートひと間かもしれないが」

「石渡さんや潤君は?」

「他の連中とはお別れです。彼らはひとりで生きて行けるから」

ほとんど表情の変わらない恭子の目から、涙がぽろりぽろりとあふれてはこぼれた。

あの日、徒労に終わった彷徨《ほうこう》から帰宅した私は、なけなしの体力で家の中を見て回った。どの部屋も裕也に荒らされていて、カーテンがひきちぎられたり、小物が床にぶちまけたりしてあった。

恭子の部屋に入って、二つに引き裂かれたバイエルの教本がひとまとめにしてあるのを見たとき、背中を冷たいものに触れられたような気がした。

久保が自分で破いておいて、丁寧にまとめるわけがない。ほかの誰かがやったのだ。つまり、裕也のあとからこの部屋に入った人間がいる、ということだ。そして、それは恭子以外にない。私が気を失う寸前に帰宅し、私の様子をうかがったのは恭子だったのだ。私が早希のマンションの近くで、朦朧《もうろう》とした意識のなか、恭子を見かけたような気がしたのは幻ではなかった。

だが、それですぐに恭子が犯人だと考えついたわけではない。はじめのうちは、どうせ新藤かその手下の犯行だと思っていた。理由はわからないながらも、新藤の檜山に対する殺意と呼べるほどの視線に気づいたとき、出来の悪い甥《おい》っ子を始末することなど新藤にとっては朝飯前なのだと思った。ばからしくて真剣に犯人捜しをする気にはなれなかった。

しかし、調べていくうちに久保はむしろ伯父を裏切って新藤になついていたことがわかってきた。新藤にしてみれば、とりあえずは自分になついている久保を殺して造反劇の前に騒ぎを起こす理由はない。新藤でなければ、ほかに久保を突き落とした人物がいる。そう思ったとき、引き裂かれたバイエルの教本が思い浮かんだ。

久保が死んだ日以来、恭子の心は何処かへ飛んでしまっている。おそらく『もうひとつの世界』に身を潜めたのだろう。時折こちら側にやってきて、自分の家族を害する悪《あ》しきものを壊そうとする。心がうつろになった恭子は、男を刺して床が血の海と化したパチンコ店で取り押さえられていたあの日と、同じ目の色に戻っていた。なんの罪悪感もなく、ためらうこともなく、人を奈落《ならく》に突き落とせる目だ。

それでもまだ、私は信じたくなかった。恭子の中に潜む純粋な狂気の存在を。だが、私の病室に活《い》けてあった花は、久保の墜落現場から恭子が持ち去ったものに違いない。高価そうなのに傷んでいたのはそのためだ。完璧《かんぺき》主義の恭子があんな傷んだ花束を買うはずがない。あのひと束分だけを奪い、残りの花は足で踏みにじった。北川のスーパーと似ているというだけで万引きの衝動を抑えられなかった恭子の病だ。あの花束を見たときに確信した。久保を突き落としたのが早希の犯行でないのと同じくらい、恭子の行為であることは間違いなかった。

高瀬早希を確実に釈放させるためには、恭子に自首させることが最適ではあったが、私にはどうしてもその決心がつかなかった。なんとか、恭子には触れずに早希の無実を証明してやりたかった。罪は罪とわかっていても、見逃してやりたかった。おそらく恭子の心は、倫理の垣を超えた世界に在るのだ。

しかし、二宮里奈があの状態で、檜山組に死傷者が出ては、そうも言っていられなくなった。私が遺書を残して死んでみても、問題は解決しない。恭子を自首させて、心の病を治し、再び社会に戻る日が来るなら、私が出迎えてやらなければならない。

考えにふけっていた私がふと顔をあげると、恭子がシャツを脱ぐところだった。

自分ではずした下着の中から現れた、小ぶりな乳房が痛々しかった。恭子は立ち上がり、スカートのホックをはずし、床に落とした。あっという間に、小さな布きれ一枚だけになった恭子が、さらにそれにも指をかけたとき、私はようやく我に返った。

「恭子さん。何をするんですか」

「ご迷惑をおかけしました」

「それとどういう関係があります」

「私には、何もありませんから」

そう言って、最後の下着も足から抜いた。

「やめなさい」

出会って以来、恭子に対して初めて大きな声を出した。

本当は抱きたかった。いや、抱きしめてやりたかった。

私の不遇など、自業自得の見本市でひと山いくらで陳列できそうなものだが、恭子が味わった悲しみにはいわれがない。私のような人間で恭子をなぐさめることができるなら、抱いてやりたかった。

しかし、恭子が求めているぬくもりが、本当は私でないことも、また知っていた。私は、深呼吸をひとつして、空っぽの頭にかかった靄《もや》を吹き払った。

「気持ちはわかりました。もう、服を着てください」

そう言って横を向いていると、恭子の身支度する音が聞こえてきた。

すっかり、服を身にまとったことをたしかめてから、もう一度彼女の目を見つめて言った。

「明日は、きっと大変だと思います。今日は早めに寝てください」

恭子がうなずいた。

「心配はいらない。あなたがどういう処遇になろうと、社会に戻る日、私がきっと迎えに行く」

そう言って部屋を出た。

この狭い階段を降りるのもあと何回あるだろう。

いつだったか、石渡氏に虹《にじ》の話を聞いてこの階段を降りたとき、自分の虹について想像したことがあった。それならば、恭子の虹はどんなだろうか。金門橋ほどもあるその大きな虹を、彼女は渡るだろうか。

明日になれば、と淡い期待が湧いた。

路傍で眠る我が身を、間違えてゴミ収集車がさらってくれないものか、と考えているような毎日は終わるかもしれない。週に一度くらいは、酒を飲まずに眠れるようになるかもしれない。自分を必要とする人間がひとりでも存在するのだとしたら、その間だけは踏ん張ってみよう。

そしていつか——。

うす暗い階段を降りながら思った。

もしもいつか、自分にも虹が立ち上ったら。自分にその虹を渡る資格があるなら。そしてその向こうで誰かが待っていてくれるなら。そのときはきっと思い残すことはないだろう。私も、虹を昇って純平に会いに行こう。

42

中央公園という、全国に千個くらいはありそうな名前の公園のベンチに私たちは腰掛けていた。

一時の激しいにわか雨が過ぎたあと、どこかに避難していた人々がいつのまにか集まってきた。

芝生の上ではバドミントンを楽しむ若い連中や、走り回る子供たち、それを見ながらおしゃべりが止まらない母親たちがいた。

私のとなりには、この明るい公園がよく似合う、室戸刑事が座っている。

「村下恭子の精神鑑定がはじまるらしいな」

私が聞いた。

「そうだ」

「世話になった」

室戸は答える代わりに、横をむいて煙草の煙を吐き出した。

室戸の愛嬌《あいきょう》のある顔が引きつったのかと思ったが、どうやら機嫌がいいらしいので、微笑んだのかもしれない。どちらでもいいことだ。

おかれた状況がどう変わろうと、あまり好きにはなれない顔なのでなるべく見ないように話した。

「大変だったか」

「何が」

「その後の収拾だ」

「自分でひっかきまわして、よく言えるな。俺も危ないところだった、高瀬早希の一件だけだったら飛ばされてただろうな。新藤の事務所からごっそり出たんで、どうにかちゃらだ」

「ちゃらということはないだろう。高瀬早希逮捕の理由は、まだ美人局《つつもたせ》だけだったんだろう？　結果的に捜査がピントはずれだったにしても、片やコカイン、シャブにハジキまで出たんだ。本部長賞ものじゃないか」

たっぷりと仕返しをしたつもりだったが、本人は嫌味だと気づかなかったようだ。

「いいところは上の連中が持っていく。近川の名前の入った書類が出てきたからな。揉《も》み消すのに、いろいろ駆け引きがあったんじゃないか。課長あたりが横滑りで転任になって、ちゃんちゃんだ」

まあ、そんなところかもしれない。相変わらずの茶番だ。

「近川は？」

今日、どうしても聞きたかったことのひとつだ。

「クビにはならん。依願退職の形をとる。まあ、最後の情けだ」

それでよかった。口には出さなかったが、そう思った。

「理由は聞いたか？」

「やつのカミさんが、ストレス解消に買い物をはじめた。ストレス解消のために何かにはまると、際限がなくなる。すぐに金はなくなった。サラ金から借りた。最初は十万だったそうだ。近川が気づいたときには三十倍にふくれあがっていた。もちろん、貯金は一銭も残っていなかった。

やつは、なんとか表沙汰《おもてざた》にしないで支払いがのばせないか、交渉した。そのサラ金のケツ持ちをしていたのが、檜山興業だった」

つい最近、似たような話を聞いた気がする。

「なるほど。まあ、そんなことだろうとは思った」

「持ちかけたのは、新藤らしい。檜山は知らんと言ってるが、それもおそらく本当だろう。近川は新藤の知りたい情報を流す。新藤は、近川の借金を棒引きにする。ごくシンプルな取引だ。あんたが言うように、新藤が近々シャブのあつかいをはじめる準備だったんだろう。予行演習みたいなもんだ。流れたネタもたいしたものはなかった。せいぜい風俗の一斉が無駄足になったくらいだ。まあ、それだから軽い処分で済んだ。シャブが嚙《か》んでいたら間違いなく免職だし、第一送検だったろうな」

「運がよかった、……か」

独り言をつぶやいた。

電灯のない夜道を歩いて行くみたいなものだ。穴にはまるか、石につまずくか、クソを踏んづけるか、あるいは何ごともなく行き着くか。できることは、星に願いを唱えるだけだ。

三百万という金で刑事の職を棒にふった近川は、本当に運がよかったのか。野望の第一歩でいきなり転げた新藤はどうだ。

「恥をさらすだけだから上の連中には言ってないが、高瀬がホシだと強く押したのは近川だった。『本部の連中が出張る前に身柄を押さえましょう』と言われて、おれもその気になった。課長に相談しても、例の放火殺人で毎日マスコミに突《つつ》かれて、上の空だった。おれも試験が近くてあせっていた」

室戸がこれだけ吐露するのは、よほどのことだろう。借りを返せるいい機会だったが、冷やかしはやめておいた。

「すると、近川のやつ、新藤から高瀬が本ボシじゃあないことを聞いて知ってたんだな。あんたも目障りだったらしい」

室戸がふん、と鼻を鳴らした。

「やつが檜山のところに入るのを見た者がいる。おれは捜査の都合だと信じ込んで、軽い気持ちでたしかめただけだったんだが」

「やましい気持ちがあると、周りがみんな敵に見える」

「お前は、なぜ近川が怪しいと思った?」

たて続けに煙草に火をつけた室戸が聞いた。私は煙をよけながら答えた。

「最初は、つながっている人間がいるとすればあんただと思ってた」

「何を」

煙草を投げ捨てて、私を睨《にら》む。こんなに短気で、よく今まで刑事なんかやっていられたもんだ。

「まあ、聞いてくれ。ほかに頼る相手もないので近川に相談した。最初はとりつく島もないほど拒絶していたのに、檜山の話が出ると急に興味を示しはじめた。酒の一杯で態度が変わるのも、話がうますぎるとは思った。そこで、あんたの悪い噂の話を持ち出したら、食いついた」

「悪い噂？」

「悪く思うな。作り話だ。あんたがギャンブルで首がまわらないと言ったら酒が美味《うま》くなったようだった」

「ギャンブル？」

「競輪だとさ。あんた、車券の買いかた知ってるか？」

室戸のこめかみのあたりが赤くなった。昔、ぱっとしない競輪の選手に女房を寝取られて以来、私を憎むのと同じくらい競輪選手を嫌っている。

「新藤にいい土産が出来たと喜んでいたんだろうな。ただ酒を飲ませてやったのに。その挙げ句が、この始末だ」

まだ、抜糸のあとがなまなましい傷痕《きずあと》を見せた。今度は私が聞く番だ。

「新藤と久保が美人局で公務員を狙ってたらしいが、何が目的だったたんだ」

「さあ、二人とも死んじまったんで、たしかなことはわからんが、どうも名簿を集めようとしてたらしい」

「名簿？」

「そうだ、職員名簿だ。たぶんそうやって弱みを握った役人をできるだけ作ってから、商売をはじめようとしたんじゃないのか。被害者のひとりは、警察の職員名簿が手に入らないか聞かれたと言ってる。被害届を出したのは二人だが、高瀬は五回やったと言っている。恐喝の内容までは知らないらしい。新藤の事務所にもなかった」

おままごとは始まったばかりだった。たいした収穫もなかったのだろう。

新藤が死んで、木村が腹の脂肪を一キロばかり吹き飛ばされた。木村は腹の傷が治り次第、刑務所に直行するだろう。私の腹をなんども撫《な》でてくれたバチがあたったのならうれしいのだが、神様がそんな洒落《しゃれ》たことをしてくれるとは思えない。

二宮里奈は逮捕後強制入院させられた。退院後は大嫌いな場所へ直行することになるだろう。あの美人に二度と口をきいてもらえないと思うと残念な気もする。檜山は参考人聴取で済んだ。面子《メンツ》も保てた。噂では四期目の会長の座をまだ諦《あきら》めていないらしい。新藤の事務所からは、面白いほどいろいろ出たが、檜山邸は綺麗《きれい》なものだった。辻が期待したほどのダメージは与えられなかったかもしれないが、新藤が消えたのは、将棋でいえば飛車落ちみたいなものだ。それで貸し借りなしにしてもらおう。

室戸が、思い出したというように言った。

「そういえば、お前らを襲ったちんぴら三人組をあげたのは、平田のやつなんだが、ネタ元を明かそうとしない。あのボケがこんなに早くあげられるわけがない。もしかしたら…

……」

「世話になった」

室戸の質問には答えず、立ち上がった。最後にもう一度だけ室戸の顔を見た。

「できることなら、もう出会いたくないもんだ」

「同感だ」

室戸がやさしい目で私を睨んだ。

「こんど、殺人《コロシ》のホシをかくまったりしたら、間違いなくしょっぴくぞ。目こぼしに二度目はない」

「わかってる。俺だって二度とごめんだ」

そして握手もせずに別れた。

公園の出口でひとりの女が待っていた。

化粧をほとんどしていないように見えた。随分こざっぱりした印象だが、それでも通り過ぎる男はふりかえって早希を眺めていく。私を見つけて大きく手を振った。

「待たせたね」

「終わったの？」

「どうせたいした用事じゃない。行こうか」

促して歩いた。

美人局については、脅されてしたことでもあり、被害届が二件しかなく、実害もほとんどない。不起訴になった。久保殺しで責めたてたことへの償いの気持ちもあるだろう。そういえば、室戸の昇進試験がまた延びたとしたら、気の毒なことだ。

早希に、恭子に差し入れる下着や、そのほかのものを買うのにつきあってもらうことになっていた。正確には、早希に買わせて私は離れて見ているだけだ。女の下着売り場など入ろうものなら、蕁麻《じんま》疹《しん》ができて病院通いだ。今はすっからかんで、とても病気になる余裕はない。

「恭子を恨んでないかい」

歩きながら、今までどうしても聞けなかったことをぼそっと吐き出してみた。

早希が目をむいた。

「どうして？」

「君の彼氏にあんなことをした。そして、君が勾留《こうりゅう》されているのに名乗りでなかった」

早希が口を尖《とが》らせて早口で言った。

「あんなの彼氏なんかじゃない。もともとは、あの仕事で組まされただけだったのに、勝手に彼氏ヅラされてすごい迷惑だった。やきもち焼いてすぐ殴るし。恭子さんには、感謝感謝よ。それにもともと騒ぎの種を持ち込んだのは私だし。……私が何日も泊まらなかったら、裕也が押し掛けてくることもなかったし、事件は起きなかったのよね。だから、全部私がわるいんだ」

「そうか」

否定も肯定もしなかった。早希がどう思おうと過去は変えられないし、口先だけでなぐさめてみてもしかたない。

「それより私……、裕也をやっつけたの、おっちゃんだと思ってた」

よかった。酒を飲んでいたら、間違いなく逆流するところだった。

「どうしてそんなことを」

「決まってるじゃん。私のためにでしょ。やってくれるならおっちゃんしかいないと思ったのにな。ちょっと期待したんだけど……。私はヒロイン、ちょっとくたびれたヒーロー登場、って」

私は相手をせずに、歩調を速めた。

「ちょっと待ってよ、照れてるの?……ねえ、タクシー乗ろうよ」

苦笑いして立ち止まった。

「まあ、そうだな」

私たちの脇を、雨後の湿ったなま暖かい風が吹き抜けた。路面のところどころが光を反射している。ふと予感がして、空を仰いだ。しかし、虹《にじ》は出ていなかった。

ただ、濃い灰色と輝くような白が重なった雲の切れ間から、鮮やかなほど青い空がのぞいていた。純平の行ったところへは、あそこから行けるのかもしれない。

さりげなく、ポケットに手を入れてみた。おとなげないと思われてもいい。そこに虹の種がありそうな気がした。

何もなかった。

手に触れたのは、いつかと同じように数枚の小銭だけだった。今度もまた、照れ隠しにじゃらじゃらと鳴らしてみた。

嘘じゃないぞ、純平――。

「いつかきっと行くからな」

誰にも聞かれないよう、空に小さくつぶやいてみた。

解説

西上心太

本書は二〇〇五年の第二十五回横溝正史ミステリ大賞・テレビ東京賞を受賞したハードボイルド小説だ。

いうまでもないが、横溝正史ミステリ大賞（以下、横溝賞と記す）は江戸川乱歩賞に次いで二番目に歴史の古い長編ミステリの新人賞である。一方テレビ東京賞は最終選考作品の中から大賞とは別にテレビドラマ化を前提として、協賛会社である株式会社テレビ東京によって選考される賞である。第二十二回から制定され、二〇〇八年の第二十八回まで七回を数えるが、大賞とテレビ東京賞の両方を受賞した作品は本書だけである。本書は小説のプロが太鼓判を押しただけでなく、映像のプロが映像化に食指を動かした作品でもあるのだ。

ちなみにドラマの方は二〇〇五年八月に石田純一主演で放映された。映像化に時間がかかる作品が珍しくない中で、受賞決定から半年あまりで制作放映されたことは異例である。それだけ製作者にやる気を起こさせる作品だったのだろう。

さてわたしと本書には他人事でないかかわりがある。というのもここ数年、横溝賞の予備選考に携わっているからだ。横溝賞に限らずこれまでさまざまな文学賞の予備選考を務めてきているが、その仕事をやっていてなによりも嬉《うれ》しいのは、大賞レベルの作品と選考の第一段階で出会うことだ。

普通の書籍より数倍重い原稿が印刷されたコピー用紙の束を持ち、応募作品と向かいあうのだが、レベルに達しない作品の山の中から、ときおりこれはと思う作品が現れる。思わず姿勢を正し原稿と対峙《たいじ》する。不思議なことにいつしか原稿の重さも気にならなくなり、作品にのめり込んでいく。その中でもごくごく稀《まれ》に、その時点ではまだ他の作品を読んでいないのに「これで決まりだな」と思い、その通りになった例が何度かあった。『いつか、虹の向こうへ』はまさにその稀な一例となった作品なのである。

尾木遼平はアルコール依存症気味の中年警備員である。いつものように酒場で飲み過ぎた帰り道に、金がないので泊めて欲しいと声を掛けられた若い女性をめぐって三人組と乱闘になる。翌朝、意識を取り戻した尾木は自分が自宅に戻っていることに気づく。声を掛けた女性、高瀬早希が気絶した尾木を連れ帰ってくれたのだ。尾木が住む一戸建ての家には奇妙な同居人たちがいた。経済ノンフィクションの翻訳者である石渡久典、休学中の大学生柳原潤、元主婦の村下恭子の三人である。尾木はかつて腕利きの刑事だった。だがわずかな心の隙を突かれ、男と別れたい女性に利用されたあげく、その男を死に至らしめてしまった過去があった。傷害致死で懲役四年の刑に服した尾木に残されたものは妻が去ったあとの老朽化した一軒家しかなかったのだ。早希は他の三人の間に溶け込み、尾木の家の四人目の同居人となった。

だがそんな生活は長く続かなかった。数日後、早希の行方を捜す久保裕也が現れ、家に一人でいた尾木は散々に痛めつけられてしまう。早希は久保に強要され美人局《つつもたせ》をやっていたらしい。その日の夕方、久保が建設中の陸橋から転落死を遂げてしまい、動機と犯行機会があった早希は警察に逮捕される。早希の無実を信じる尾木の前に、地元暴力団の組長檜山が現れる。死んだ久保は檜山の甥《おい》だったのだ。檜山は尾木に初七日の法要までに真犯人を見つけることを厳命する。なぜか檜山ら暴力団は、早希が犯人でないことを知っているようだった。尾木は早希のアリバイを証明できる女性が存在することをつきとめたが、その行方は杳《よう》として知れなかった……。

選考委員である綾辻行人の選評にあるように、たしかに「物語の構成要素を並べていくと（中略）どれもがある種のハードボイルドの定番的なガジェットだと云える」ことは間違いない。警察を追われ落ちぶれた元刑事、何度も降りかかる理不尽な暴力、ヤクザから強要された犯人捜し、心に傷を抱えた登場人物たち、といった具合に。だが作者は定番的なガジェットを使用しながらも、血が通った物語を構築することに成功していることは間違いない。

そのうちもっとも重要な要因が、尾木が男女三人と奇妙な同居生活をしているという設定だろう。尾木がガードマンの仕事現場で知り合ったのが、国立大学をドロップアウトした柳原潤、通称ジュンペイである。彼を皮切りに酒場で知り合った石渡久典、そして刑事時代の尾木と深いかかわりがあった村下恭子が加わっていく。妻だけでなく名誉も誇りも失ってしまった尾木が、それぞれ深い悩みを抱えた男女を周囲に集め、一定以上は干渉しあわない疑似家族的な関係を築きあげるのである。主人公がこういう状況にいるハードボイルドは実に珍しい。

だがそれは単に物珍しさだけの設定ではない。尾木の捜査という現在進行中の事件の叙述と、尾木と三人の同居人たちが抱える過去を明かしていく叙述を、ごく自然な形で溶け込ませ、重層的に物語世界を構築していくのだ。しかも彼らが抱えている悩みや傷が、単なる作品の彩りとしてではなく、メインプロットと密接に絡まってくるのである。尾木が柳原潤のことをジュンペイと呼ぶ真の理由や、村下恭子がたどってきた哀切極まりない人生に、心をゆさぶられない者はいないだろう。

第二が、生きたキャラクターを実感させるリアル感に満ちた描写である。たとえばアルコールに依存する尾木が自宅で飲酒するシーンだ。

結局寝つくための酒を少しばかり飲むことにした。冷蔵庫に冷やしておいた、秘蔵のカップ酒を取り出す。二リットルパック入りの方が安くつくが、それだと二日ももたない。カップ酒なら一度に一本限りと区切りがつけられる。（108ページ）

酒好きがごくりごくりと音をたてて飲む、というのは嘘だ。ビールならいざしらず、日本酒の冷やでは喉など鳴らない。すーっと入っておしまいである。（109ページ）

次に挙げるのはかつての同僚との会話だ。


「明日の夕方なら時間を作ってみる。二十時」

夜の八時は世間一般には夕方とは言わない。私にはその感覚がわかって、懐かしかった。（185ページ）

前者はアルコールに溺《おぼ》れつつありながらも、まだどん底に落ちる一歩手前の酒飲みの心情がよく理解できるモノローグである。後者は刑事の時間感覚がこの通りなのかはさておき、尾木の記憶に残っている刑事時代の肉体感覚を、簡潔に描いた一節といえるだろう。すべてがリアルであるかが問題なのではなく、刑事だったらそうなのかもしれないと、読者を納得させられる描写といえるだろう。このように作品に深みや厚みをもたらす描写がさりげなくちりばめられているのだ。

第三がこれらをひとつにまとめ上げる文章力である。ハードボイルドだからといって饒《じょう》舌にもなりすぎず、かといって堅苦しくもなく、ほどよく抑制された文体で破綻なく語られていく手際は新人離れしている。いったん読みはじめたら、すぐに作者が描く世界に引きこまれることは必至だろう。

なお本書に引き続き『145gの孤独』が上梓《じょうし》されている。打者の頭部にデッドボールを当ててしまったことが原因でプロ野球を引退し、便利屋稼業を始めた元ピッチャーが主人公だ。同じくハードボイルドタッチで語られる奇妙な依頼人たちのエピソードが、ある形を取り始めるという企《たく》みに満ちた作品である。さらに六月には三作目が発売される予定だ。こちらは深い喪失感を抱いた少女と初老の男が出会い、互いに光明を見いだす物語だという。

どうか出色のデビュー作をお楽しみいただきたい。

本書は、二〇〇五年五月、小社より刊行された
単行本を文庫化したものです。

いつか、虹《にじ》の向《む》こうへ

伊《い》岡《おか》瞬《しゅん》

平成20年 5月25日　初版発行
令和7年 1月15日　48版発行

発行者●山下直久

発行●株式会社KADOKAWA
〒102-8177　東京都千代田区富士見2-13-3
電話　0570-002-301（ナビダイヤル）

角川文庫 15137

印刷所●株式会社KADOKAWA
製本所●株式会社KADOKAWA

表紙画●和田三造

●お問い合わせ
https://www.kadokawa.co.jp/（「お問い合わせ」へお進みください）
※内容によっては、お答えできない場合があります。
※サポートは日本国内のみとさせていただきます。
※Japanese text only

ISBN978-4-04-389701-8　C0193

◆◇◇

角川文庫発刊に際して

角川源義

第二次世界大戦の敗北は、軍事力の敗北であった以上に、私たちの若い文化力の敗退であった。私たちの文化が戦争に対して如何に無力であり、単なるあだ花に過ぎなかったかを、私たちは身を以て体験し痛感した。西洋近代文化の摂取にとって、明治以後八十年の歳月は決して短かすぎたとは言えない。にもかかわらず、近代文化の伝統を確立し、自由な批判と柔軟な良識に富む文化層として自らを形成することに私たちは失敗して来た。そしてこれは、各層への文化の普及滲透を任務とする出版人の責任でもあった。

一九四五年以来、私たちは再び振出しに戻り、第一歩から踏み出すことを余儀なくされた。これは大きな不幸ではあるが、反面、これまでの混沌・未熟・歪曲の中にあった我が国の文化に秩序と確たる基礎を齎らすためには絶好の機会でもある。角川書店は、このような祖国の文化的危機にあたり、微力をも顧みず再建の礎石たるべき抱負と決意とをもって出発したが、ここに創立以来の念願を果すべく角川文庫を発刊する。これまで刊行されたあらゆる全集叢書文庫類の長所と短所とを検討し、古今東西の不朽の典籍を、良心的編集のもとに、廉価に、そして書架にふさわしい美本として、多くのひとびとに提供しようとする。しかし私たちは徒らに百科全書的な知識のジレッタントを作ることを目的とせず、あくまで祖国の文化に秩序と再建への道を示し、この文庫を角川書店の栄ある事業として、今後永久に継続発展せしめ、学芸と教養との殿堂として大成せんことを期したい。多くの読書子の愛情ある忠言と支持とによって、この希望と抱負とを完遂せしめられんことを願う。

一九四九年五月三日

角川文庫ベストセラー

145gの孤独　伊岡瞬

プロ野球投手の倉沢は、試合中の死球事故が原因で現役を引退した。その後彼が始めた仕事「付き添い屋」には、奇妙な依頼客が次々と訪れて……情感豊かな筆致で綴り上げた、ハートウォーミング・ミステリ。

瑠璃の雫　伊岡瞬

深い喪失感を抱える少女・美緒。謎めいた過去を持つ老人・丈太郎。世代を超えた二人は互いに何かを見いだそうとした……家族とは何か。赦しとは何か。感涙必至のミステリ巨編。

教室に雨は降らない　伊岡瞬

森島巧は小学校で臨時教師として働き始めた23歳だ。音大を卒業するも、流されるように教員の道に進んでしまう。腰掛け気分で働いていたが、学校で起こる様々な問題に巻き込まれ……傑作青春ミステリ。

代償　伊岡瞬

不幸な境遇のため、遠縁の達也と暮らすことになった圭輔。新たな友人・寿人に安らぎを得たものの、魔の手は容赦なく圭輔を追いつめた。長じて弁護士となった圭輔に、収監された達也から弁護依頼が舞い込む。

本性　伊岡瞬

他人の家庭に入り込んでは攪乱し、強請った挙句に消える正体不明の女《サトウミサキ》。別の焼死事件を追っていた刑事の下に15年前の名刺が届き、刑事たちは過去を探り始め、ミサキに迫ってゆくが……。